# Ogresse

AYLIN MANÇO

# Ogresse

ROMAN

J'AI LU

*À Simon.*

## Bande-son

- Bright Eyes, *Devil Town*
- Young the Giant, *Cough Syrup*
- The National, *Conversation 16*
- Deluxe, *Mr Chicken*
- Alt-J, *Breezeblocks*
- Élodie Frégé, *La ceinture*
- Soko, *Why Don't You Eat Me Now, You Can*
- Sufjan Stevens, *Fourth of July*
- Miniature Tigers, *Cannibal Queen*

# Deux pamplemousses

Hier soir, Maman m'a fait manger du cœur. C'était du cœur de bœuf. Le cœur est notre muscle le plus puissant, et ça se sent quand on en mange ; la viande résistait sous mon couteau à steak, il fallait la scier pour trancher les fibres. Elles cédaient comme des câbles tendus, l'une après l'autre.

— Le cœur est un morceau remarquable, a dit ma mère. À la fois très maigre et très fort en goût.

Ma mère s'y connaît bien en viande. J'ai rien répondu, j'en avais plein la bouche.

Le cœur est notre muscle le plus puissant, et le mien bat fort. Trop fort, parfois. Quand ça arrive, sa pulsation m'envahit le crâne et je n'arrive plus à penser à autre chose. Je n'entends même plus ce qu'on me dit. C'est comme se faire poursuivre par quelqu'un qui joue du tambour, jour et nuit, partout, toujours.

On rentrait de cours avec le 95, qui relie le centre de Bruxelles à son extrémité sud-est, Boitsfort, où j'habite. Le bus venait à peine de dépasser le Parlement européen lorsqu'une banquette s'était libérée, ce qui était quasi miraculeux. Benji a joué des coudes entre les étudiants et les eurocrates pour la choper. Deux places pour trois, ça nous suffit : Benji a pris la fenêtre, moi le milieu (c'était mon tour), Kouz le couloir.

D'habitude mon cœur se calme quand je m'assieds. Mais pas cette fois-là. Il était déchaîné, je sentais le battement jusqu'au bout de mes doigts. Je me suis imaginée l'arracher à ma poitrine et l'enrouler dans des mètres et des mètres de film alimentaire. Je serrais fort ; plus j'ajoutais des couches, plus le rouge vif de la chair s'estompait derrière les plis bleutés du plastique.

À peine assis, Kouz a glissé sa main entre sa cuisse et la mienne pour prendre son téléphone, puis il s'est mis à pianoter dessus furieusement. Il ne lâchait plus son vieux Samsung, ces derniers temps… Entre lui qui envoyait un feu nourri de messages et moi qui ne parvenais pas à oublier mon cœur, le silence est devenu un peu pesant.

Heureusement, Benji, c'est sa spécialité de rompre les silences pesants.

— Vous imaginez si on n'avait qu'une seule fesse, au lieu de deux ?

Le téléphone de Kouz vibrait en rythme. *Bzz. Bzz. Bzz bzz.* Il l'a serré dans sa main pour étouffer le bruit. J'ai pensé que j'aurais voulu pouvoir faire la même chose avec mon cœur – puis je me suis souvenue de la tranche de cœur de bœuf de la veille, toute gluante. Mon cœur m'aurait glissé des mains comme une savonnette.

J'ai relancé Benji :

— Je vois pas comment ça marcherait.

— Bah, on ne marcherait plus, justement ! On n'aurait plus de jambes, juste une seule fesse toute ronde. On serait tous comme des culbutos – tu sais, ces jouets qui oscillent sans arrêt mais se redressent toujours.

À ce moment-là, le bus a pris un virage raide pour rejoindre l'avenue du Trône, et l'accordéon du milieu a tourné avec un grincement aigu. Si les passagers avaient été des culbutos, ça n'aurait pas posé problème, mais avec leurs deux jambes, ils manquaient de stabilité… Ils ont trébuché en râlant et en se raccrochant les uns aux autres. J'ai repéré la grosse Lola, qui se rattrapait de justesse à une barre.

La grosse Lola est dans notre classe. Elle n'est pas si grosse, en fait, c'est surtout qu'elle a une poitrine énorme : deux masses rondes qui roulent et s'entrechoquent mollement sous son pull.

— Et donc, j'ai conclu, nos boules seraient littéralement des demi-boules.

Kouz s'est marré mais il n'avait toujours pas levé les yeux de son écran, alors je ne savais pas si c'était moi ou son portable qui le faisait rire. J'ai repris :

— Mais, genre, par où est-ce qu'on expulserait ?

— Tu veux dire, où serait l'anus ? a claironné Benji.

Un vieux gars en blazer qui validait son ticket s'est tourné vers nous, choqué. Benji réfléchissait à voix haute, l'ignorant royalement :

— Bonne question… Ce serait un trou, quoi. Comme le trou qui reste dans une pomme quand t'arraches la queue, tu vois ?

Kouz, daignant enfin se souvenir de nous, a lâché d'un ton péremptoire :

— On a deux fesses pour la même raison que les filles ont deux seins : parce que les hommes ont deux mains.

Il a montré les crocs, tout fier de sa vanne, alors que clairement elle n'était même pas de lui. Puis son GSM s'est remis à vibrer et il a replongé dedans.

Benji a embrayé, changeant de stratégie pour le garder avec nous :

— À propos de seins…

Il a fait un signe de menton discret vers la grosse Lola qui venait de trouver une place assise.

— Je te jure, ils ont encore pris de la masse. On dirait des pamplemousses, c'est dingue !

J'ai discrètement baissé les yeux vers ma propre poitrine : les miens étaient taille clémentine, au mieux. *BOUM BOUM BOUM*, a rugi l'organe en dessous. Je le voyais vibrer sous mes vêtements.

Kouz s'est redressé, les babines frémissantes :

— Des pamplemousses ? Ça te ferait envie de bouffer les seins de Scarface ? T'es dégueu, mec.

À ce stade de la discussion, mon cœur a faussé compagnie à mes seins pour attaquer mon crâne à coups de boutoir, mais même en plein assaut je me rendais compte que Kouz parlait trop fort. C'était clair que Lola l'entendait. Et elle savait forcément que c'était elle, « Scarface » : elle a une énorme cicatrice sur la joue droite. Elle coiffe toujours ses longs cheveux roux de ce côté-là pour la cacher, mais bon, on sait qu'elle est en dessous.

— Disons des pamplemousses pourris, a rectifié Benji. Genre ceux que tu laisses dans le fond du panier à fruits, et tu te rends compte que leur dessous est moisi quand tu les sors au bout de deux semaines. Tout mous et poisseux et immondes.

En face, Lola ne donnait toujours aucun signe indiquant qu'elle nous entendait, mais elle virait lentement du rose pâle au rouge brique – ça jurait avec ses cheveux.

En vrai, il n'est pas méchant, Benji. S'il balance des trucs de ce style, c'est juste pour la beauté de la phrase. Juste pour nous faire rire.

Kouz m'a prise à parti, de la hargne dans les yeux.

— T'en penses quoi, H ?

J'ai haussé les épaules. Ça me plaisait moyen, leur délire sur les seins de Lola : non seulement ça m'intéressait beaucoup moins qu'eux, mais en plus c'était clair que je ne pouvais pas rivaliser.

— Je m'en fous de cette grosse vache.

Je crois que je l'ai dit suffisamment bas pour qu'elle ne l'entende pas. Benji a gloussé, le regard absorbé par la grosse poitrine de la grosse Lola.

Et Kouz m'a souri.

Faut que je vous dise : parfois, quand Kouz sourit, ça me fait quelque chose de très bref et très éblouissant. J'ai cligné les yeux sous le flash. Pendant un court instant, les battements tonitruants de mon cœur ont faibli et je me suis retrouvée là, soudain présente dans son regard.

Puis il a tourné la tête et tout s'est effondré. Il a déverrouillé son portable et balayé l'écran plusieurs fois du pouce, avant d'arriver à ce qu'il cherchait.

Il a tendu l'appareil à Benji par-dessus ma tête, de façon à ce que je ne puisse rien voir.

— Mate ça, Bébé. Ça, ça se mange.

Bébé, c'est Benji. Les surnoms que Kouz lui donne changent à chaque fois, mais ils commencent toujours par B.

Benji n'est pas souvent à cours de vannes, mais là, si. Il a ouvert et fermé la bouche plusieurs fois, comme un poisson rouge, avant de souffler :

— Woah. C'est à qui ?

— Aurélie.

— Aurélie ? Mais... Vous sortez même pas ensemble... C'est un peu chelou que t'aies ces photos, non ?

— Elle s'amuse, je m'amuse. Je vois pas ce qui te gêne, Bernard.

J'étais entre eux deux, mais j'aurais pu tout aussi bien ne pas exister. Je crois que j'aurais préféré.

J'ai hésité à protester, à insister pour voir aussi, mais en fait je n'avais aucune envie de regarder, et puis je savais parfaitement pourquoi il ne me montrait pas. Une fille, ça regarde pas les *nudes* d'une autre fille.

C'était comme ça, avec Kouz. D'un instant à un autre, je glissais, dans son esprit. Soudain, je n'étais plus H, sa pote H ; soudain je n'étais plus qu'une fille. Juste une fille.

Y avait rien de pire.

C'est depuis cet été, les problèmes cardiaques. Je ne crois pas que ce soit vraiment des problèmes cardiaques, mais je ne sais pas comment les appeler. Ça a commencé un peu avant la séparation de mes parents, et je me disais que ça s'arrêterait une fois que les choses se seraient calmées, mais non.

Pourtant, je n'ai plus vraiment de raison d'avoir peur. Papa est parti ; le pire est arrivé.

Les garçons sont descendus à l'arrêt *Gare d'Etterbeek*, comme tous les soirs, tandis que Lola et moi on restait jusqu'à Wiener, le terminus, comme tous les soirs. C'était particulièrement gênant d'être seule face à elle, après la séance de vannes. Je me suis calée sur mon siège et j'ai essayé d'éviter son regard de ruminant triste. Mais je l'ai croisé quand même ; et elle n'avait pas l'air si triste, à vrai dire. Plutôt furax. Plus taureau en corrida que vache à l'abattoir.

Le bus s'est vidé, arrêt après arrêt. Au terminus, il ne restait que nous deux.

Lola habitait déjà dans la rue quand on s'y est installés (à l'époque, « on » était trois : Maman, Papa et moi). Nos maisons sont mitoyennes et on va à la même école, mais on n'a jamais été amies.

Notre rue est en bordure de la forêt de Soignes. Elle monte fort. Au sommet, elle se transforme en un sentier de promenade qui s'enfonce dans les bois.

La grosse et moi, on a un accord tacite, un genre de stratégie qui nous permet d'aller dans la même direction sans avoir à marcher côte à côte. À la sortie du bus, elle remonte la rue en triple vitesse tandis que je traîne derrière, en m'efforçant de ne pas regarder ses fesses charnues ballotter au rythme de ses pas. On a toujours fait comme ça.

Sauf aujourd'hui.

Au moment d'attaquer la montée, Lola a cessé de marcher. Je me suis immobilisée aussi, pour lui laisser de l'avance.

J'ai attendu sur le trottoir devant la pizzeria. J'étais nerveuse, la cage thoracique en vrac, comme à chaque fois que je dois rentrer chez moi depuis la séparation.

Lola ne bougeait toujours pas. Quelle chieuse. Elle allait me forcer à passer à côté d'elle ! Tant pis, il fallait bien que je rentre.

— J'ai tout entendu, elle m'a lancé quand je suis arrivée à sa hauteur.

Quelque chose dans le ton de sa voix m'a mise hors de moi. Elle n'était pas triste, ni même en colère ; simplement, elle savait que j'aurais préféré qu'elle se taise, alors elle disait les choses à voix haute pour se venger.

Elle a ajouté :

— Et c'est pas cool pour Aurélie. Ça se fait pas. Tu devrais dire quelque chose.

J'ai marché plus vite dans l'espoir de la semer, mais elle m'a talonnée.

— T'en sais rien, j'ai dit. J'ai pas vu les photos.

— Tu sais très bien quel genre de photo c'était. Il devrait pas les montrer.

J'ai encore accéléré le pas, malgré le poids de mon sac dont les bretelles me cisaillaient les épaules.

C'était vrai, ce qu'elle disait, je le savais. J'avais juste vraiment pas envie de savoir.

Mais la grosse ne me laissait pas prendre d'avance.

— Tu devrais leur tenir tête. Tu devrais leur dire que c'est nul.

— Je fais ce que je veux, OK ? Ça te regarde pas.

Maintenant je courais, mais elle ne me lâchait toujours pas.

— C'est des connards sexistes !

— C'est mes amis !

Je me suis arrêtée net – Lola a pilé derrière moi. On était au niveau du 53, chez Madame Muñoz. Il y avait des policiers devant chez elle.

# Shortbreads

Madame Muñoz, c'est une de ces vieilles dames à l'air si doux que vous vous sentez coupable rien qu'en la regardant, parce que vous savez, au fond de vous-mêmes, que vous ne méritez pas tant de bonté. Elle habite au 53, en face de chez nous, dans une maison encore plus étroite que la nôtre. Elle a le visage en forme de cœur, les cheveux d'un noir saisissant malgré son âge, la peau mate et fripée. À chaque fois qu'elle sourit, et c'est souvent, ça fait comme un séisme silencieux sur tout son visage, avec les plaques tectoniques de sa peau qui se réarrangent en chaînes de montagnes et crevasses.

Quand j'étais petite, Maman lui rendait souvent visite. Papa ne l'accompagnait pas mais moi si, parfois. On s'asseyait dans la cuisine devant un thé et je les écoutais parler, en ajoutant sucre après sucre dans ma tasse. J'étais fascinée par la façon dont les cubes fondaient dans le thé, et j'en mettais toujours trop, jusqu'à ce que ce soit imbuvable, écœurant et froid.

Madame Muñoz ne me reprochait jamais de gaspiller. J'étais une petite fille très sage, très silencieuse et un peu trop timide, c'était ce qu'elle disait. Elle essayait de me faire raconter des choses, je me souviens, mais ça ne marchait pas fort. Après m'avoir tiré quelques phrases trébuchantes sur mes vacances à la neige ou ma nouvelle instit, elle sortait sa vieille boîte en fer-blanc et me disait de prendre un biscuit.

— Mange, Hippocita.

Hippocita, c'est un diminutif d'Hippolyte. Ça veut dire « Petite Hippo », ce que je trouve super laid, mais quand c'est Madame Muñoz qui le dit, ça ne me dérange pas. Ça sonne mieux en espagnol. (Hippolyte, c'est moi, mais je préfère qu'on m'appelle « H ».)

C'étaient des shortbreads écossais, les biscuits (alors que Madame Muñoz est chilienne). Je les adore. Ils sont hyper sablés, bien sucrés mais avec juste assez de cristaux de sel pour leur donner du caractère. Moelleux sans être gras, friables sans être secs. Le biscuit parfait.

Je ne crois pas que d'autres enfants lui rendaient visite. Elle ne les achetait que pour moi.

L'année dernière, Madame Muñoz est tombée pendant sa balade quotidienne en forêt. Il avait plu, et elle a glissé sur des feuilles mortes réduites en bouillie par l'eau et la décomposition. Pendant deux heures, elle est restée à terre, tremblant de froid. Un joggeur a fini par la trouver – il a dû courir jusqu'à l'orée du bois, là où il y avait du réseau, pour appeler les secours. Elle s'était fracturé le col du fémur.

Deux heures trente-deux, en fait. On le sait parce qu'on connaît l'heure exacte de la dernière photo qu'elle a prise avec son smartphone juste avant de tomber, et celle de l'appel du joggeur.

Cent cinquante-deux minutes de solitude. C'est Maman qui me l'a dit. Je déteste y penser.

Quand Madame Muñoz est rentrée de l'hôpital, elle marchait avec une canne, lentement, le dos tout rond. Elle avait changé. Vieilli. Elle ne pouvait plus se balader tous les jours, ni faire ses courses.

Alors Maman lui faisait ses courses en même temps que les nôtres. Ça m'arrivait de l'accompagner quand elle les lui déposait. Y avait plus de shortbreads, parce que Maman oubliait à chaque fois de les prendre au supermarché.

Madame Muñoz souriait, et elle nous remerciait toujours, merci merci merci, à tel point que je me disais que ça devait être crevant de remercier tout le temps comme ça. Les racines de ses cheveux si noirs avaient viré au blanc. J'ai pensé que c'était peut-être le choc, mais le liseré blanc était trop régulier pour ça. À force de regarder, j'ai compris que c'était de la teinture. Pas le blanc, mais le noir : depuis des années, elle teignait ses cheveux, et maintenant ils repoussaient blancs aux racines. Je n'avais jamais réalisé.

Elle a surpris mon regard et m'a souri tristement.

— La beauté d'une femme, Hippocita, c'est son orgueil. Mais l'orgueil est soluble dans la fatigue. Je n'ai plus l'énergie d'aller chez le coiffeur.

— Je vous trouve tellement belle, j'ai bredouillé.

C'était la vérité, mais je ne pense pas qu'elle m'ait crue.

Au début, Maman y allait tous les jours. Elle faisait le thé elle-même et s'asseyait à la table de la cuisine de Madame Muñoz, comme avant. Mais au fil des mois, son courage s'est dégonflé, ou sa bonté flétrie, ou je ne sais pas. Je ne sais pas exactement ce qui a pu se passer. À l'époque où Papa est parti, elle n'y allait déjà plus qu'une seule fois par semaine, et elle ne restait que le temps de remplir son frigo.

Moi, je ne l'accompagnais plus du tout.

J'essaie de ne pas en vouloir à ma mère, et j'essaie de ne pas m'en vouloir à moi. C'était une situation affreuse : le désespoir de Madame Muñoz face à sa soudaine perte d'autonomie était comme une pluie fine mais constante, qui pénétrait partout. Impossible d'être heureuse sous ce ciel, par ce temps, dans cette petite maison aux étages désormais condamnés. On avait installé un lit d'hôpital dans son salon, en face de la télé.

Ne plus aller la voir me faisait mal, mais c'était une autre douleur, plus diffuse, plus supportable. Ce n'était plus son sourire qui me rendait coupable, mais son souvenir, et il brûlait moins fort.

*

Lola et moi, on est restées un moment côte à côte à observer les deux policiers ; y en avait un qui prenait des notes, l'autre des photos. Côte à côte sans se regarder, chacune indisposée par la présence de l'autre, mais toutes les deux trop curieuses pour s'éloigner. La porte de chez Madame Muñoz était grande ouverte.

Lola s'est éclairci la gorge pour attirer l'attention des flics.

— Est-ce qu'elle va bien, la vieille dame ?

« La vieille dame. » Elle avait habité en face de chez elle toutes ces années et elle ne connaissait même pas son nom.

— Elle s'appelle Madame Muñoz, j'ai grogné.

Le policier qui prenait des notes a levé son bic de la feuille et s'est tourné vers moi.

— Tu la connais ? Elle a disparu. C'est son infirmière de jour qui a donné l'alerte.

— Disparu ? Mais où ça ?

Il a réprimé un petit sourire de moquerie avant de me répondre comme si j'étais demeurée :

— On ne sait pas, justement.

— Vous avez cherché en forêt ? La dernière fois, elle était tombée en forêt.

— C'est dans son dossier, a sifflé le gars à l'appareil photo. Son infirmière nous a déjà dit tout ça.

— Donc vous êtes allés voir ?

C'était clair que je les emmerdais, mais Madame Muñoz était trop importante pour que je laisse tomber.

— On fait ce qu'il faut, Mademoiselle, a dit celui qui prenait des notes en se penchant sur son carnet.

Son ton était définitif. Lola m'a tirée par le bras pour m'éloigner – je me suis immédiatement dégagée. D'où elle me touchait ?

Mais je l'ai tout de même suivie en direction de nos maisons, au sommet de la rue, à l'orée de la forêt.

On a marché lentement. Je m'en fichais de la semer, maintenant. Madame Muñoz avait disparu et je n'arrivais pas à me rappeler la dernière fois que je l'avais vue. Ça devait faire des mois.

— Tu la connaissais bien ? m'a demandé Lola.

Je n'avais pas envie de répondre à une question au passé. À la place, j'ai dit :

— Ça n'a pas de sens qu'elle disparaisse. Elle marche à deux à l'heure depuis son accident.

— Alors elle ne doit pas être loin.

J'ai secoué la tête.

— Si elle n'est pas loin, où elle est ?

Lola a passé une main dans ses cheveux pour se donner une contenance. J'ai vu sa cicatrice mieux que jamais auparavant : une tache sur la joue de la taille et de la forme d'une noix, d'un bleu violacé, avec des bords tout crénelés. Ça m'évoquait quelque chose, mais je ne savais pas trop quoi.

On est arrivées chez nous. Sans un mot, on a effectué les mêmes gestes sur nos seuils respectifs, reflets l'une de l'autre : sortir la clef de sa poche, l'enfoncer dans la serrure, pousser la porte, la fermer derrière nous.

*

J'habite dans une maison qui parle. Mes parents ont toujours accusé la mauvaise isolation, mais moi je pense que la maison a grandi autour de moi autant que j'ai grandi en elle. Elle est mon prolongement en poutres, en briques et en planches. Chaque porte a sa signature : le pêne de celle de l'ancien bureau de mon père résiste et claque quand on l'actionne ; celle de l'escalier menant aux chambres crisse en frottant contre le plancher ; et quand on ouvre la porte d'entrée, tout en bas, l'appel d'air entrouvre celle de ma chambre sous les toits.

C'est comme ça que j'ai sû que ma mère était rentrée. J'ai descendu les escaliers quatre à quatre (la première volée fait un son étouffé, *schpouf schpouf*, et la seconde le bruit de quelqu'un qui remue dans une chaise en osier) et je me suis précipitée sur le lave-vaisselle que j'avais oublié de vider.

Il était dix-neuf heures passées, ce qui était tard pour que Maman rentre du boulot. Elle tenait un sac isotherme dans sa main gauche et deux cabas en plastique dans la droite. Elle a déposé le tout sur la table de la cuisine avant de commencer à remplir le frigo tandis que je rangeais la vaisselle. Je m'attendais à ce qu'elle me reproche de le faire si tard, mais non.

Elle ne m'a pas embrassée, ni même dit bonjour, rien. On s'est contournées en silence dans la petite cuisine.

— Ils t'ont envoyée où, aujourd'hui ? j'ai fini par demander.

— Nulle part... Un campus d'entreprise à la Hulpe.

Ma mère est infirmière pour la Croix Rouge, elle fait partie d'une équipe itinérante de don de sang. Chaque jour elle bosse à un endroit différent. Elle aime bien son boulot parce que c'est l'une des seules positions d'infirmière où on s'occupe de gens en bonne santé. Quand j'étais petite, elle bossait en cardiologie à l'hôpital Saint-Luc et puis elle en a eu assez, comme ça, d'un coup.

— Y avait du monde sur la route ?

Elle a brusquement refermé le bac à légumes, croisant enfin mon regard. J'ai eu un mouvement de recul : je ne pensais pas que c'était possible d'avoir l'air aussi épuisé. Ses cernes semblaient faits de la même matière que des pneus, et le reste de sa peau était quasi translucide. Disparue, presque.

— C'est juste que tu rentres tard, j'ai balbutié.

Elle s'est figée, une brique de lait dans les mains. J'ai soutenu son regard en essayant de le décrypter. Tristesse ? Colère ? Fatigue ?

— Je suis allée faire des courses en sortant, elle a soupiré.

Après avoir refermé le lave-vaisselle, je me suis assise à la table de la cuisine. Est-ce que Maman était au courant, pour Madame Muñoz ? Est-ce que c'était pour ça qu'elle semblait aussi... sombre ? Et si jamais elle ne savait pas encore, est-ce que je devais le lui annoncer, au risque de l'abattre encore plus ? Est-ce que ce ne serait pas plus gentil, plus compatissant, de ne rien dire ?

(Vous voyez quand vous êtes filmé, et que vous oubliez soudain comment marcher normalement ? Ça devient impossible quand on y pense trop. Ces derniers temps, ça me faisait pareil quand je parlais à ma mère.)

Mon cœur faisait des basses de techno dans ma poitrine. J'ai laissé passer quelques mesures avant de déclarer :

— Madame Muñoz a disparu.

— Je sais, son infirmière m'a appelée avant de donner l'alerte.

Elle avait répondu du tac au tac ; elle devait s'attendre à ce que je pose la question. Mais alors, pourquoi ne pas avoir abordé le sujet ?

— Qu'est-ce qu'elle t'a dit ?

— Que Madame Muñoz n'était pas chez elle. Elle m'a demandé si je l'avais vue.

— Et tu l'as vue ?

Elle m'a fixée. À nouveau, j'ai voulu déchiffrer son visage, mais j'y suis pas parvenue. Le pire, quand vos parents se séparent, c'est que vous êtes soudain obligé de les considérer comme des personnes, avec des sentiments, et c'est horrible. Si j'étais nulle à ce point pour lire les expressions de ma mère, c'était parce que je n'y avais jamais fait attention auparavant.

— Non, Hippie, a-t-elle répondu doucement, je ne l'ai pas vue. J'ai aussi parlé avec la police. Ils lancent une enquête pour disparition inquiétante.

Hippie, c'est un peu mieux que Hippo, mais vraiment tout juste. Je préférerais qu'elle m'appelle « H », comme tout le monde, mais depuis la séparation j'essaie d'être extra sympa avec elle, la coloc idéale, alors j'ai pas fait de commentaires.

Je me suis relevée pour l'aider à ranger les courses. Elle avait acheté des tonnes de viande : tranches de lard épaisses, une entrecôte bien grasse, un rôti de porc d'un rose presque fluorescent et, pire que tout, une tranche de foie de veau. J'ai empilé les emballages de polystyrène dans le frigo en m'efforçant de contenir ma nausée.

— Elle est où, tu penses ?

— Je ne sais pas, Hippie. J'espère surtout qu'elle n'a pas souffert.

— Mais pourquoi est-ce qu'elle souffrirait ?

— Je veux dire, j'espère que ce n'est rien de grave. Qu'elle est juste perdue, quelque part.

— Perdue ?

— Ça arrive parfois aux personnes âgées d'être désorientées et de s'égarer.

Je savais que ça arrivait, mais dans le cas de Madame Muñoz, je n'y croyais pas : elle ne marchait plus très bien, mais elle avait toute sa tête.

Maman m'a tourné le dos. Sans doute qu'elle se sentait encore plus mal que moi. La disparition de Madame Muñoz, en plus du départ de mon père… Dur. Ça me tue de devoir penser à Maman comme je pense aux filles de ma classe qui se font plaquer par leur copain.

Elle est sortie chercher quelque chose à la voiture, puis est revenue avec une grosse boîte de chez Vandenborre. J'ai chantonné le jingle de leur pub, pour l'amuser :

— *Vandenborre : vous avez bien choisi !*

Maman a hoché la tête sans sourire. Il y avait une photo sur la boîte, c'était une de ces plaques chauffantes électriques qu'on peut brancher n'importe où.

— Pourquoi t'as acheté ça ?

— Oh, pour rien, elle a marmonné en cherchant la clef de la cave dans son trousseau. J'ai pensé que ce serait utile de l'avoir au cas où notre cuisinière nous lâche.

Elle est descendue la déposer à la cave.

Ma mère passe pas mal de temps à la cave en ce moment, surtout la nuit. Je crois qu'elle ne mesure pas à quel point la maison me parle, car la vérité, c'est que je l'entends à chaque fois qu'elle se lève, et je sais exactement où elle va. En revanche, ce qu'elle fabrique en bas, aucune idée : depuis la séparation, elle s'est mise à verrouiller la porte. Il n'y a qu'une seule clef, et c'est elle qui la garde.

Cette histoire de plaque chauffante m'a bizarrement inquiétée. On louait la maison toute meublée depuis que j'avais six ans, et la cuisinière ne nous avait jamais lâchés, ou en tout cas je ne m'en souvenais pas. Ça m'a rappelé aussi, et pas pour la première fois, que sans Papa, c'était Maman qui payait la totalité du loyer. Je ne savais même pas à combien il s'élevait, mais Boitsfort, c'est cher.

Est-ce que c'était ça qu'elle faisait la nuit ? Elle préparait un futur déménagement à l'abri de mon regard ? Je détestais l'idée de devoir abandonner la maison, mais quitte à en arriver là, j'aurais préféré qu'elle m'en parle plutôt que de me maintenir dans le noir.

Quand elle est remontée, j'ai déclaré avec aplomb :

— Elle va sûrement revenir. Madame Muñoz, je veux dire.

Je n'ai pas eu le temps d'ajouter qu'on irait la voir – Maman s'est jetée sur moi. Un peu trop vite, mais je me suis laissé faire. Elle m'a serrée dans ses bras. Un peu trop fort, mais j'ai pas protesté.

— Bien sûr, elle a chuchoté, la bouche dans le creux de mon cou. Bien sûr qu'on va la retrouver.

Après qu'elle m'a lâchée, je me suis forcée à lui sourire. Elle avait le regard brouillé, la démarche vacillante.

— Qu'est-ce que t'as ? j'ai gémi. Maman, qu'est-ce qui se passe ?!

Elle s'est reprise, a passé une main dans mes cheveux.

— Je suis fatiguée et j'ai faim, c'est tout. J'ai eu une longue journée.

Et elle s'est mise à préparer le repas : du lard, du pain, des œufs au plat. D'habitude elle fait de la salade avec tout ça, mais pas ce soir-là. Trop fatiguée, sûrement. Trop pressée de manger.

J'ai dressé la table pour deux, mais une fois qu'on s'est assises, elle ne s'est pas servie.

— Je croyais que t'avais faim ?

— Finalement, non. Peut-être plus tard.

— Je peux avoir ton bacon ?

Elle a hoché la tête, avec un sourire si fin qu'il semblait transparent.

J'ai mangé sa portion en plus de la mienne, le lard salé et gras, croustillant comme il faut, alors que je n'en avais pas vraiment envie. C'était pour elle. Pour lui faire plaisir.

Après, j'ai fini de ranger les courses pendant qu'elle débarrassait. Au fond du dernier sac, il y avait un paquet de shortbreads. *Walkers*. La même marque que ceux de Madame Muñoz.

Elle avait finalement pensé à acheter les biscuits, sauf que maintenant c'était trop tard.

# De l'eau sale

Le bitume de la route est défoncé juste devant l'arrêt. Quand il pleut, ça fait une énorme flaque. Le genre dont on n'est pas sûr de toucher le fond si on sautait dedans à pieds joints. Le genre qui pourrait être une porte vers un autre monde : on plonge et on émerge ailleurs, là où le soleil brille et mes parents sont restés ensemble.

Je n'ai jamais essayé.

Pour ne pas se faire éclabousser, il vaut mieux se tenir loin du bord du trottoir. La plupart des voitures font un écart, mais pas toutes.

À l'arrêt, il n'y avait que moi. Et Lola. Elle était vêtue d'un gros imper rouge qu'elle avait passé par-dessus son sac. Moi, je n'avais rien qu'un vieux sweat sur le dos : la pluie avait percé à travers ma capuche et mes cheveux étaient humides. Mais au moins, je n'avais pas l'air d'un dromadaire obèse.

Je pensais toujours à Madame Muñoz, mais soudain ça me semblait loin. Il y a ma rue, et il y a l'école ; ce n'est pas le même monde. Le bus, c'est la frontière entre les deux. Les soucis qui m'assaillent à l'école se dissolvent dès que je descends du bus, ceux de la rue partent en fumée quand j'y monte.

Il n'y a que Lola qui me suit partout.

Une voiture a roulé dans la flaque à tout allure. J'ai bondi en arrière, mais trop tard ; les éclaboussures m'ont criblée de haut en bas, dans un bref clapotis furieux. J'en ai même reçu dans la bouche.

Je me suis retournée en crachant. Lola se marrait, j'ai bien vu, elle qui était restée au sec sous l'abribus. Elle a rentré ses deux bras dans ses manches, fourragé sous son imper avant de faire apparaître une bouteille d'eau :

— Tu veux une gorgée ?

J'avais envie de vomir – l'eau avait un goût de boue et de pétrole. J'ai craché à terre encore une fois.

— Non.

Aucune envie, aucun besoin qu'elle m'aide. Elle s'est détournée, le sourire éteint. J'ai sorti un mouchoir pour m'essuyer le visage. On n'était pas amies.

Le bus de 7 h 16 est arrivé avec trois minutes de retard. Il s'est immergé à cinq à l'heure dans la flaque, comme un bateau qui arrive à quai.

J'ai investi notre banquette habituelle et posé mon sac à côté de moi. Le défi, c'est de garder le siège voisin du mien inoccupé, pour que Kouz et Benji aient une place assise en montant. Ça ne marche pas toujours ; parfois, quelqu'un me demande de retirer mon sac pour s'asseoir et je suis bien obligée de m'exécuter. Mais si les passagers se contentent de me regarder en fronçant les sourcils, je fais semblant de ne rien voir et les garçons ont leur place.

Ce matin-là, ils l'ont eue. Kouz s'est glissé à côté de moi, grimaçant comme d'hab parce que les rebords des dossiers lui rentraient dans le dos. Benji s'est mis à côté de lui et s'est plaint comme d'hab d'avoir une fesse dans le vide.

J'ai fermé les yeux, la tempe contre la vitre froide. Elle vibrait avec le moteur. L'eau sur mes vêtements n'avait pas encore séché mais elle tiédissait déjà dans l'atmosphère moite du bus, et j'étais presque bien, avec la jambe de Kouz contre la mienne et les voix des garçons pour me bercer. Peut-être que mes vêtements sécheraient avant qu'on arrive à l'école. Peut-être que personne ne remarquerait les taches sableuses. Peut-être que ce sale goût que j'avais dans la bouche finirait par s'estomper. Peut-être que ce serait une bonne journée, finalement.

— Aurélie m'en a envoyé d'autres, a dit Kouz à Benji. Tu veux voir ?

Aurélie. Merde. J'avais oublié.

J'ai entrouvert les yeux. Kouz s'était tourné vers Benji et faisait défiler des images sur son écran. Comme j'avais pas envie de regarder les photos, je me suis concentrée sur le visage de Benji. Je n'arrivais pas à déterminer s'il était fasciné ou dégoûté. J'ai refermé les yeux.

— Vous parlez, des fois ? il a demandé. Ou elle t'envoie juste des photos ?

— On parle, a ricané Kouz, la voix pleine de sous-entendus. On parle de plein de choses, t'inquiète pas pour ça.

Sur ce, il est arrivé dans sa galerie à une image qui devait être particulièrement hard, parce que Benji a couvert l'écran de sa main.

— Allez ça va, j'ai pas envie de voir ça.

Kouz a ricané.

— Tu sais pas ce qui est bon.

— T'es glauque, mec. Raconte-moi autre chose. Je ne sais pas, dis-moi si tu te sens bien quand tu discutes avec elle ! Dis-moi si elle te fait rire ! À quoi ça sert, si c'est juste du cul ?

— J'ai pas besoin qu'elle me fasse rire, Bermuda. Y a toi pour ça.

Benji a pas pu s'empêcher de sourire, trop fier. Au même instant, il a remarqué que j'avais rouvert les yeux.

— T'es de retour parmi nous, H ?

— Mmmmnoui.

Trop content de trouver une échappatoire, il a sorti une liasse de feuilles de cours de son sac et me l'a tendue par-dessus Kouz, qui pianotait un message.

— T'es prête ?

— Comm- *Hé !*

Le bus a freiné brutalement ; j'ai basculé. Sans lâcher son portable, Kouz m'a retenue par la capuche.

— Comment ça, prête ? j'ai dit en me rasseyant.

Les portes se sont ouvertes, et on s'est retrouvés baignés dans une haleine misérable de postillons glacés. Des gens sont descendus, d'autres montés.

— Maths, a fait Benji en secouant les feuilles sous mon nez. L'interro.

J'ai rejeté ma tête en arrière, la laissant heurter le dossier.

— Meeeeerde. J'ai zappé.

Les garçons ont grimacé de concert.

— C'est en première heure, a soufflé Kouz.

— Je sais. Je peux m'asseoir à côté de toi, Benji ?

— J'ai déjà promis à Kouz.

Évidemment. Ils se voyaient à l'arrêt avant de monter dans le bus, donc il avait toujours la priorité.

J'ai fixé Kouz en essayant de rendre mon regard aussi aiguisé qu'une lame. Il l'a soutenu : on était potes, mais il ne me céderait pas sa place. Premier arrivé, premier servi.

— OK, j'ai soupiré. OK, tant pis. C'est qu'une interro.

— Relis les formules vite fait, a proposé Benji. C'est pas trop dur, la trigo.

C'est jamais trop dur, pour Benji. C'est comme s'il avait un super-pouvoir ; il écoute la matière en cours une fois, et il la connaît. Y a que le néerlandais qui lui donne un peu de mal, vu qu'il n'en a jamais fait en France – il ne vit ici que depuis la rentrée. Et encore, il retient les listes de verbes irréguliers à une vitesse effarante. *Beginnen, begon, begonnen.* C'en est désespérant.

J'ai jeté un coup d'œil sceptique à sa feuille. Il y en avait au moins quinze, des formules.

— Je retiendrai jamais tout ça.

On ralentissait déjà à *Place de Londres*, l'arrêt de l'école. Du coin de l'œil, j'ai vu Lola ranger ses feuilles dans son sac et se réintroduire dans son imper taille maxi.

— Laissez tomber, a fait Kouz. On arrive.

L'école devant nous brillait de mauvaises promesses : l'interro que j'allais rater, la perspective des huit heures à passer assise dans un jean humide, la cohue dans les couloirs, l'heure de midi où je me sentirais seule entre Kouz et Benji.

Kouz et moi, on s'est rencontrés le premier jour de la première année de primaire. Dans la cour de récré, on avait dû se mettre en rang à la sonnerie du matin. C'était le bordel, forcément, tous ces gamins de six ans qui ne s'étaient jamais mis en rang avant.

Moi, je restais immobile au milieu de la confusion générale. J'étais très intimidée. Puis quelqu'un m'a pris la main. C'était Kouz. Il avait l'air aussi nerveux que moi. Il regardait droit devant lui et serrait ma petite main dans sa petite main.

On est restés côte à côte, figés dans le désordre.

J'y ai repensé pendant toute la matinée : j'étais persuadée que ça voulait dire qu'on était amoureux.

À la récré de midi, Kouz est resté près de moi. Il ne m'avait toujours pas adressé un seul mot, mais il ne me lâchait pas. Alors, bon, avec le recul, je sais que c'était son tout premier jour d'école, vu qu'il n'était jamais allé en maternelle, et aussi le premier jour qu'il passait sans Ayşe Gül, qui était mère au foyer à l'époque : il devait être totalement terrifié. Mais pourquoi est-ce qu'il avait choisi de me suivre, moi ? Dans mon esprit de gamine, c'était forcément de l'amour comme dans les films.

Je lui ai demandé :

— On est amoureux ?

Il a rien dit.

— Tu veux qu'on se tienne la main ?

Autour, y avait des grands qui jouaient au foot. Certains étaient tellement forts que, quand ils shootaient, le ballon allait plus haut que le toit de l'école. Des titans.

Kouz m'a finalement tendu la main, je l'ai prise.

— Je vais t'embrasser sur la bouche, je l'ai informé en m'approchant.

Il a écarquillé les yeux.

Quand ma bouche a été suffisamment proche de la sienne, il a craché dedans.

# Döner kebab

J'aimais bien l'école, avant. Seulement, je n'avais pas compris à quel point c'était un amour fragile. Il suffit de se laisser aller un tout petit peu, et quand on relève la tête, on se rend compte qu'on est tombés du bus. Et il repart. On a beau courir, on ne le rattrapera pas.

À l'interro, j'ai rendu une feuille presque blanche. Je m'étais attendue à ce qu'EDK fasse un commentaire sardonique en la ramassant mais il n'a rien dit ; il a juste soupiré en balayant du regard les quelques exercices que j'avais tout de même tenté de résoudre, ce qui était presque pire. (EDK, c'est M. Eerdekens, notre professeur titulaire. Dans les couloirs, les élèves crient *Eeeeeerdekensss* sur son passage, avec un accent bruxellois exagéré, comme un cri de guerre qui se répercute sur les murs blancs. Il ne se retourne jamais.)

J'ai passé le reste de l'heure à tenter de me souvenir de la dernière fois que j'avais vu Madame Muñoz, mais impossible. À la place, j'ai pensé à Maman. Est-ce qu'elle m'avait parlé de notre voisine récemment ?

Mais pareil, c'était flou. On l'avait abandonnée, sans rien dire… Alors qu'elle n'oubliait jamais de m'acheter des biscuits, et qu'elle ne disait rien quand je vidais sa réserve de sucre. Alors qu'elle avait eu besoin de nous.

À midi trente, quand les portes se sont ouvertes, j'avais toujours le frisson de l'échec dans la peau, et aussi l'impression que l'odeur de la cuisine de Madame Muñoz me suivait partout où j'allais. (Ça sentait le thé dans sa cuisine, mais aussi la terre, parce qu'elle avait toute une jungle de plantes sur les placards, derrière les fauteuils du salon et même suspendues au plafond. La lumière de la verrière traversait les feuilles et nous arrivait verte. Je me suis soudain demandé si quelqu'un les arrosait en son absence. Probablement pas.)

Mon cœur, avec tout ça, en venait à me tapoter les joues, comme une brute qui vous harcèle en vous frappant avec votre propre bras.

Dans la cohue de la sortie, j'ai dit aux garçons que j'allais au snack, et que je les rejoindrais au parc.

— À tout' ! m'a crié Benji joyeusement.

— Ouais, à plus, a fait Kouz en jouant des épaules pour être dehors plus vite.

Y avait du monde au snack Sympa.

Je sais : Sympa, c'est un nom stupide pour un snack, carrément une insulte à l'intelligence du consommateur. Si un jour j'ouvre un snack, je l'appellerai le snack Absolument Dégueulasse, comme ça au moins, je serai sûre que ma clientèle a le sens de l'humour.

J'ai commandé un dürüm poulet-crudités-sauce blanche, frites à l'intérieur. (Ça se prononce « du-rrrum », avec le « r » roulé, pas

« douroum », c'est Kouz qui m'a appris. Là-bas, en Turquie, ils disent « döner ». *Döner kebab*, la grillade qui tourne.)

Un groupe d'élèves éco-maths attendaient leurs commandes en chahutant. Et bien sûr, on faisait semblant de ne pas se voir.

Il y a des règles. Je suis sûre que vous les connaissez : on peut aller parler à un inconnu complet, mais pas à quelqu'un qu'on a vu tous les jours de toutes les semaines des quatre années précédentes, de loin dans un couloir, sans lui avoir jamais adressé la parole. Parce que si on ne lui a jamais adressé la parole, c'est que c'était un choix, de sa part comme de la nôtre. On s'est déjà rejetés l'un l'autre avant même d'ouvrir la bouche, alors à quoi bon ?

Les éco-maths avaient beau ne pas m'adresser un regard, je savais bien qu'ils me voyaient. Je connaissais leurs noms, leur âge, leur réputation – ils connaissaient les miens. Là, ils me voyaient seule, mon portable devant moi comme un bouclier, et ils devinaient probablement qu'il n'y avait pas de message sur l'écran, que je faisais seulement semblant d'être captivée. Ils avaient fait pareil dans d'autres circonstances. J'avais l'impression d'être invisible mais, en vérité, je l'étais pas, et c'était bien le problème.

J'ai envoyé un message à Kouz :

*Y a la file ici, j'arrive, je vous ramène quelque chose ?*

Ça sonnait forcé, même à mes yeux. C'était le sms que l'Hippolyte que j'aurais voulu être enverrait au Kouz que j'aurais voulu qu'il soit.

Rien à voir avec le réel. C'est probablement pour ça qu'il n'a pas répondu.

Au moment où le gars de la caisse m'a enfin tendu mon dürüm emballé dans de l'alu, j'ai entendu une explosion de rires étouffés et de chuchotements derrière moi. Les éco-maths s'étaient massés façon pingouins autour du smartphone de l'une d'entre eux.

— Attends, elle l'a laissé faire ?

— C'est bon, c'est bon, fais pas ta choquée.

— Quand même, dans sa story on voit bien qu'il lui met une grosse main au cul…

Après avoir encaissé ma monnaie, je suis passée devant eux pour sortir du snack. J'ai essayé de choper une vue de l'écran sans me faire voir. C'était une vidéo de quelques secondes. Deux silhouettes floues, qui se rapprochaient puis s'éloignaient, en boucle.

Au moment de refermer la porte, j'ai entendu :

— C'est bizarre n'empêche, je la connais et elle lui a jamais parlé, à Kouz.

La porte vitrée m'a échappé des mains et a claqué. Alertée par le bruit, la fille au centre de leur cercle a levé la tête. Elle a ri. C'était pas un rire gentil.

Je me suis enfuie.

Quand je suis arrivée au parc, Benji était assis tout seul sur notre banc.

J'ai pas demandé où était Kouz. J'ai ouvert mon dürüm et mordu dedans. La première bouchée, c'est toujours décevant ; y a seulement le wrap, la sauce et de la laitue. Faut mordre au moins trois fois avant d'arriver à la viande.

— Je peux avoir un croc ? a fait Benji juste avant que je n'attaque ma quatrième bouchée.

*Non*, j'ai pensé. *Non* : j'ai trop faim. Mais je lui ai tendu mon sandwich, et il a mordu.

— Kouz a embrassé Aurélie, il a dit, la bouche pleine. Ici, tout à l'heure.

J'ai maîtrisé tous les muscles de mon visage, mais de toute façon, il ne me regardait pas. Mon cœur, c'était l'enfer. Pourquoi est-ce que c'était si dur ? Je m'en foutais d'Aurélie, et c'était clair que Kouz ne l'appréciait même pas. Et pourtant, quand je l'imaginais avec elle…

Je me sentais comme un château de sable qui s'effrite un peu plus à chaque assaut du ressac.

Benji s'est levé, a sautillé sur place pour se réchauffer, puis s'est rassis plus haut, fesses sur le dossier, pieds sur le banc.

Quand il a recommencé à parler, c'était droit devant, pas vers moi.

— Il l'a montrée du doigt et il m'a dit : « Tu vas voir, Bonobo, Aurélie je l'enroule. Je la chope en deux minutes. »

Il imitait les inflexions de Kouz à la perfection, et j'ai rigolé. Le dürüm était chaud à travers l'alu, la viande salée et grasse dans ma bouche. Je survivrais.

— Et là il a foncé sur elle, il lui a dit un truc, et il l'a emballée. Devant tout le monde.

Tout le monde mais pas moi. Est-ce que c'était exprès ? Il me cachait les photos, et puis il me cachait Aurélie ?

— Tu sais ce qu'il lui a dit ?

— J'ai pas entendu. Après, ils sont partis plus loin. Tu sais, pour l'intimité.

Pour l'intimité. Comme si ce n'était pas se donner en spectacle d'enrouler Aurélie dans ce parc bourré d'élèves.

De son perchoir, Benji a baissé la tête vers moi. Il me regardait, mais je ne voulais pas qu'il me voie. Je ne voulais pas qu'il sache à quel point ça me tordait, à l'intérieur, que Kouz se lève et aille embrasser Aurélie devant tout le monde sauf moi.

— Ça va ?

J'ai hoché la tête. Sans Kouz pour compléter le triangle, je n'avais pas grand-chose à lui dire, à Benji. Et il n'avait pas grand-chose à me dire à moi. On était tout déséquilibrés.

J'ai cherché quand même, j'ai cherché des trucs à lui dire mais mon esprit tournoyait et atterrissait toujours sur Kouz ou sur Madame Muñoz – or, Madame Muñoz ne faisait pas partie du monde de l'école, je n'avais pas le droit de l'y invoquer, donc je stagnais sur Kouz.

Au bout d'un moment, Benji a sorti son téléphone. J'ai soigneusement évité de regarder son écran. Le parc fourmillait d'élèves qui discutaient en nous lançant des regards à la dérobée. Je n'avais rien à dire à Benji, mais ç'aurait été mille fois pire d'être toute seule ici.

J'ai jamais su si Kouz m'avait craché dans la bouche parce qu'il ne voulait pas que je l'embrasse, ou s'il pensait vraiment que c'était comme ça qu'on embrassait. On croit souvent des choses bizarres, à six ans.

Après le bisou raté, on est devenus meilleurs amis : complètement accrochés, inséparables.

Le mercredi, j'allais chez lui pour goûter. On faisait nos devoirs d'abord. (« D'abord les devoirs, puis le goûter », disait sa mère. Ayşe Gül tenait déjà beaucoup aux devoirs.) Le goûter, c'étaient des tartines de margarine qu'elle saupoudrait de sucre et de cannelle. J'adorais ça. Tout en mangeant, on devait lui expliquer ce qu'on avait appris ce jour-là. Elle avait un accent et trébuchait sur les mots compliqués. Elle se trompait aussi dans les genres, disait « le plus » pour une addition et « le divisé » pour une fraction mais elle ne se vexait jamais quand on la reprenait – et moi, j'étais tellement fière de pouvoir corriger une adulte !

Après, on jouait avec les Playmobils de Kouz jusqu'à ce que Maman vienne me chercher.

Le vendredi, c'était Kouz qui venait chez moi. Papa, qui travaillait à la maison ce jour-là, descendait de son bureau pour nous faire du chocolat chaud, puis il nous emmenait à la bibliothèque. Au début, je me souviens, Kouz savait pas quoi emprunter, Papa l'aidait à choisir. Après, on est devenus plus grands et Kouz en a eu marre de la section pour enfants. Il disait qu'il avait déjà lu tout ce qu'il y avait là, et c'était pas réellement vrai, il en restait plein, des livres qu'on n'avait pas lus, mais je voyais ce qu'il voulait dire.

On allait à celle d'à côté, la section pour adultes, et on piochait dans les rayons SF/Fantasy, qui nous paraissaient les moins intimidants.

Je me disais que ce rythme-là pourrait durer toute la vie : les mercredis chez Kouz, les vendredis à la bibliothèque. On devenait un peu trop grands pour les Playmobils, mais on s'adapterait.

Sauf que quand on est entrés en secondaire, Kouz a arrêté de traîner avec moi. J'ai pas compris comment c'est arrivé, mais c'est arrivé.

Pendant que je m'habituais avec difficulté à changer de salle à chaque cours et à ne pas me perdre dans les couloirs de cette école gigantesque, il s'était fait de nouveaux amis. Des garçons qui criaient et riaient fort, et moi je n'osais pas m'approcher. On se voyait dans le bus, matin et soir, on parlait un peu de livres, mais dès qu'il descendait, il érigeait un mur. C'était comme s'il émettait des ondes pour me repousser. Il allait rejoindre sa bande de copains, et ils se vannaient, et ils jouaient au petit pont massacre, et ils se tapaient dessus – parfois pour rire, et parfois pour de vrai.

Au fil des mois, on s'est parlé de moins en moins dans le bus, et puis plus du tout. Je le voyais quand même encore de temps en temps parce qu'Ayşe Gül continuait à m'inviter aux repas de famille, aux goûters d'anniversaire et à la fête du sucre, qu'ils célèbrent même si personne dans leur famille ne fait le ramadan. Dans ces moments, je me disais que de nous trois, c'était elle la plus triste face à cette amitié qui mourait. Ça se voyait dans son regard, quand elle me servait à manger. Elle me disait des choses en turc, en me servant du pilav, et puis elle obligeait Kouz à traduire. Il obtempérait, mortifié.

— Elle dit que tu es notre fille. Notre belle et grande fille.

Et moi je savais jamais quoi répondre, parce que je savais bien que je n'étais ni grande ni belle.

Bref, fini la bibliothèque, les tartines au sucre et le chocolat chaud. Kouz avait l'air de s'en foutre. Moi, je m'étais fait une raison. On n'était plus dans la même classe : je faisais latin-maths (mes parents tenaient énormément au latin) et pas Kouz.

Et puis... Et puis, à la fin de l'été dernier, mon père est parti, et le latin n'a plus paru si important. À la rentrée, j'ai demandé à abandonner, et Maman a signé le formulaire le premier matin de cours avant de retourner se coucher. (À cette période-là, ça lui arrivait de retourner se coucher juste après le petit déj.)

Laisser tomber le latin, ça voulait dire passer en sciences-maths – la classe de Kouz. Y avait deux nouveaux : moi qui changeais de classe, et Benji qui arrivait de France. Au premier cours de l'année, il s'est assis à côté de Kouz par hasard, alors que moi je la voulais, cette place-là. Faute de mieux, je me suis assise de l'autre côté de Benji.

Il parlait vite et beaucoup, à voix basse, tandis qu'EDK nous détaillait notre horaire de l'année.

— C'est ton vrai nom, Kouz ?

— Non, c'est Kızgınok, mais tout le monde m'appelle Kouz.

— Kızgınok, a répété Benji d'un ton pensif.

Le « « i » sans point, en turc, c'est compliqué. C'est un son entre le « i » et le « eu ». Mais Benji l'a bien prononcé. Ça m'a surprise, et j'ai vu que Kouz aussi.

— Pourquoi Kouz ? Pourquoi pas Kız ?

Kouz a grimacé. C'est là que je suis intervenue :

— Kız, ça veut dire « fille » en turc.

Benji a noté ma présence. L'air étonné, il s'est tourné vers moi.

— Tu parles turc ?

— Non, mais Kouz oui.

Kouz m'a souri, à cet instant. Oui, il m'a souri par-dessus les épaules de Benji, et j'ai senti mon cœur battre des ailes comme un canari en cage.

— Moi, c'est Benjamin. Benji. Et toi ?

Les deux m'ont fixée – visage brun visage rose, garçon et garçon, symétriques parfaits.

— Hippolyte.

Benji s'est marré.

— Sérieux ? Je pensais que c'était un nom de mec, ça.

— H, a coupé Kouz. Elle préfère qu'on l'appelle « H ».

— Hache ? a dit Benji en tranchant l'air du plat de la main.

— Juste H. Une seule lettre.

EDK nous a rabroués à ce moment-là, et on s'est remis à recopier les infos du tableau dans notre journal de classe. Mais juste avant, Kouz m'a souri encore une fois – avec un seul côté de sa bouche. J'ai acquiescé.

Hache, ça allait avec le métal de ses yeux.

# Gras, sucre, gras

Quand j'étais petite, j'imaginais que l'un de mes deux parents allait être changé en monstre et que je devais choisir lequel.

Je préférais Maman – bien sûr que je préférais Maman –, mais je savais aussi que je ne pouvais pas choisir de la sauver elle. Parce que dès que mon père serait changé en monstre, il s'attaquerait à nous, or Maman était moins forte que lui, donc choisir de lui épargner la métamorphose nous condamnerait toutes les deux.

Alors je me retournais dans mon lit, je reniflais à fond contre mon oreiller et je me forçais à choisir de sauver Papa. Papa saurait me défendre contre les assauts de Maman-monstre, il la pousserait dans les escaliers, ou dans un puits, et elle nous laisserait tranquilles. Je serrais les poings sur mes draps, je pleurais, je me détestais de faire ça. Mais je choisissais Papa.

Je ne sais pas pourquoi ça me paraissait si pressant, si obligatoire. Il y a eu une période où j'y pensais tout le temps, si fort que j'avais peur que mes parents le sachent. Plus que tout, je redoutais que mon père devine que je ne le choisissais qu'à contrecœur.

*

Il m'attendait à la sortie de l'école, Papa. Il n'avait pas prévenu mais je n'étais pas surprise : depuis la séparation, il apparaissait comme ça, parfois, sans crier gare.

Je me suis précipitée vers lui en zigzaguant entre les différents groupes d'élèves. Des dizaines de cigarettes avaient été allumées, le seuil de la grande porte à peine passé, et la fumée me piquait les yeux. Papa a souri, interprétant probablement ma hâte comme de l'enthousiasme. En vérité, j'étais surtout soulagée : son apparition me dispensait de prendre le bus avec Kouz et son GSM bourré de photos d'Aurélie.

Papa s'est penché pour m'embrasser en me soufflant :

— Hip hip hip, Hippo !

Au secours.

Depuis qu'il a quitté la maison, mon père a perdu toute notion de mon âge réel. Ça arrive qu'il veuille me tenir la main ! Et puis parfois, tout l'inverse, il décide que je suis un de ses vieux copains et il se plaint de Maman.

Ça faisait des années qu'elle ne le « voyait » plus vraiment, paraît-il. C'était comme s'il n'était plus tout à fait humain à ses yeux, une sorte d'animal de compagnie sympa pour égayer la maison, qu'on se contente de gratouiller de temps en temps.

J'ai pas envie d'entendre tout ça, mais je n'ose jamais lui dire de se taire.

J'ai regardé derrière moi pour m'assurer que personne ne l'avait entendu. Quelques mètres plus loin, Kouz et Aurélie, maintenant officiellement en couple, discutaient avec des potes. Des garçons passaient derrière Kouz et lui tapaient l'épaule, l'air de dire « Bien joué, champion ». Il paraissait tellement fier que ça ne m'aurait pas étonnée qu'il se mette à léviter, que les bouts de ses baskets décollent et flottent à dix centimètres des pavés de la place. Benji se tenait en périphérie du groupe, pas franchement isolé mais pas inclus dans la conversation non plus. Quand Kouz faisait le beau, lui redevenait le petit nouveau. C'est comme ça.

Aurélie était rose sous son maquillage, ça lui allait plutôt bien. Je pouvais pas m'empêcher de remarquer que son jean moulait ses cuisses qui avaient exactement la bonne forme et que son tee-shirt soulignait ses seins qui avaient exactement la bonne taille. Jolie, jolie Aurélie...

— Kouz ! s'est écrié Papa d'un ton ravi.

Avant que j'aie pu réagir, il s'élançait dans sa direction.

— Ça fait des siècles que je ne l'ai pas vu ! Il est beau, dis-donc, il a tellement grandi... Viens, je vais lui dire bonjour.

Oh non. Oh non, non, non.

Rien que l'idée me paraissait insoutenable, Papa fendant la masse d'élèves pour rejoindre Kouz et sa nouvelle copine. Ça violait une loi physique fondamentale : les rivières ne remontent pas la montagne, on ne peut pas faire se toucher les côtés positifs de deux aimants, et mon père n'avait pas le droit de m'entraîner là-bas.

— Je lui dirai, Papa, pas la peine de le déranger !

Il ne m'a pas entendue, ou il m'a ignorée. Il a saisi l'épaule de Kouz et, pendant une vertigineuse seconde, j'ai cru que Kouz ne le reconnaîtrait pas.

Mais son visage s'est éclairé. Sincèrement, en plus ; je connaissais son faux sourire, celui dont il se sert pour essayer d'obtenir un délai supplémentaire sur un devoir oublié, et c'était pas celui-là. J'y comprenais rien.

— Monsieur Van Eyck !

— Ah non !! a rugi mon père en le secouant comme un bic défectueux. Tu me tutoyais à l'époque, je ne vois pas pourquoi tu arrêterais !

Kouz se laissait faire en riant. Les gens autour de lui ont jeté un œil curieux à mon père puis s'en sont désintéressés, retournant à leur conversation, leur clope, leur briquet, leur iPhone. Y avait plus qu'Aurélie et Benji pour les écouter.

— Pardon, Marc, a dit Kouz. Je suis vraiment content de te voir.

— Moi aussi, mon garçon, a répondu mon père d'un ton bourru.

« Mon garçon » ? Il se croyait à quelle époque ? Benji allait *tellement* me chambrer.

— Tu lis toujours autant ?

Cette fois, Kouz s'est massé la nuque en rougissant un peu. Eh ouais : lire, c'est la honte. Ça doit être pour ça qu'il a arrêté une fois arrivé à l'Athénée. Mais voyant qu'aucun de ses copains ne bronchait, il a marmonné :

— Je suis dans *Dune*, en ce moment.

OK, donc Kouz lisait toujours. Première nouvelle.

— Ils ont toute la série à ma bibliothèque, il a conclu.

Sa bibliothèque ? Il allait à une bibliothèque assez régulièrement pour la considérer comme la sienne ? Je tombais des nues, là. En plus, moi aussi, j'avais lu *Dune* !

Aurélie s'impatientait, à côté. D'autorité, elle a pris sa main, et Kouz a laissé échapper un petit bruit entre le rire et le glapissement. Mon père a enfin compris qu'il était de trop.

— Très bon choix, *Dune*. Écoute, tu devrais passer à mon appartement un de ces jours. On regardera le film.

Puis, se rappelant soudain que j'étais à côté de lui, il a passé un bras autour de mes épaules :

— Avec trois chocolats chauds, bien sûr.

Mes parents ne m'ont jamais annoncé qu'ils s'étaient séparés. À la fin des vacances d'été, Papa s'est mis à rentrer de plus en plus tard à la maison... jusqu'au jour où il n'est pas rentré du tout.

C'était un lundi. Le jeudi, j'ai fini par demander à Maman où il était.

— Il va venir te voir demain. Vous irez au restau.

Moi, je pensais que les divorces se jouaient tous selon une partition bien établie : on assied les enfants dans le salon, et les deux parents leur expliquent ensemble ce qui va changer, en leur assurant que rien n'est de leur faute et qu'ils les aiment toujours autant. Un week-end sur deux, la moitié des vacances scolaires, vous connaissez.

Hé bien, j'ai pas eu ça.

Au restaurant, la pizzeria d'en bas de chez nous – enfin, de chez Maman et moi –, Papa m'a déclaré par-dessus sa Napolitana qu'il n'habitait plus à la maison.

— J'avais remarqué. Tu vis où ?

Il avait loué un appartement à quelques arrêts de bus de là. Depuis le début du mois. On était déjà le 20, et il ne m'avait rien dit.

Quand on a eu fini nos pizzas, il m'a proposé de commander tous les desserts de la carte. J'ai froncé les sourcils.

Le serveur a ri, croyant à une blague.

— Tous ?

— Tous. Et deux cuillères.

On a pas réussi à terminer, et pour être honnête, à la fin je ne distinguais plus la mousse au chocolat du sabayon, le tiramisu du sorbet limoncello.

C'était juste : gras, sucre, gras, sucre, gras. Mais mon père souriait, et ce sourire avait l'air fragile, alors je continuais à manger.

Dans la nuit, j'ai tout rendu sur les dernières marches de l'escalier, sans réussir à atteindre la salle de bains. Maman m'a entendue et elle est sortie de sa chambre. Elle m'a caressé le dos pendant que je vomissais. Puis elle a tout nettoyé.

On a pris le métro jusqu'au bureau de Papa pour récupérer sa voiture. Dans la station, il m'a dit :

— Envoie un sms à ta mère pour dire que tu es avec moi, qu'elle ne s'inquiète pas.

« Ta mère. » Ça sonnait comme une insulte.

— Elle s'inquiétera pas, j'ai répliqué en arrivant à l'escalator. Elle rentrera pas avant sept heures, ce soir.

— Envoie-lui un message quand même.

J'en avais pas envie, alors j'ai détourné le regard.

— Hippolyte, envoie-lui un message, il a insisté, le ton un peu menaçant.

Le métro arrivait – l'air chaud qui l'accompagnait a ébouriffé mon père.

On est montés dans le wagon argenté. J'avais pas peur, je savais qu'il ne m'engueulerait pas dans la cohue de l'heure de pointe.

— T'as qu'à le faire toi-même, Papa. Comme ça, elle saura que c'est vrai. Si c'est moi qui lui envoie un sms, je pourrais très bien dire que je suis avec toi alors qu'en réalité je suis en train de faire un strip-tease dans un squat devant un public de dealers de drogue. Toi, elle sait que tu ne lui mentirais pas.

Papa n'a pas relevé la lapdance aux dealers mais a grimacé à « tu ne lui mentirais pas ».

— Que tu ne lui mentirais pas là-dessus, j'ai ajouté, mesquine comme jamais.

Papa s'est ébroué.

— Alors prends une photo de nous deux et envoie-lui, comme ça elle n'aura aucun doute.

J'ai cédé en soupirant. Sans lâcher la rampe, il a posé sa tête sur mon épaule. Son nouveau parfum m'a auréolée, masquant l'odeur écœurante du métro. Ça sentait vaguement les agrumes. Le neuf.

J'ai levé mon téléphone pour un selfie. Papa a souri bêtement, j'ai fait la grimace et puis, fioout, d'un geste du pouce, j'ai transmis le tout.

Ce n'est qu'après avoir remis mon portable dans ma poche que je me suis dit que c'était peut-être cruel d'envoyer une photo de son ex à Maman.

— J'ai une surprise pour toi, a déclaré Papa en faisant démarrer la voiture.

Juste au moment où on quittait le parking souterrain, mon portable a vibré. Je l'ai consulté, un peu nerveuse – ça devait être Maman qui répondait.

En fait non, c'était Kouz.

*Benji dit que ton père a l'air super cool et que tu devrais les présenter la prochaine fois*

Ça voulait dire que Kouz était rentré en bus avec Benji et pas avec Aurélie. Je me suis dit que c'était une bonne nouvelle. Et puis je m'en suis voulu d'être aussi obsédée par le petit couple. C'était pathétique. Je me suis affalée dans mon siège.

— Tu veux pas savoir ce que c'est ? a demandé Papa.

— Si, j'ai hâte !

Il n'a pas relevé l'ironie. Ces derniers temps on est mal ajustés, Papa et moi, nos conversations perdent le tempo. Il a allumé la radio pour le journal de 16 heures.

Je réfléchissais à un sms qui soit drôle et cool sans avoir l'air trop réfléchi quand Kouz m'a de nouveau écrit :

*Pourquoi ton père a parlé d'appart ? Vous avez déménagé ?*

Puis :

*C'est dommage j'adorais ta maison*

Puis, encore :

*H ? T'es là ? Réponds*

Quatre messages en moins de cinq minutes. Dingue ! Kouz me prêtait plus d'attention quand j'étais pas là que quand j'étais coincée contre lui sur un siège trop étroit.

J'ai essayé plusieurs formulations avant de me résoudre à faire simple :

*Mes parents se sont séparés cet été, c'est pour ça que mon père est en appart*

Immédiatement, mon GSM m'a explosé dans les mains. Les messages arrivaient par vagues et les vibrations se surimposaient.

*QUOI*

*Sérieux ??????*

*Mais tu m'as rien dit !?!*

Puis un appel – j'ai laissé sonner en le mettant sur silencieux, parce qu'on arrivait : Papa était en train de garer la voiture. De toute façon, j'aurais pas su quoi répondre à Kouz. Je lui avais rien raconté à l'origine parce qu'on n'était plus amis pendant cette période-là. À présent on l'était de nouveau (peut-être), mais il n'avait jamais posé la question.

La surprise de Papa, c'était qu'il voulait me faire visiter son appartement. Il était super fier de l'ameublement, et j'ai essayé d'être enthousiaste, mais franchement ça n'avait rien de spécial : c'était tout des meubles blancs aux coins arrondis et aux surfaces brillantes. On se serait cru dans un catalogue, pas dans un vrai chez-soi.

Il y avait une chambre pour moi. Il avait tout préparé, le lit, la lampe de chevet, la bibliothèque, la table de nuit, la penderie. Il y avait même un poster au mur, une vieille affiche du film *Brazil* que Papa m'avait fait regarder quand j'étais un peu trop jeune pour ça.

J'ai souri, il a souri, et ces sourires étaient le reflet l'un de l'autre : aussi longtemps que l'un sourit, l'autre doit sourire aussi.

— Donc tu viens quand tu veux, il a fait. Je suis juste à côté de chez ta mère, et t'es grande maintenant, on va pas s'encombrer d'un agenda précis. Je te ferai faire une clef.

J'ai hoché la tête. Une clef, ça n'engageait à rien.

— Va voir dans la penderie, il a ajouté d'un air réjoui.

Dans la penderie, il y avait un sweat neuf. Un hoodie. Il était bordeaux, d'un bordeaux profond qui m'a fait penser, bien que je n'y connaisse rien, que c'était une couleur médiévale ; qu'il y avait eu un jour un écuyer jeune, beau et noble qui portait un tissu de la même nuance. Je l'ai enfilé. L'intérieur était tout doux ; la tirette argentée tombait droite sur mon ventre au lieu de gondoler.

— Il est trop grand, a dit Papa, un peu déçu. Les manches te viennent sur les mains. On pourra l'échanger, si tu veux.

J'ai rabattu la capuche. Elle me recouvrait les yeux. J'avais l'impression de porter une armure, une cuirasse millénaire transmise par quelqu'un qui savait que j'arriverais et qui se faisait du souci pour moi.

— Laisse, Papa, il est parfait.

*

Pendant qu'on marchait jusqu'à la maison, je me demandais s'il entrerait – si ce jour-là serait le premier où mes parents se faisaient enfin face depuis la séparation. Il avait insisté pour porter mon cartable. Il le tenait par la poignée, comme si c'était une mallette. Octobre était encore jeune et doux, mon nouveau hoodie suffisait à me réchauffer.

On est passés devant le 53. On voyait un morceau de ficus par la fenêtre de la cuisine : j'ai constaté avec soulagement qu'il n'avait pas encore l'air complètement desséché.

— Tu viens ? m'a appelée mon père.

Je n'ai pas bougé.

— Madame Muñoz a disparu, tu savais ?

— Qui ça ?

— Madame Muñoz, j'ai répété en indiquant la porte de sa maison. La dame pour qui Maman faisait les courses...

— Oh, elle. Elle est morte ?

Ça m'a heurtée, l'indifférence dans son ton. Même s'il s'en fichait, c'était important pour moi, et pour Maman ! Ça aurait dû l'être pour lui aussi, rien que pour ça.

— Non, elle a disparu. On ne sait pas où elle est. La police la recherche.

Il s'est adouci en voyant mes sourcils froncés.

— La police, mais pourquoi ?

— Hein ?

— Eh bien, c'est une adulte. Elle a le droit d'aller, je ne sais pas, en visite chez de la famille ? Ou des amis ?

Des amis ? De la famille ? Est-ce que Madame Muñoz avait des amis ? Je n'y avais jamais pensé. Je ne savais carrément rien de sa vie, en fait. Quand on parlait, c'était toujours elle qui me posait des questions sur l'école et mes copains. Je n'avais jamais pensé à lui en poser en retour.

Papa s'est remis à avancer vers le sommet de la rue.

— Mais elle est âgée… Elle ne marche plus très bien depuis l'accident, j'ai soufflé en le rattrapant. C'est pour ça qu'on est inquiètes.

— Bah, elle a pu prendre un taxi.

— Sans prévenir personne ? Même pas son infirmière de jour ?

On était arrivés à hauteur de notre maison, celle où mon père n'habite plus. Il m'a dévisagée, à la fois grave et penaud :

— Je ne veux pas que tu te tracasses trop pour elle, Hippo. Tu crois pas que tu as assez à… à gérer, en ce moment ?

J'ai détourné les yeux. Je ne voulais pas parler *encore* de la séparation. Mon père a dû le sentir ; il a cherché ses mots longtemps, puis finalement, c'est venu :

— Comment va ta mère ?

J'avais ma réponse tout prête.

— Tu devrais lui demander toi-même.

Ça faisait un moment que je voulais lui dire ça. C'est vrai à la fin, c'est débile : toutes ses affaires sont encore là, en l'état, dans sa penderie, dans son bureau, et il ne vient pas les chercher. Comme si la maison était une zone contagieuse, le foyer d'une maladie qu'il avait peur d'attraper…

Ça m'a pas suffi de dire ça. J'ai eu envie de continuer, de lui crier que Maman n'allait pas le bouffer, qu'il pouvait très bien prendre une grande inspiration, son courage à deux mains, et passer la porte de la maison pour lui dire bonjour !…

Mais je l'ai pas fait. Je me suis tue en attendant qu'il réagisse. Avec un sourire triste, il m'a attirée contre lui.

Les câlins aussi, c'est nouveau. Ce n'est pas qu'il ne m'en faisait pas, avant, mais c'était pas aussi intense. Ces derniers temps, à chaque fois qu'il me prend dans ses bras, j'ai l'impression qu'il s'accroche à moi comme à une bouée de sauvetage.

— Je dois te dire quelque chose, il a commencé en me lâchant.

J'ai rabattu la capuche de mon nouveau hoodie. Le heaume de mon armure. Les battements du cœur résonnaient contre le métal.

— Le superviseur de ta mère m'a appelé. Apparemment, il y a trois semaines, elle a fait un malaise devant des donneurs. C'est un jour où elle est rentrée plus tôt, ça te dit quelque chose ?

J'ai secoué la tête, lentement, en imaginant que les jointures de ma cuirasse grinçaient en mesure.

— Bon. Elle n'est pas retournée au boulot depuis, et ils n'arrivent pas à la joindre. Tu n'es au courant de rien ? Elle n'a pas l'air malade ?

Trois semaines sans aller au travail ?! Sans que je ne voie rien ? Mon cœur s'est mis à tanguer.

— Hier, j'ai chuchoté, elle a dit qu'elle rentrait du boulot…

Il s'est passé une main sur le visage, a grimacé. Derrière les maisons, une bourrasque a fait frissonner la forêt.

— Hippolyte, je devrais pas te demander ça…

*Alors ne me le demande pas*, j'ai pensé très fort. *Tu viens de dire que j'avais assez à gérer. Tu viens de dire que tu ne voulais pas que je m'inquiète !!!*

— … mais est-ce que tu peux lui en parler ? Qu'elle les appelle, au moins, si elle a besoin de prendre du temps pour elle ? Elle peut pas se permettre de perdre son boulot.

*Non, fais-le toi-même. Va à l'intérieur, tape du poing sur la table, et force-la à arranger ses affaires.*

Mais j'ai pas dit ça.

J'ai juste dit oui.

Peut-être qu'un jour, il y a très longtemps, mon père a compris que je ne le choisirais jamais qu'à contrecœur. Peut-être que je l'ai pensé trop fort, trop près de lui. Peut-être que c'est pour ça que ça a été si facile, pour lui, de partir.

# Hippolyte

J'ai monté les trois marches menant au perron. Devant la porte, j'ai respiré un grand coup pour me calmer puis j'ai glissé ma clef dans la serrure. Il y avait tellement de pensées à écarter, à chasser avec de grands mouvements de bras, comme une nuée de charognards. Des pensées avec des becs acérés et des griffes en lames de rasoir, qui volaient en spirale de plus en plus serrée, fomentant l'attaque : Madame Muñoz, le travail de Maman, Kouz et Aurélie, et puis Papa, Papa qui ne voulait plus passer cette porte…

Elle a grincé en s'ouvrant.

Le salon était plongé dans l'obscurité.

— Je suis là, j'ai lancé.

Pas de réponse. Peut-être qu'elle n'était pas encore rentrée. (Rentrée d'où, si elle n'était pas à la Croix Rouge ? Je n'y comprenais rien. Tout avait semblé normal jusque-là, niveau boulot.)

J'ai actionné l'interrupteur du salon, sans effet. L'ampoule avait dû griller.

Dans la pénombre, la maison paraissait froide et déprimante. Morte. J'ai soudain eu très envie de faire demi-tour, de dire à Papa que finalement j'allais passer la nuit chez lui, pour étrenner ma nouvelle chambre dans son appart tout blanc aux angles arrondis. Tant pis, le superviseur de Maman attendrait. Trois semaines plus un jour, ça ne fait pas beaucoup plus que trois semaines.

J'ai même mis la main sur la poignée de porte, prête à ressortir, mais la pensée de Maman toute seule ce soir m'a fait hésiter.

Et là le noir crache quelque chose de furieux qui me tombe dessus. Le salon se renverse ; le sol me heurte dans le dos. J'ouvre la bouche pour hurler, mais le choc m'a coupé le souffle.

Elle a les ongles enfoncés dans mes épaules et je sens son haleine sur mon cou. D'instinct, je la repousse d'une bourrade, elle tombe et je me roule en boule.

Est-ce qu'il faut crier ? Si je crie, Papa va m'entendre et il viendra me sauver. Sauf que... Peut-être qu'il n'entrera quand même pas dans la maison. Peut-être que ça ne sera pas suffisant.

Je la sens se saisir de mon poignet droit et tirer, tirer, tirer dessus pour que je déplie mon bras. Je suis moins forte qu'elle : je cède.

Elle lève ma main à la hauteur de sa bouche. Ça va s'arrêter, forcément, il faut que ça s'arrête, vite, maintenant, s'il vous plaît...

Mais non.

Elle me mord.

D'un coup, très fort, elle me mord le bras, pas loin du poignet. Je sens ses dents se heurter à mon articulation.

Je ne crie pas.

Je dis juste, d'une voix étranglée :

— Maman...

# Foie de veau

Ma mère a lâché mon poignet et s'est relevée. En titubant, elle est allée presser l'interrupteur du salon. Clic. Clic.

— L'ampoule a grillé, j'ai dit.

Elle a allumé la cuisine, et sa silhouette s'est découpée en contre-jour. J'étais couchée dans son ombre.

— Hippolyte, elle a chuchoté d'un ton pressant. Hippolyte, je suis désolée. Je ne sais pas ce qui m'a pris.

— Tu ne sais pas ce qui t'a pris, j'ai répété.

Ma bouche me faisait mal — je m'étais mordu la joue en tombant. Je me suis redressée et elle s'est assise à côté de moi sur le linoléum du salon.

Je l'ai dévisagée ; elle avait l'air misérable : pâle, les yeux écarquillés… Elle tremblait. C'était dur de la regarder, si changée, si fragile.

— Ne pleure pas, j'ai supplié.

— Montre-moi ton poignet.

Cette fois, je le lui ai tendu sans résister. Elle a examiné ma peau : ses dents n'avaient pas percé. J'aurais juste un hématome.

— Ce n'est pas moi, elle a dit d'une voix douce. Ce n'est pas moi qui t'ai fait ça. Je ne te ferais jamais de mal. Tu me crois ?

— Ouais, j'ai marmonné en frottant mon poignet. Je sais.

Elle a fermé les yeux, visage froissé, puis elle a dit en les rouvrant :

— Ça n'arrivera plus.

Pour tout dire, c'est le fait qu'elle doive le préciser qui m'a réellement effrayée. Parce que ça impliquait la possibilité que ça arrive à nouveau.

Elle est allée chercher la trousse de secours dans la salle de bains, même si ce n'était pas vraiment la peine : c'était un gros bleu, pas une plaie ouverte. Je l'ai quand même laissée me faire un bandage, parce que je savais qu'elle se sentait mal et que ça irait mieux si elle pouvait me soigner. (Oui, d'accord : moi aussi, j'avais un peu besoin qu'elle me soigne, après ça. Elle avait les mains fraîches et toutes douces.)

Il manque un mot dans la langue française, un mot pour qualifier les événements qui sont impossibles mais qui surviennent tout de même. Quelque chose de tellement inconcevable que, quand ça se produit, c'est comme si l'univers se fendait en deux, et vous vous retrouvez du mauvais côté, dans un monde presque pareil mais tout à fait différent.

Et en réalité, c'est l'effet que la séparation de mes parents m'a fait. Et *en réalité*, c'est pour ça que j'avais vomi ce soir-là, pas à cause des desserts : mon corps n'a pas supporté d'atterrir sur cette planète parallèle qui continuait de tourner alors que ma famille n'existait plus.

*

J'ai mis la table pendant que Maman préparait mon repas, sans lui hurler qu'elle m'avait mordu, mordu, mordu.

Maman m'avait mordu.

Je n'avais plus envie d'y penser ; dans un monde où mon père avait quitté la maison, ça me paraissait à peine digne d'être remarqué.

Elle a jeté une sorte de steak sur le gril. La viande était d'un violet si foncé qu'il en paraissait noir. J'ai dégluti.

— Qu'est-ce que c'est ?

— Du foie de veau.

Elle parlait d'une voix haute et enjouée, maintenant.

— Plein de fer pour les jeunes filles en pleine croissance !

La tranche de foie grésillait dans la poêle.

— Tu me le feras bien cuit ?

Maman a hoché la tête en retournant la viande d'une main experte. J'ai ouvert le frigo dans l'espoir d'y trouver de quoi me faire une salade, mais il ne contenait que la viande que Maman avait rapportée la veille. Elle n'avait pas acheté de légumes ni de crudités, pas la moindre feuille de laitue. L'idée de ne manger que de la viande m'écœurait.

J'ai fini par trouver un vieux paquet de carottes au fond du bac et j'en ai pris une. J'ai croqué dedans sans l'éplucher ni la laver ; elle était un peu molle.

Sourcils froncés, Maman me l'a prise des mains pour la passer sous l'eau.

— Il faut au moins que tu les rinces ! Tu n'as pas idée des saloperies qu'ils mettent dans les engrais.

— Je vis dangereusement, j'ai rétorqué.

Ça l'a fait sursauter. Je me suis rendu compte de mon erreur.

— C'est pas ce que je voulais dire.

J'ai essayé de croiser son regard, mais elle s'est détournée. Elle a frotté ma carotte dans un essui de vaisselle et me l'a rendue.

— Ce n'est pas grave, Hippie.

Mais si, ça l'était. Je voyais bien que ça l'était.

*

Maman m'a servi mon foie avec du riz, puis elle s'est assise en face de moi. Son assiette était vide ; elle ne s'était pas servie.

— Tu ne manges pas ? j'ai dit.

— Plus tard.

Je savais que j'aurais dû évoquer l'appel de son boulot, sans parler du fait qu'elle m'avait mordue (*mordue, mordue !*) mais je ne parvenais pas à me lancer. J'ai coupé dans mon foie. La viande était encore rose et luisante au milieu. Tout sauf « bien cuit ».

— Est-ce que la police t'a rappelée ? j'ai demandé.

— La police ?

— Pour Madame Muñoz. On a des nouvelles ?

Elle a cligné des yeux, les a détournés comme si j'étais trop brillante pour qu'elle me regarde en face.

— Elle va bien, Hippie, elle a soufflé. Elle va rentrer.

Sauf que c'était pas une réponse. Elle n'en savait rien, si Madame Muñoz allait bien.

J'aurais voulu oublier ce que mon père m'avait dit, mais impossible. Et le problème, si votre mère vous ment une fois, c'est que vous n'êtes plus jamais sûre, ensuite, qu'elle dit la vérité. Si elle me cachait ce qui se passait à son boulot, peut-être qu'elle me cachait ce qu'elle savait de l'enquête aussi.

Brusquement, j'ai eu envie de tambouriner aux parois de mon univers misérable, de hurler jusqu'à ce qu'on me laisse rejoindre la vraie réalité, celle où mes parents étaient toujours ensemble et où rien, *rien* de tout ça n'était arrivé.

— Hippie, attaque, ça va être froid.

J'ai mangé en silence, en avalant les morceaux tout rond pour ne pas sentir le goût. Je n'arrivais pas à arrêter de penser au veau dont venait le foie, je me demandais ce qu'il avait pu penser pendant ses derniers moments à l'abattoir.

De ça non plus, je pouvais pas parler à Maman. Elle l'aurait pris comme une critique personnelle de sa cuisine. Je ne pouvais que manger, et dire merci.

J'ai eu mal cette nuit-là, avant de m'endormir. Pas là où elle m'avait mordu. Ailleurs. Ma tête, le cœur, mes poumons, le cœur, mes muscles, mon ventre, ma peau, le cœur, le cœur, le cœur. Pourtant, personne ne m'avait frappé nulle part, et je n'étais pas vraiment blessée, et je n'étais pas malade. Mais j'avais mal. C'était une douleur sans cause. Juste une douleur. D'où est-ce qu'elle venait ?

Je me suis réveillée en pleine nuit ; Maman sortait de sa chambre pour descendre à la cave. Le réveil sur ma table de nuit indiquait 2 h 36. Je suis restée éveillée longtemps, immobile et les yeux grands ouverts.

Pour la centième fois, je me suis demandé ce qu'elle allait y faire.

# Un demi-Coca

J'ai rêvé que je m'arrachais les dents une à une et que je les rangeais dans ma poche. Au réveil, j'ai mis ma main dans ma bouche et j'ai mordu : elles étaient toujours là.

J'ai jamais utilisé d'alarme le matin. Depuis que je suis en secondaire, je me réveille au bruit que Papa fait dans la salle de bains : le vrombissement du rasoir électrique qui remonte la tuyauterie à côté de mon lit, l'eau de la chasse qui la descend en ruisselant, les nouvelles qui font ronronner la radio. Et en fait je les entends toujours, même s'il a déménagé. Dans un demi-sommeil, je perçois distinctement les bruits de la toilette que fait mon père dans l'univers parallèle où il est resté.

Puis je me réveille dans le silence.

Je suis sortie sans rien manger. La table du petit déjeuner n'était pas mise, Maman dormait encore et j'étais en retard. Il avait cessé de pleuvoir mais, derrière les vitres du bus, tout était trouble et mouillé.

Quand j'étais petite, Maman m'avait expliqué qu'il y avait un tunnel sous la Manche et que, depuis le train qui l'empruntait, on pouvait voir les fonds marins, les baleines, les poissons.

C'était un mensonge, bien sûr. Je ne sais pas pourquoi elle m'a menti. Je ne sais pas pourquoi elle me ment.

En tout cas, c'est l'effet que me faisait le bus, ce matin-là. On était sous l'eau, c'était pour ça qu'il faisait si sombre, c'était pour ça que je n'entendais rien.

Benji et Kouz sont apparus devant moi, visages brouillés.

— Blob, a fait Kouz.

Une bulle énorme est sortie de sa bouche, pleine des mots qu'il m'avait adressés. J'ai tendu la main pour la faire éclater. Sa question m'a sauté à la figure.

— Ça va ?

Je suis remontée à la surface, brièvement, pour répondre que oui, ça allait.

Benji a fait mine de toucher mon bras bandé, mais je l'ai repoussé.

— C'est juste une brûlure, j'ai répondu à la question que je n'avais pas entendue.

Puis j'ai replongé.

Une dame s'était assise à côté de moi (j'avais été trop distraite pour l'en empêcher), les garçons sont donc restés debout devant la banquette, à discuter entre eux. Kouz me jetait de temps à autre un regard inquiet, et je me suis souvenue que je n'avais pas répondu à ses messages de la veille. Est-ce qu'il avait dit à Benji que mes parents étaient séparés ? Qu'est-ce que ça pourrait bien lui faire, de toute façon, à Benji ? Il ne les avait jamais rencontrés.

J'ai fait un sourire trouble à Kouz, qui a hoché la tête. Il m'a pressé l'épaule, une fois, deux. Benji nous observait, mais j'étais trop loin pour m'en soucier. J'étais sous l'eau, en apesanteur, ballottée.

Puis j'ai vu Lola, en face, dans son imper rouge, avec ses cheveux rouges et son visage rouge. Tout était brouillé sauf elle. Elle nous regardait. Elle me regardait. J'ai eu brusquement l'impression qu'elle me connaissait mieux que personne – et qu'elle me détestait.

C'est ma grande peur secrète. Il y a des gens, plus on les connaît, mieux on les aime. Moi, je soupçonne que c'est l'inverse.

Pendant le cours d'EDK, j'ai sorti mon GSM et je l'ai caché sous mon banc pour googler Madame Muñoz. Je sais pas trop ce que je m'imaginais : trouver des traces de sa famille sur Facebook ? Les contacter pour savoir si, par hasard, elle ne leur avait pas rendu une visite inopinée ? Les policiers avaient beau avoir l'air super incompétents, ils y avaient sûrement déjà pensé. En plus, je n'arrivais à rien : je ne connaissais même pas le prénom de Madame Muñoz.

EDK m'a grillée tandis que je faisais défiler les milliers de Muñoz belges sur le site des Pages Blanches. Téléphone confisqué.

Après la classe, il m'a infligé un sermon avant de daigner me le rendre : qu'est-ce qui se passait depuis le début de l'année, est-ce que je voulais lui en parler, est-ce qu'il y avait des problèmes chez moi, j'avais été si appliquée les années précédentes… J'entendais ce qu'il disait, mais c'était juste du bruit de fond. Des centaines de bulles s'échappaient de sa bouche. Elles filaient vers la surface pour y éclater – un feu d'artifice silencieux et transparent.

À la fin de son sermon, j'ai eu envie de fouiller ma poche et d'en sortir les dents que je m'étais arrachées en rêve. Je les aurais posées une à une sur son bureau, bien alignées. Il aurait compris, alors, qu'il ne fallait pas m'engueuler. Que j'étais totalement sans défense.

Benji m'attendait à la sortie de la classe, une canette de Coca à la main.

— Ça te fait mal ?

Je l'ai fixé sans comprendre.

— Ta brûlure, il a dit en effleurant mon bandage du bout des doigts.

J'ai retiré mon bras, le cachant dans mon dos.

— C'est rien.

Il m'a tendu sa canette.

— Bois.

— J'aime pas le Coca.

— Bois. Crois-moi, tu vas en avoir besoin.

J'ai bu docilement. Une gorgée d'abord, puis mon corps s'est rendu compte qu'il avait besoin de sucre, et j'ai fini la canette.

— Je croyais que t'aimais pas le Coca ?

J'ai balancé la canette dans une poubelle.

— Désolée. Je t'en rachèterai une.

— Non, laisse. T'étais toute pâle, ce matin. EDK t'a rendu ton portable ?

Il marchait vite, m'entraînant vers le préau.

— Ouais. Il trouve que je bosse pas assez. Il dit que je suis capable de mieux.

— Il a raison. Viens, on tourne ici.

— Il se passe quoi ? On va où ?

— Dans le hall. Aurélie a déboulé et s'est mise à engueuler Kouz comme du pus devant tout le monde. Ils y sont toujours. J'ai pas bien compris de quoi il s'agissait mais, clairement, Kouz a besoin de renfort.

J'aurais bien fait demi-tour. Je n'avais aucune envie d'être impliquée dans une dispute du petit couple.

— Pourquoi t'es pas resté avec lui, s'il a besoin de renfort ?

Il m'a jeté un regard surpris, comme si la réponse était évidente.

— Parce que moi aussi, j'ai besoin de renfort.

Le grand hall était encore plus bruyant que d'habitude. Un mur de dos devant nous, dont la tête de Kouz dépassait. Il est tellement grand. Et il avait l'air tellement déconfit, avec son petit sourire plaqué sur sa joue droite… La moitié d'un sourire, ou même moins que ça.

Tout autour, les gens riaient. Se moquaient. Se bousculaient pour mieux entendre. J'ai forcé Benji, qui me tenait le coude, à ralentir.

— Je peux pas être ton renfort, Benji. Il me faut aussi un renfort. Il faut un renfort à ton renfort, puis un renfort au renfort de ton renfort. Ça ne s'arrête jamais.

Il m'a tirée en avant.

— Sois pas ridicule. C'est moi ton renfort et tu es mon renfort. C'est une boucle. C'est contenu.

Benji vient de Normandie, mais parfois il me donne l'impression d'être tombé d'une autre planète. Il est incapable d'envisager que les gens autour de lui puissent être lâches ou mesquins. Incapable d'imaginer que j'abandonnerais Kouz.

Il a fendu la foule, sa main serrant mon poignet. Je l'ai suivi parce que j'avais besoin de ça, à ce moment-là. De croire que j'étais quelqu'un de bien.

Au centre de l'arène, il y avait Aurélie qui s'égosillait, son sac à main jeté sur son épaule. Elle criait des trucs comme : *Trahi ma confiance... Gros porc... C'est mon corps... T'avais pas le droit !* Et puis un tas de gros mots : *connard, pauvre merde, branleur, petite bite...*

En face, Kouz se modelait une attitude cool, mains dans les poches. Il aurait dû s'enfuir ou riposter mais il restait là, entre deux, coincé sans doute entre son espoir de réussir à garder Aurélie et son besoin de paraître stylé devant tout le monde.

Benji m'a lâché le poignet pour aller s'interposer, les mains en l'air. C'était à la fois très courageux et très stupide.

— Je vous interromps cinq secondes, j'ai juste une suggestion : peut-être que vous pourriez avoir cette conversation dans un endroit plus privé ?

Le maquillage d'Aurélie s'est craquelé pour révéler le gigantesque serpent de mer qui se cachait derrière. Le serpent a ouvert grand la gueule, décroché sa mâchoire et gobé Benji tout rond.

— Toi, t'es pas mieux que lui ! Toi, ça t'a fait kiffer de me mater !

— Mais non, a balbutié Benji, mais Aurélie...

— Tu les as, les photos ? Sur ton téléphone ? Tu t'es branlé dessus ? À combien de personnes il les a envoyées, hein ?

— Non non non, il me les a pas envoyées...

— Mais tu les as *vues* ! a feulé le serpent de mer, m'envoyant une gifle d'embruns sur le front. C'est pas la peine de nier, Lola m'a tout dit.

Lola ? Je me suis essuyé le visage du dos de la main.

Lola.

Vibrante de rage, Aurélie toisait Kouz et Benji. Je me suis demandé si j'aurais pas dû me manifester, par solidarité pour mes amis. Diluer sa colère. Après tout, j'étais le renfort du renfort.

Elle aurait pu la fermer, aussi, Lola.

Parmi les remous de la foule autour de nous, quelqu'un a crié :

— En même temps, fallait pas lui envoyer tes *nudes* si tu voulais pas qu'il partage !

La première pierre est toujours la plus difficile à lancer. Mais après, les autres pleuvent.

— La meuf, quoi…

— Ça va, fais pas ton *hashtag metoo* ! C'est toi qui as commencé !

— Kouz, tu me montreras ?

— Bien joué, frère !

J'ai vu la colère d'Aurélie la quitter comme une vague qui retombe sans se fracasser. Elle avait l'air toute petite, sans. Plus un monstre marin géant, mais une fille. Juste une fille.

La fille a lancé à Kouz que c'était fini entre eux.

— Popopoooo, a crié une ombre, comme dans une battle de freestyle.

Aurélie avait les yeux humides. Je crois que tout le monde dans le préau l'a remarqué en même temps. Les flots de la foule se sont écartés devant elle pour la laisser s'enfuir.

C'est là que j'ai vu que Benji aussi était au bord des larmes. J'ai pas bien compris pourquoi.

— Je vais tuer Lola, a craché Kouz. Je vais la démolir.

La fureur lui faisait mâcher ses mots.

— Kouz, stop, a protesté faiblement Benji. T'as fait suffisamment de dégâts.

Mais il était déjà parti. Et moi, je suivais. Bien sûr que je suivais.

Lola était assise dans un coin, le nez dans ses cours, à faire semblant qu'elle n'avait pas tout suivi. Kouz lui a arraché sa feuille des mains.

— C'est quoi ton problème !? De quoi tu te mêles, putain !

— Elle avait le droit de savoir, a répliqué Lola froidement. Elle avait le droit de savoir que tu ne la respectais pas.

— T'es juste putain de jalouse, Scarface !

Par réflexe, Lola a porté les doigts à sa joue, sur sa cicatrice. Quand elle l'a retirée, j'ai vu que ses mains tremblaient ; elle a serré les poings.

— Les photos étaient pour toi et pour elle, tu n'aurais pas dû les montrer.

— Mais qu'est-ce que ça peut te foutre ? Tu supportes pas que quelqu'un d'autre s'éclate, c'est ça ? Faut que tu gâches tout juste parce que t'es défigurée ?

Il a pris une grande inspiration.

— Toi, c'est clair que personne ne voudra jamais te voir à poil. Personne au monde !

Benji lui a filé une bourrade et a dit d'une voix très claire :

— Kouz, ça suffit. Elle a rien fait de mal.

Lola a renchéri :

— Tu ne peux t'en prendre qu'à toi-même.

Désarçonné par la remarque de Benji, Kouz m'a dévisagée, attendant ma réponse. Mais je le regardais pas. Je regardais Lola. Ou plutôt, je regardais sa cicatrice.

Sa cicatrice dont la forme m'avait toujours rappelé quelque chose.

Et maintenant, je savais quoi.

— Ne lui crie pas dessus, j'ai soufflé en caressant mon bandage.

# Le meilleur hot-dog du monde

Kouz a refusé de croiser mon regard pendant les trois heures de cours qui nous restaient (le mercredi, on finit à midi). Il faisait mine d'être absorbé par ses notes – y compris en cours de morale, où c'est juste absurde de même penser à prendre des notes. Benji, assis derrière nous, s'est penché par-dessus son banc pour nous confier à mi-voix qu'il était l'inventeur du meilleur hot-dog au monde, et que justement il comptait en manger un cet après-midi même ; est-ce qu'on lui ferait l'honneur de l'accompagner ?

(Il a vraiment dit : « l'honneur de ». J'oserais jamais parler comme ça.)

Le prof de morale était occupé à écrire la liste des différents pouvoirs d'une démocratie au tableau. J'ai essayé, encore une fois, de capter l'attention de Kouz, mais il avait décidé qu'on n'existait plus, Benji et moi.

— OK, j'ai chuchoté en me retournant vers Benji.

Il a levé le pouce.

— Ma mère nous emmène, il a précisé d'un air énigmatique.

Apparemment, le meilleur hot-dog du monde n'est disponible que chez IKEA, où la mère de Benji (qui l'attendait à la sortie de l'école) nous a traînés afin qu'il l'aide à choisir les derniers meubles nécessaires à leur installation à Bruxelles.

Quand on est arrivés au rayon mobilier de bureau, il était passé 14 heures. J'avais le ventre qui gargouillait et la nette impression de m'être fait avoir.

Benji s'est assis sur la première chaise à roulettes qui s'est présentée, il a tourné dessus dans un sens puis dans l'autre avant de s'y affaler et de déclarer à sa mère :

— OK. Celle-ci.

Elle a roulé des yeux.

— Tu ne veux pas en essayer au moins une autre ? Tu vas devoir passer pas mal de temps dessus...

— Tu penses que le type de chaise sur lequel je serai assis influencera mes résultats scolaires ?

— Benji. Essaies-en encore une.

Il a traîné les pieds jusqu'à la chaise suivante, s'est laissé tomber dedans et a actionné la manette. La chaise a brusquement rapetissé sous lui.

— Wow. On peut même ajuster la hauteur ! T'avais raison, Maman, cette chaise de bureau est bien meilleure que l'autre chaise de bureau !

Des clients se retournaient sur leur passage pour mater Benji qui faisait tourner son siège de plus en plus vite en braillant :

— En plus, la sensation est incomparable. Bravo IKEA ! Ça glisse comme un rêêêêve !

Je me marrais, et Benji se marrait, et la mère de Benji se marrait, même si elle essayait de le cacher. Finalement, elle lui a tendu un billet de vingt euros.

— C'est bon, andouille, arrête les frais. Allez m'attendre à la cafétaria.

Il a bondi vers elle pour attraper le billet et l'embrasser sur la joue. La chaise a continué à tourner encore un peu, par inertie.

— Le secret, m'a confié Benji dans la file d'attente, c'est de demander deux saucisses, mais seulement un seul pain. C'est le ratio idéal de viande à pain.

C'était la première fois qu'on ne sortait qu'à deux, sans Kouz. Ça me paraissait pas naturel, presque dangereux, mais je voulais essayer de mon mieux. Je voulais pas qu'on ne traîne ensemble juste à cause de Kouz. J'avais envie d'être capable de parler à Benji.

— C'est pas une recette, j'ai protesté. Si tu achètes ton repas quelque part, ça compte pas comme si tu le cuisinais toi-même.

— Pas d'accord ! L'acte de création y est. Je donne des instructions aux gens qui font la cuisine, et je mélange les sauces moi-même. C'est moi qui ai inventé le hot-dog parfait. Tu vas voir.

Quand on est arrivés au comptoir, j'ai laissé Benji commander quatre saucisses, deux buns et une bouteille d'eau pétillante. L'employé qui s'occupait de sortir les saucisses de leur bain-marie et de les placer dans leurs petits pains chauds avait l'air un peu déconcerté par la demande, mais il s'est tout de même exécuté.

Benji a garni nos hot-dogs de moutarde et de sauce spéciale hot-dogs selon un dosage très précis : il fallait un tout petit peu plus de moutarde que de sauce spéciale, sinon c'était trop sucré.

— Pas de ketchup ? j'ai demandé.

Il a écarquillé les yeux.

— Surtout pas !

Puis il s'est tourné vers le présentoir du café, et a piqué deux touillettes.

— Et ça, il s'est écrié en me les montrant, c'est l'instrument qui nous permettra d'atteindre le plus haut niveau de qualité hot-doguienne.

— Hot-doguienne ?

Il a posé le plateau sur une des tables de la cafétaria.

— Un sommet inouï de chaleur canine, tu me suis ?

Je me suis assise en face de lui. Je mourais de faim et j'aurais bien mordu dans mon hot-dog tout de suite, mais Benji n'avait pas fini sa leçon.

— Tu remarqueras que chez IKEA, les hot-dogs sont servis sans couverts, et que les distributeurs de sauce ne sont pas très précis : ils mettent des gros blobs à certains endroits et presque rien ailleurs.

Il a désigné les blobs en question sur nos sandwichs.

— Que faire alors ? Étaler la sauce avec nos doigts ? Certainement pas. Le dernier secret, c'est de prendre un de ces petits bâtonnets...

Il a levé sa touillette.

— ... et de l'utiliser pour étaler la sauce dans tous les recoins.

Il a joint le geste à la parole, dessinant des arabesques entre la moutarde et la sauce jaune crème. Je l'ai imité.

— Et maintenant ?

— Et maintenant, mange !

J'ai mordu avec soulagement dans mon hot-dog. Et là… Je ne sais pas si c'est parce que je n'avais rien avalé de la journée à part le demi-Coca, ou parce que Benji m'en avait parlé avec tellement de conviction, mais j'ai vraiment compris ce qu'il voulait dire quand il parlait du meilleur hot-dog du monde.

— Ch'est exchquis, j'ai lâché à travers l'énorme bouchée que j'avais prise.

— Je suis content que tu comprennes. J'ai essayé d'expliquer ça à Kouz, l'autre jour, et il s'est foutu de moi.

J'ai léché la moutarde que j'avais sur les doigts. J'avais envie de rire en imaginant Kouz perplexe devant l'enthousiasme de Benji. D'un autre côté, ça me pinçait le cœur, cette énième conversation qu'ils avaient eue sans moi.

Benji mastiquait énergiquement, je voyais les muscles de ses mâchoires travailler sous sa peau.

— Je trouve que la knacki est vraiment l'aliment ultime. Le sacré Graal de l'alimentation. Parfait équilibre de sucré et salé, sans parler du simili-boyau qui résiste juste assez sous la dent avant de céder et de s'ouvrir sur le moelleux de l'intérieur…

— C'est quoi, la knacki ?

— Ben, la saucisse.

— Oh, tu veux dire la zwann ?

Il s'est marré.

— Zwann ? Vous appelez ça « zwann », en Belgique ?

— C'est pas plus ridicule que « knacki ».

J'avais de la sauce à la commissure des lèvres. Benji a pris une serviette et s'est penché par-dessus la table pour m'essuyer la joue. Il a ce genre de geste comme si c'était naturel. Moi, ça me paralyse.

— C'est comme une sorte de bonbon de viande, j'ai ajouté en me détournant, parce que mes yeux s'étaient mis à me piquer et mon cœur à pilonner mes côtes. Et le reste est pas mal non plus : les sauces sont bonnes, le pain est chaud...

Benji s'est accoudé à la table pour rapprocher son visage du mien.

— C'est quoi le problème, H ? il a demandé d'une voix qui n'avait plus rien à voir avec celle qu'il prenait pour faire l'éloge des zwanns. Je vois bien qu'il y a un truc.

J'ai attendu d'être sûre que je ne me mettrais pas à pleurer.

— Le problème, c'est que Kouz nous déteste, maintenant.

— Je ne pense pas qu'il nous déteste, a répondu Benji, pesant ses mots. Je pense qu'il est surtout triste. Ça n'a rien à voir avec nous.

J'ai froncé les sourcils.

— Triste ?

— Bah, il s'est fait jeter, non ? Il l'aimait bien, Aurélie, même s'il faisait le malin...

*Aurélie, Aurélie,* a grincé mon cœur. Je me suis visualisée en train de caler l'organe dans l'embrasure d'une porte pour la claquer dessus. Et puis je m'en suis encore voulu. J'aurais dû m'en foutre.

— Mais c'est pas ce que je voulais dire, a repris Benji. Je voulais parler de toi.

J'ai secoué les épaules comme on se débarrasse de quelqu'un qui s'y agrippe. Benji s'est cramponné.

— T'avais l'air d'avoir vu un fantôme, ce matin. Et puis ce bandage…

Il a indiqué mon poignet du bout de son hot-dog.

— Brûlée, j'ai répondu, trop vite. Je me suis brûlée.

Il m'a dévisagée. Tout paraissait différent, ici, dans le monde de bois clair et de saumon fumé de chez IKEA. La morsure était loin, inimaginable.

— T'as l'air d'avoir des problèmes, H. T'as l'air d'en avoir plein.

J'ai essayé de gagner du temps.

— Combien de problèmes tu penses que j'ai ?

Il m'a jaugée en caressant une barbe inexistante.

— Au moins trois. Des gros.

Les pointes de mon sourire me picotaient les joues.

— J'ai bon ? il a insisté.

— Ouais. J'ai trois problèmes.

Il a repris une bouchée, déposé son sandwich, s'est calé dans son siège.

— OK, j'écoute.

— Mais pourquoi tu veux savoir ?

— Parce qu'on est amis !

— Vraiment ?

Je n'avais pas cherché à être méchante ; c'était une vraie question. Ça a désarçonné Benji, qui s'est mis à contempler son demi meilleur hot-dog du monde qui refroidissait sur sa petite assiette de carton rectangulaire.

— D'accord, on est peut-être pas encore amis, il a murmuré. Pas comme Kouz et toi.

Une vague de chaleur m'a envahie à l'évocation de « Kouz et moi ». Il ne savait pas. Il ne savait pas à quel point on avait été distants.

— Je viens d'arriver, a-t-il repris. Je comprends. Mais j'aimerais bien être ton ami.

Là, c'est moi qui ai détourné les yeux. Trop de franchise, ça éblouit.

— Et c'est une des manières de devenir proche des gens, non, de partager les problèmes ? C'est comme un raccourci.

— Mais pourquoi juste mes problèmes ? j'ai marmonné, les yeux fixés sur la machine à café. Pourquoi pas les tiens ? Genre, pourquoi t'as pleuré, tout à l'heure ?

— J'ai pas pleuré.

— T'as presque pleuré. Si t'avais vraiment pas pleuré, tu ne saurais pas de quoi je veux parler.

— J'ai presque pleuré parce qu'Aurélie avait raison : Kouz s'est comporté comme un connard, et je l'ai laissé faire, et j'aurais pas dû.

— Tu l'as laissé faire parce que tu voulais être son ami.

— Tout juste.

Il a levé un doigt.

— Ton tour, maintenant. Premier problème.

— Mes parents se sont séparés.

De sa main libre, il a ramassé ce qui restait de son hot dog et mordu dedans. Il a mâché en hochant la tête pensivement. Je me suis demandé si Kouz le lui avait déjà dit, et si c'était pour ça qu'il m'interrogeait.

— Tu es triste ?

*J'entends l'écho de mon père dans les murs de la maison*, je me suis retenue de répondre. Mon hot-dog se décomposait dans mes mains, le pain détrempé de sauce et trop étroit pour contenir les deux saucisses. J'ai haussé les épaules.

En réponse, Benji a levé un deuxième doigt. J'ai repris une bouchée, fait signe que j'avalais avant de parler.

— Y a une dame... Une voisine dans ma rue, qui a disparu.

— Disparu comment ?

— Genre, disparu. Sa maison est vide, on ne sait pas où elle est. La police mène une enquête pour « disparition inquiétante ».

Il faisait toujours le V de la victoire de la main droite, l'air d'hésiter entre lever un troisième doigt et me laisser m'épancher sur ce sujet. La peau sous le bandage me grattait, et j'ai soudain compris pourquoi ma mère avait insisté pour m'en faire un. Il ne servait pas à guérir, ce pansement : il servait à cacher.

J'ai repensé à Lola, sa cicatrice. Le troisième problème, je pouvais pas en parler.

J'ai levé trois doigts à sa place.

— Trois : je crois que je veux devenir végétarienne.

Il s'est marré.

— Tu as un hot-dog dans les mains, H.

— Ça, encore, ça va, mais ces derniers temps... Genre, ma mère m'a fait du foie de veau.

Il a grimacé de dégoût, son visage contorsionné comme un personnage de cartoon.

— Oui, c'était dégueu, mais surtout j'arrêtais pas de penser au veau. C'était son foie. Je pouvais imaginer où il allait dans son corps. J'arrêtais pas de penser au veau qui avait besoin de son foie et qui ne l'avait plus.

— Quelle différence avec les hot-dogs ?

— Je t'ai dit. C'est comme un bonbon. On voit pas que c'est de la viande.

Benji et sa mère ont insisté pour que je soupe chez eux (ils disaient « dîner », en bons Français), mais j'ai refusé. Il fallait bien que je rentre chez moi à un moment ou à un autre. Pour faire face à Maman.

Ils m'ont déposé au rond-point Wiener, devant le Carrefour City. En remontant la rue, je me suis arrêtée au 53. La porte était condamnée par une bande blanc rouge : *enquête en cours*. J'ai rabattu la capuche de mon hoodie par-dessus ma tête, enfoncé mes mains dans ma poche ventrale. Chez IKEA, j'avais oublié Madame Muñoz avant que Benji ne m'interroge.

En rentrant, j'en parlerais à Maman. Je lui demanderais si les policiers avaient appelé.

Madame Muñoz, je n'avais pas le droit de l'oublier.

# Café froid

Il y avait du bruit à la cave. Un vrombissement aigu. Maman utilisait la scie sauteuse.

J'ai posé la main à plat sur la porte menant au sous-sol. Elle vibrait.

*La maison me parle,* j'ai pensé. Qu'est-ce que ma mère découpait ?

Le vrombissement s'est arrêté. J'ai frappé à la porte.

— Maman ? Maman, tu fais quoi ?

Je voulais lui demander si elle avait eu des nouvelles de l'enquête. Je voulais lui demander pourquoi elle n'allait plus au boulot. Je voulais lui demander ce qu'elle avait fait de sa journée, et je voulais qu'elle m'écoute parler de la mienne. Je lui raconterais le hot-dog et Benji. Ça la ferait rire. Je lui raconterais les amis qu'on se fait en décidant de se les faire. On se parlerait, comme avant, quand Papa était là, quand on racontait chacun à son tour autour du repas.

J'ai tourné la poignée de la porte – verrouillée.

— Maman ?

Le vrombissement a repris.

— MAMAN, j'ai crié en frappant plus fort. OUVRE !

J'ai tambouriné jusqu'à ce que le vrombissement cesse enfin.

*Maintenant*, j'ai pensé. *Maintenant, elle va m'ouvrir*. Il n'y avait plus de bruit, elle m'entendait forcément.

— Maman...

À nouveau, j'ai secoué la poignée, sans succès.

Et puis, des coups sont remontés de la cave. Ça faisait comme des coups de marteau amortis, par séries de trois ou quatre. *Bam bam bam*. Je sentais les murs vibrer.

— Maman... Arrête...

Ça ressemblait aux coups de mon cœur. *Bam bam*, dans ma poitrine, *bam bam*, autour de moi, insupportable. Je me suis écartée de la porte. Maman avait fermé derrière elle parce qu'elle ne voulait pas, surtout pas, que je la suive. Elle m'entendait, c'était sûr, mais elle choisissait de m'ignorer. Voilà : mon père m'avait laissée et ma mère m'ignorait.

Je suis remontée en courant jusqu'à ma chambre. Les marches des escaliers tremblaient sous les coups. C'était partout. La maison me trahissait.

J'ai soigneusement refermé la porte de ma chambre, j'ai ouvert le Velux, et je me suis forcée à respirer l'air frais, pour me calmer.

Depuis ma chambre sous les toits, j'ai vue sur la fin du monde : les jardins avec leurs cabanons et leurs pièces d'eau, une dernière rangée de maisons, puis la forêt. Quand je dis la fin du monde, je veux pas dire l'Apocalypse, mais *l'endroit où le monde s'arrête*. Si j'avais vécu à l'époque où on croyait la terre plate, j'aurais pensé que la limite du vide se trouvait quelque part entre les arbres.

Vue sur la forêt, c'est comme vue sur la mer. Ça fait le même son, aussi, avec un ressac moins régulier. Le vent prend son temps, les arbres s'étirent en courbes impossibles pour le laisser passer.

Maman m'a raconté que nos maisons – des habitations de briques étroites et à deux étages – avaient été construites à l'origine pour accueillir les domestiques des aristocrates qui habitaient les manoirs en bordure de la forêt.

Le truc qui cloche avec l'histoire de Maman, c'est qu'il n'y a pas de manoirs en forêt. Juste une communauté fermée de villas de luxe.

Peut-être qu'ils ont été démolis.

Ou peut-être que c'est juste une histoire, comme le train sous la mer. Un mensonge. Je ne sais pas pourquoi elle me ment.

J'entendais toujours les coups. Pire : je les sentais dans le bois des poutres de ma chambre. *Bam bam*. Une pause. *Bam bam bam*.

Je suis montée sur une chaise pour passer ma tête par la fenêtre et j'ai regardé à droite. Vers la chambre de Lola, donc, qui était sous les toits, comme la mienne.

Quand je n'arrivais pas à dormir, petite, j'utilisais les jumelles de mon grand-père pour regarder les oiseaux et les voisins par le Velux. Une fois, j'ai vu une énorme boule d'un bleu laiteux logée dans le ciel. Terrorisée, je l'ai montrée à ma mère, persuadée qu'un astéroïde allait frapper la Terre et que ce serait la fin du monde (dans le sens Apocalypse, cette fois). Mais Maman m'a rassurée en m'expliquant que c'était seulement la lune. Que parfois, en été, la lune se levait le jour. À l'époque, elle pouvait me rassurer de tout. Je la croyais toujours.

La lune de mon souvenir s'est transformée en cicatrice violacée. J'ai fermé les yeux, mais l'image est restée, comme imprimée sur ma rétine.

Les coups continuaient, tout au fond dans le bas-ventre de la maison. *Bam bam bam.*

Le Velux de Lola était entrouvert. J'entendais même un peu de musique percer sous le *bam bam bam*. Intolérable.

Sans réfléchir, je me suis hissée par la fenêtre et j'ai laissé glisser mes jambes sur le toit, jusqu'à ce que mes pieds soient calés dans la gouttière.

C'était idiot de jouer les acrobates, mais c'était le seul de moyen d'échapper aux coups. Et puis, je portais le hoodie bordeaux que mon père m'avait offert ; je ne pensais pas qu'on puisse se casser la colonne vertébrale en portant ce hoodie-là.

La gouttière a grincé. Je me suis figée, les mains toujours accrochées au châssis du velux. Doucement, en m'efforçant de soulager le plus possible la gouttière de mon poids, je me suis retournée sur le ventre. En tâtonnant, j'ai déplacé mes mains vers le côté de la fenêtre et je me suis agrippée aux rebords des tuiles. Les prises n'étaient pas très commodes, à peine de quoi y glisser mes premières phalanges, mais j'ai tenu. Je me suis mise à progresser de façon latérale. Le martèlement me parvenait toujours à travers les tuiles.

À force de mouvements minuscules et de petits pas crispés, je suis arrivée à la séparation entre ma maison et celle de Lola. Je m'en sortais pas très bien ; je tremblais et mes doigts me faisaient mal.

C'est là que j'ai découvert que le toit de Lola était plus haut que le mien. C'était vraiment une emmerdeuse jusqu'au bout. J'ai lâché les mains, puis je me suis arrimée à la cheminée de la maison de Lola pour me hisser. Un genou, puis l'autre.

Une fois sur son toit, je suis restée quelques instants à reprendre mon souffle, la joue contre les ardoises froides. Mon cœur était un tambour de guerre. Je pouvais m'éloigner de la cave, mais pas de mon cœur ; il me suivait partout.

Je me suis vue le jeter en contrebas. Il aurait atterri dans notre jardin, juste à côté du cabanon qui sert de remise, puis il aurait rebondi par-dessus les autres jardinets, entre les haies, les pièces d'eau et les parterres de fleurs, comme une balle magique, avant d'atterrir dans la forêt et de disparaître de l'autre côté de la fin du monde.

Je suis enfin parvenue au Velux de Lola. Il était toujours entrouvert. J'ai collé mon visage à l'embrasure pour regarder.

Lola était assise à son bureau, devant une de ces enceintes qui servent à la fois de chargeur de GSM et de haut-parleur. La musique : chanson douce, guitare sèche, voix de femme un peu rauque.

— Hé, Lola.

Elle a sursauté super fort. J'ai eu envie de rire, mais ma position était précaire : rire aurait pu me faire tomber parmi les bosquets de son jardin.

Elle a regardé autour d'elle sans me voir.

— Là, j'ai dit. À la fenêtre.

Elle a ouvert le velux et m'a vue. Sa tête ! Un mélange de stupeur et de... dégoût. Je devais avoir l'air flippante, collée au toit, en sueur et essoufflée.

— Je peux entrer ?

— Qu'est-ce que tu fous là ?

— Je voulais te parler.

L'ardoise des tuiles crissait sous mes ongles, je sentais que je perdais pied. Elle a secoué la tête, éberluée.

— Kouz s'est mal conduit avec Aurélie. Je vais pas me justifier encore une fois.

— Mais je m'en fous de ça !

Une crampe a saisi mon mollet droit. J'ai essayé de tendre les orteils pour la soulager, mais ça m'a déséquilibrée – mon pied a ripé dans la gouttière, de l'eau a infiltré ma basket, puis ma chaussette.

Lola me regardait me débattre :

— T'es vraiment débile. Tu pouvais pas passer par la porte ?

— J'ai une crampe. Aide-moi. S'il te plaît.

Oui, je devais être pitoyable à voir. Elle a disparu de la fenêtre et, un instant, j'ai cru qu'elle allait me planter là. Mais elle est revenue, plus haut cette fois. Elle avait dû grimper sur quelque chose.

— OK : à trois, tu pousses et je tire.

Elle m'a attrapé les poignets.

— Essaie d'épargner la gouttière.

— J'ai pas d'autre endroit où pousser.

— Fais ce que tu peux ! Allez. Un. Deux. Trois !

J'ai poussé, mes genoux contre les tuiles. J'ai senti la poche ventrale de mon hoodie s'accrocher à quelque chose, je me suis tortillée jusqu'à ce que ça lâche. Finalement, j'ai réussi à me hisser sur le châssis qui m'a massacré les hanches. Je me suis retournée prudemment.

Une fois que j'ai pu m'asseoir sur la traverse, Lola m'a attrapée par la taille et déposée à terre. Comme si j'étais une plume.

— T'es super forte !

— T'es légère, elle a répliqué en descendant de la chaise sur laquelle elle s'était perchée.

Elle l'a remise à sa place et s'est rassise dessus, me tournant le dos.

— La porte est au rez-de-chaussée. J'imagine que tu connais le chemin, toutes les maisons de la rangée sont construites pareil.

— C'est que je voudrais pas croiser... Je voudrais pas croiser tes parents.

— Mon père est pas encore rentré.

— Mais je voulais...

Elle s'est retournée brusquement.

— Moi, je veux pas ! J'ai aucune envie de te parler, Hippolyte ! Tu crois que j'entends pas ce que vous dites, avec tes potes ?

— Mais...

J'étais à court d'arguments. J'ai jeté un coup d'œil à mon bandage. En parler – avec elle. Mais comment ? Le retirer ? Lui mettre ma blessure sous le nez ?

— Dégage, Hippolyte. Tu fous de la saleté partout, en plus.

J'ai baissé les yeux. Mon hoodie... Il était barbouillé de poussière et de traces de mousse, et la poche ventrale était déchirée.

Immédiatement, je m'en suis voulu à mort. Comment j'avais pu être si stupide ? Pourquoi est-ce que je ne l'avais pas retiré, laissé chez moi ? Pourquoi, pourquoi, pourquoi il fallait que je fasse toujours autant d'erreurs ?

— Oh merde, a gémi Lola. Pleure pas, merde. C'est pas si grave... Pleure pas.

— Il est ruiné...

Foutu pour foutu, je me suis frotté les yeux avec la manche.

— Arrête, il est pas ruiné du tout...

Elle a regardé sur son bureau, paniquée, à la recherche de quelque chose qui pourrait me soulager, et m'a tendu un mug.

— Tiens, bois ça.

J'ai bu. C'était du café noir, et froid. J'avais jamais bu de café.

— C'est juste de la crasse, Hippolyte, ça part au lavage.

— Non, j'ai protesté, butée comme une gosse. La poche est déchirée.

— Calme-toi. Bois encore un peu.

J'ai bu encore un peu. C'était infâme, on aurait dit un mélange entre de l'eau de piscine et de l'infusion de cendre de cigarette. J'ai rendu le mug à Lola, qui m'a demandé :

— Tu ne sais pas coudre ?

J'ai secoué la tête, muette. Elle s'est levée et m'a tendu la main :

— Donne-le-moi.

Et donc je me suis retrouvée assise en tailleur sur le plancher de sa chambre, tandis qu'elle était sur son lit à recoudre mon pull à la lueur de sa lampe de chevet. Ses lunettes lui tombaient sur le bout du nez et son expression concentrée la vieillissait ; elle aurait pu jouer le rôle de la grand-mère du Chaperon Rouge. Moi, avec mon visage barbouillé et mon nez morveux, je faisais probablement plus huit ans que seize.

Au bout d'un moment, elle a tapoté la place à côté d'elle.

— Viens. Tu verras mieux.

Je me suis installée sur son lit propre avec mon jean dégoûtant. Elle m'a montré comment passer le fil dans le chas de l'aiguille, comment faire des points de couture, comment nouer le tout quand on a fini. Elle m'a même laissée couper le fil avec les ciseaux. J'étais un peu sonnée : en arrière-plan, j'entendais les moqueries de Benji et Kouz (et les miennes, d'accord) résonner à mes oreilles. Tout ce qu'on avait pu dire. Tout ce qu'on avait pu dire sur cette fille.

— Tu es gentille, j'ai murmuré quand elle m'a tendu son travail.

Ça m'a fait bizarre de dire ça. « Gentil », à l'école, c'est presque une insulte.

Et pourtant, c'était vrai. Elle était gentille. Je n'avais rien fait pour mériter ça.

— Regarde. Comme neuf.

J'ai parcouru la couture du bout du doigt. C'était pas comme neuf, exactement, le fil n'était pas de l'exacte même nuance de rouge profond que le reste et, au toucher, on sentait le changement entre ses coutures et la couture industrielle. Mais ça faisait illusion. Et puis, toutes les armures ont des cicatrices. C'est ce qui font qu'elles nous appartiennent.

J'ai remis le hoodie. Il était toujours aussi doux. Toujours parfait.

— C'est une jolie couleur, a-t-elle dit en rangeant son fil et ses aiguilles dans une petite boîte en bois.

J'ai hoché la tête. J'avais l'impression qu'elle me perçait à jour. Qu'elle comprenait pourquoi j'aimais tant ce pull-là, en particulier. Ensuite, elle m'a dit :

— De quoi tu voulais parler ?

Ça m'a prise de court. J'étais partie comme ça, sans penser aux mots précis que j'allais lui dire.

— La cicatrice, sur ta joue. Comment tu te l'es faite ?

Son visage s'est refermé.

— Je me souviens pas. Il y a eu un accident.

— Quel genre d'accident ?

— J'ai dit que je ne m'en souvenais pas.

— Je voudrais la regarder de plus près, j'ai dit en m'approchant.

Elle s'est écartée.

— Je veux juste voir, j'ai insisté. Je veux juste voir !

Elle reculait à chaque pas que je faisais vers elle. Sa peau était devenue très pâle – sa cicatrice ressortait encore plus.

— C'est un accident. Je veux pas en parler.

J'ai levé les mains, comme on essaie d'apaiser un animal sauvage.

— Mais j'ai besoin…

— Je veux pas en parler, elle a répété en reculant.

— Je voulais juste savoir si…

— Je ne veux pas !

Son dos a heurté la bibliothèque de sa chambre. Elle ne pouvait pas s'éloigner davantage. J'ai pris une longue inspiration et j'ai dit :

— C'est une morsure, c'est ça ? C'est ta mère qui t'a mordue ?

Tout s'est immobilisé, à part mon cœur qui fait toujours l'inverse de ce dont j'ai besoin. Lola a ouvert la bouche, puis elle l'a refermée sans rien répondre. Je me suis dit qu'il fallait avancer coûte que coûte, insister, parler jusqu'à ce que je retombe sur mes pattes.

J'ai relevé ma manche pour défaire mon bandage.

— J'ai besoin de savoir, parce que je crois que j'ai la même.

Tour après tour, j'ai découvert mon bras.

— Elle m'a mordue, j'ai bafouillé. Ma mère, je veux dire. Ma mère m'a mordue.

C'était la première fois que je le disais à voix haute. C'était dangereux, car le dire à voix haute, ça le rendait vrai. J'ai jeté un coup d'œil par le velux. Le ciel était toujours visible, il ne nous était pas tombé dessus.

La Terre a repris sa rotation avec un grincement.

Lorsque toute la gaze a été enlevée, Lola a tiré mon bras vers elle et a parcouru chaque bleu du bout des doigts. Chaque petite trace de dents violette.

— Ma mère est morte, elle a chuchoté. Quand j'avais trois ans.

J'ai senti que c'était aussi dur pour elle de le dire que, pour moi, ça l'avait été de dire que ma mère m'avait mordue. Plus on le dit, plus c'est vrai.

Et j'ai pensé : Morte ? *Morte ?!* Comment j'avais pu ne pas le savoir ?

Je n'avais pas fait attention, tout simplement. Toutes ces années, je n'avais jamais vu aucune femme sortir de la maison de Lola, mais j'avais juste conclu – sans chercher plus loin – que ses parents étaient séparés, comme ceux de presque tout le monde. Tout le monde sauf moi, jusque récemment.

Brusquement, Lola a lâché mon bras. Ses yeux se sont écarquillés, en panique ; quelqu'un montait l'escalier. Avec la musique, on ne l'avait pas entendu.

— *Lola ?* a appelé une voix d'homme.

Elle a battu l'air de ses bras, muette de terreur. J'ai fait la première chose qui m'est venue à l'esprit : je me suis jetée à terre pour me cacher sous le lit.

# Surgelés

J'avais sauté par réflexe mais, au fond, j'ai pas compris de quoi Lola avait si peur. C'était seulement son père, derrière la porte.

Il était roux, comme elle, de son crâne dégarni jusqu'à son menton mal rasé. *Je savais pas que les adultes pouvaient être aussi roux*, j'ai pensé bêtement. Il a ajusté ses petites lunettes rondes en contemplant la chambre, la gaze de mon bandage étalée par terre, moi à quatre pattes sur le plancher et Lola debout, la bouche ouverte.

Je me suis relevée en tirant sur ma manche pour cacher la morsure. Il m'a détaillée, ses yeux s'attardant sur les taches de mon pantalon, la saleté sur mon hoodie.

— Oh, il a dit. Bonjour.

— Papa, a déclaré Lola d'une voix mal assurée, je te présente Hippolyte.

Puis elle a ajouté, d'un ton net, comme pour me signifier qu'elle me tuerait si j'osais nier :

— Une amie.

Le visage de son père s'est éclairé, sa barbe de trois jours scintillant dans la lumière orangée du velux. Une amie ! C'était comme si je le voyais penser, exulter : *Lola a une amie !* Elle ne devait pas ramener souvent de potes chez elle.

— Tu veux rester avec nous pour souper ? On a des lasagnes surgelées.

J'ai pas pu me défiler. La main que Lola a posée sur mon épaule pendant qu'on descendait les escaliers paraissait amicale, mais elle était très ferme. Ses ongles s'enfonçaient dans ma peau à travers mes vêtements. Je me suis assise à la petite table de leur cuisine pendant que le père de Lola mettait trois *lasagna verde* de chez Delhaize au four.

Leur cuisine était la même que ma cuisine – mêmes proportions, même plafond vitré. Sauf qu'ici tout était propre, rangé, à sa place. La cuisine de chez moi est un désastre. C'est Papa qui faisait le ménage, avant. Maintenant, j'ai l'impression que tout est poisseux.

C'est surtout le père de Lola qui a parlé, pendant qu'on avalait nos lasagnes à même les barquettes d'alu. Il m'a expliqué que c'était le péché mignon de Lola, ces lasagnes, et que c'était la tradition, tous les mercredi soir, de les manger. Ils en avaient toujours au congélateur.

Pendant qu'il faisait la conversation, Lola émettait des petits bruits de contentement, comme pour confirmer ce qu'il disait, oui, oui, elle était raide dingue de ces lasagnes. Il la couvait du regard. Elle lui a raconté sa journée d'un air enjoué. Évidemment, elle n'a rien dit de Kouz, ni de moi, ni du bus, ni du fait qu'elle est toujours assise toute seule à la récré. C'est pas le genre de choses qu'on raconte à son père.

— Tiens, il m'a soudain demandé, tu es au courant qu'une vieille dame de la rue a disparu ?

Nerveuse, j'ai rajusté ma manche sur la trace de morsure. Il ne fallait surtout pas qu'il la voie.

— Madame Muñoz, j'ai soufflé.

— Hippolyte la connaît bien, a dit Lola, et je lui ai été reconnaissante de parler d'elle au présent.

— Ah oui ? a fait son père.

Le « oui ? » attendait une réponse, mais je n'avais pas envie de développer. J'avais pas envie de raconter que Madame Muñoz me laissait arroser ses plantes quand j'étais gamine, et à quel point j'adorais ça, regarder la terre boire l'eau, toucher du bout des doigts les différentes textures des feuilles, et que maintenant personne n'arrosait plus les plantes parce que Madame Muñoz n'était plus là.

Je me suis concentrée sur le repas. J'avais déjà mangé de ces lasagnes-là, un soir où Maman était sortie – Papa avait eu la flemme de cuisiner, et elles avaient tout à fait le même goût que dans mon souvenir. Comment ils font pour photocopier les saveurs à l'infini ?

C'était le genre de plat qui est bon pendant les trois premières bouchées, écœurant ensuite. Contrairement à ce que le nom laissait penser, *verde*, c'était pas végétarien : je sentais le porc haché, granuleux sur ma langue.

J'ai pas pu terminer.

Je suis rentrée chez moi par la porte du jardin. Maman était assise à la table de la cuisine devant une assiette vide, exactement à l'endroit où j'avais été assise chez Lola.

Elle s'est levée. Elle ne m'a pas dit bonsoir. Elle avait l'air de quelqu'un qui a pris une décision difficile, et qui ne laissera personne la faire changer d'avis. Ses joues n'étaient plus aussi pâles et ses yeux paraissaient moins enfoncés dans ses orbites. Elle ressemblait à ma maman d'avant.

— Je t'attendais pour manger, elle a dit, d'un ton de reproche. Où étais-tu ?

J'ai enlevé mes chaussures à coups de pied, sans défaire mes lacets.

— Chez une amie. J'ai déjà mangé.

— N'enlève pas tes chaussures comme ça, tu vas abîmer le cuir.

OK : elle était redevenue *exactement* Maman.

— Qu'est-ce que t'as fait à ton pantalon ? elle a repris. Il est dégoûtant.

— Mais rien…

— Et tu connais la règle : si tu soupes dehors, tu m'envoies un message.

J'ai ri. Pas pu m'en empêcher. J'avais passé la soirée à crapahuter sur les toits et Maman voulait un sms !

— Un message ?

— C'est la règle depuis que tu as un téléphone, ne fais pas l'innocente.

— L'innocente, j'ai à nouveau répété, en appuyant à travers mon bandage sur le bleu qu'elle m'avait fait.

J'avais remis le pansement en place avant de rentrer, mais il ne tenait pas très bien. Elle a remarqué mon geste. Sa voix a enflé.

— C'est du respect, Hippolyte. De la courtoisie de base. Je t'ai attendue pour qu'on mange ensemble !

J'ai jeté un coup d'œil sceptique à la table dressée pour une seule personne. Elle ne s'est pas démontée.

— Et j'ai sorti la viande du frigo. Elle va périmer, si tu ne la manges pas.

Il y avait effectivement une entrecôte posée sur une planche à découper. Maman sort toujours les steaks deux heures avant cuisson du frigo pour les tempérer, les sécher et les saler. C'est tout un système censé favoriser la réaction de Maillard (ça veut dire la caramélisation de la surface de la viande). Moi, je vois pas la différence.

— Plus faim, j'ai marmonné. T'as qu'à la mettre au congélateur.

On a un énorme congélateur-coffre à la cave, j'avais du mal à m'inquiéter d'un potentiel gaspillage.

— Il est plein, elle a grondé. Et regarde-moi quand je te parle !

— *NE ME CRIE PAS DESSUS*, j'ai hurlé en retour.

Mon cœur avait gonflé ses muscles à m'en déchirer les côtes, façon Hulk.

Maman a sursauté, la bouche ouverte en un O dans lequel j'aurais voulu balancer des cailloux.

— Tu veux un message, hein ? Tu veux qu'on communique ? Et si tu communiquais avec moi, *toi* ? Et si tu m'annonçais les nouvelles qui me concernent, comme, oh, je sais pas, au hasard, le départ de mon père ?

Mon cœur se fracassait sur mes tempes, m'enserrait rythmiquement le cerveau. Je n'arrivais pas à m'arrêter :

— Et puis je veux savoir... Je veux savoir...

La colère me faisait balbutier. Dis-le. « *Je veux savoir ce que tu fais à la cave.* » Dis-le ! « *Je veux savoir pourquoi tu as fait semblant de ne pas m'entendre.* »

— Je veux savoir comment s'appelle Madame Muñoz.

— Madame Muñoz, a grincé Maman entre ses dents serrées, s'appelait Madame Muñoz.

— Je veux connaître son prénom ! Et je veux savoir si les policiers t'ont rappelée ! Je veux savoir où en est l'enquête !

Maman a frappé du plat de la main sur la table. Ça se voyait qu'elle voulait faire du bruit, m'impressionner, mais c'était raté : sa paume moite a émis un couinement pathétique en glissant sur la nappe en plastique.

— C'est trop facile, Hippolyte. Ça fait des mois que tu n'allais plus la voir, mais maintenant qu'elle a disparu, tu te soucies d'elle à nouveau ?

— Évidemment que je...

— Trop facile ! Tu te crois la seule à être triste qu'elle soit...

Elle a dégluti, les yeux voilés.

— Bon, je suis fatiguée, et je suis triste, et je veux que tu arrêtes de poser des questions. Elle est partie, c'est comme ça. Tu aurais dû aller la voir tant qu'elle était encore là.

— Mais... je n'y allais plus... parce que tu n'y allais plus !

Elle a relevé la tête. Dans son regard : un désert. J'aurais pu m'y perdre.

— Oui, Hippolyte, j'ai cessé d'y aller. Après des mois à y aller *seule*, sans toi, et à l'écouter me dire qu'elle n'en pouvait plus d'être dépendante d'une infirmière, de ne plus être capable se déplacer, j'ai cessé d'y aller. Je ne supportais plus de l'entendre dire qu'elle voulait mourir.

— Je ne pouvais pas y aller sans toi, j'ai insisté.

— Tu as cessé de m'accompagner il y a des mois. J'y allais encore, et tu ne venais pas.

— Mais...

— Seize ans ! elle a déclaré à la cantonade, comme si on était devant un public. Seize ans et incapable de traverser la rue sans sa maman pour aller voir une voisine !

Parfois, Maman fait ça : quand elle a mal, elle s'arrange pour que vous vous sentiez mal aussi. Je l'ai vue faire avec mon père. Ça n'arrange rien, pourtant. Alors j'ai fait ce que mon père faisait dans ces cas-là, un truc tout aussi idiot : j'ai contre-attaqué de toutes mes forces.

— Et si tu m'expliquais pourquoi personne t'a vue au boulot depuis trois semaines ?

Dans le mille.

Maman s'est figée, lapin pris dans les phares.

— Qui t'a dit ça ?

— Papa. Ils n'arrivaient pas à te joindre, alors ils ont appelé Papa.

Sa bouche s'est tordue d'embarras, et j'ai senti l'ampleur de l'humiliation que ça devait être, de se révéler si visiblement défaite par la séparation. Elle était tellement pitoyable !

— Ouais, j'ai lâché en reprenant mon souffle. Ouais.

— Je suis toujours ta mère, elle a dit d'une petite voix, même si ça n'avait rien à voir avec rien.

Sans la laisser terminer, je me suis engagée dans l'escalier.

— Tout ce que je fais pour toi, Hippolyte !... Tu n'as pas idée !

Je la détestais de faire de moi le bourreau, de m'obliger à lui dire la vérité alors que la vérité faisait si mal.

Impossible de mentionner la morsure, évidemment. C'était encore pire que le reste.

*

J'aimerais bien être le type de personne qui cogne les murs de colère sans pouvoir se contenir, mais ce n'est pas le cas. J'ai regardé le papier peint de ma chambre pendant de longues secondes pour rassembler tout mon courage avant de donner deux coups de poing – droite, gauche. Ça m'a fait mal aux phalanges.

Mais… tenez-vous bien : le mur m'a répondu.

Je l'ai fixé. J'habite dans une maison qui parle, mais d'habitude elle n'est pas aussi explicite.

Mon GSM a vibré dans ma poche. C'était Lola.

*C'est toi qui frappes au mur ? Je t'entends*

J'ai frappé à nouveau, plus doucement.

Elle m'a répondu : trois coups secs.

J'ai commencé à écrire *Je m'excuse*, puis je me suis souvenue d'un prof de français qui nous martelait « On ne s'excuse pas soi-même » alors j'ai juste toqué au mur. Et puis elle a toqué au mur. J'ai pas voulu la laisser en plan, alors j'ai toqué en réponse. Et elle a re-toqué, alors j'ai re-re-toqué.

Ça a duré longtemps.

# Chocolat chaud

Maman m'avait préparé le chocolat chaud de quand j'étais petite : une tasse de lait bouillant dans laquelle on fait fondre un bâton de *Côte d'or Noir de Noir* et un sachet de sucre vanilliné. C'était plus sucré que dans mon souvenir. Un peu trop, même.

Elle m'épiait de l'autre côté de la table avec un petit sourire penaud, sans rien manger elle-même. Il y a toujours trois chaises à cette table, même si plus personne ne s'assied à la troisième. La place vide de Papa entre Maman et moi.

J'ai trempé ma tartine dans mon chocolat chaud.

— Merci.

Son sourire s'est élargi de soulagement, et j'ai pensé, même si c'était absurde, qu'elle avait très peur de moi. Elle avait l'air de croire que si elle faisait un pas de travers, j'exploserais soudain, mille tentacules me sortiraient de partout et je l'étranglerais.

Je voulais vraiment qu'on s'aime, c'était juste tellement dur.

— Bois, Hippie, tu vas être en retard.

Le chocolat chaud était écœurant, et j'en voulais pas. Je voulais qu'elle me parle. Mais ça aurait tout gâché de dire ça à voix haute, alors je l'ai bu, le chocolat chaud trop sucré de la paix. Jusqu'à la dernière goutte.

Avant que je sorte de la maison, elle m'a serrée dans ses bras, passant ses mains sous mon cartable pour me caresser le dos. Je suis restée toute droite, crispée. Mon corps avait oublié comment s'adapter au sien.

*

— J'ai pensé à toi toute la nuit, m'a dit Lola quand je suis arrivée à l'arrêt de bus.

C'était gênant. Heureusement, le bus a accosté au trottoir avant qu'elle ait pu s'épancher plus. On a grimpé à bord et j'ai filé vers ma banquette habituelle.

Mais Lola m'a suivie et s'est assise à côté de moi. Elle occupait l'entièreté de son siège, voire un peu plus. Ça laissait zéro place pour Kouz et Benji.

Je me suis collée à la vitre.

— Je me souviens de choses dont je soupçonnais pas l'existence. Ça t'est déjà arrivé ? Des souvenirs que t'avais même pas conscience d'avoir oubliés, qui reviennent ?

J'ai fait un signe de tête qui ne voulait rien dire de particulier. Le bus a démarré.

Dans moins de vingt minutes, on serait à la gare d'Etterbeek et les garçons monteraient.

— De quoi tu te souviens ? j'ai soufflé.

— L'accident. L'accident de ma cicatrice. J'avais trois ans, et juste après ma mère est entrée à l'hôpital où elle est…

— Où elle est morte ? j'ai complété.

On a tourné autour des Trois Tilleuls à toute vitesse avant de foncer vers Vander Elst. Je sais que ça craint, mais j'avais peur de ce que Kouz dirait quand il me verrait avec Lola.

Lola a baissé les yeux sur ses genoux.

— Ouais.

— Tu sais ce qu'elle avait ?

Elle a lentement secoué la tête.

Une vieille à cabas s'est tournée vers nous. Lola l'a remarquée et a voulu se lever, mais je l'ai retenue par le bras. C'était pas le moment d'être polie.

— Y a plein de places, j'ai grommelé. Laisse-la.

Lola s'est dégagée ; la vieille a clopiné vers une autre place libre.

— C'est pas très correct.

— Comment tu peux ne pas savoir comment ta propre mère est morte ?

— Je ne sais pas comment elle est morte, elle a repris d'une voix calme, parce que quand j'étais petite, mon père me disait juste qu'elle avait été très malade. J'étais trop jeune pour qu'il me dise que c'était le cancer ou un anévrisme. Je me souviens seulement que je suis allée la voir une dernière fois, et elle était derrière une vitre comme si sa maladie était contagieuse.

— C'est pas contagieux, le cancer.

On déboulait place Keym. J'ai pas pu m'empêcher de me dire que si Benji devait choisir entre Kouz et moi, il choisirait sûrement Kouz. J'aurais voulu m'en foutre, mais j'y arrivais pas.

Cinq minutes, peut-être moins, avant que les garçons montent. Je me suis mise à prier pour un bouchon, un accident, n'importe quoi pour ralentir le trafic.

— Je sais. Mais je me suis jamais posé la question. Elle était malade et puis elle est morte, et ça me semblait parfaitement logique à trois ans.

— Mais les souvenirs..., je l'ai pressée. Les souvenirs qui te sont remontés.

— Ouais.

Sauf qu'elle a rien ajouté. Elle s'est détournée de moi pour regarder par la fenêtre où les murs du cimetière d'Ixelles défilaient. La route était désespérément dégagée, devant nous. Personne ne voulait ni descendre ni monter à *Thys*, alors on a passé l'arrêt sans stopper.

J'ai pensé à me lever pour m'asseoir ailleurs, mais j'étais coincée entre Lola et la vitre. On arrivait à Gare d'Etterbeek. J'ai pensé à descendre du bus. Peut-être que dans la cohue, les garçons ne me verraient pas descendre pendant qu'ils montaient ?

J'avais commencé à me lever quand Lola a dit quelque chose qui m'a clouée à mon siège.

— Je crois que tu as raison. Je crois qu'elle m'a mordue. Elle m'a mordue, puis elle est morte.

Elle ne pleurait pas, mais elle chuchotait sur ce ton qu'on prend quand on a la gorge trop serrée pour parler plus fort.

Pile à ce moment-là, Kouz et Benji ont fendu la masse compacte des usagers pour se frayer un chemin jusqu'à notre banquette. Notre banquette occupée par Lola.

La bouche de Kouz s'est tordue. Mon ventre a fait pareil.

— Qu'est-ce que tu fous là ? il a dit à Lola.

Elle ne s'est pas décomposée. Elle ne s'est pas levée pour leur laisser la place. Non, elle s'est redressée sur son siège, ses yeux redevenus secs, et elle a déclaré, d'une voix claire :

— Hippolyte m'a invitée.

J'ai manqué de m'étouffer. Benji a laissé échapper un rire surpris tandis que Kouz se tournait vers moi, l'air glacé.

J'ai secoué la tête. Il y avait quelque chose qui montait en moi, une vapeur acide, qui m'emplissait le crâne, m'empêchait de penser. J'aurais bien voulu la cracher, cette vapeur. J'aurais voulu qu'elle fasse se consumer les cheveux de Lola, griller le sourire bêta de Benji, fondre la peau parfaite de Kouz.

— C'est pas vrai, putain, j'ai invité personne. C'est un bus. Lola s'assied où elle veut.

— Mais c'est notre banquette ! a protesté Kouz. Tu fais chier.

Je me suis raidie.

— Je fais chier ? Ça fait deux mois que je vous réserve la place tous les matins, et vous ne m'avez pas remerciée une seule fois. Donc non, c'est pas votre banquette, c'est ma banquette, d'ailleurs c'est pas ma banquette, les sièges sont à tout le monde, la STIB est un putain de service public.

J'ai repris ma respiration et porté une main à mon front. J'avais un peu le vertige.

— J'ai pas compris à qui était la banquette, tu peux réexpliquer ? a lancé Benji.

Ça a fait marrer Lola, puis moi. Kouz est resté de marbre – froid, dur. Le bus a heurté un cahot qui a manqué de le renverser. Je l'ai rattrapé par la manche.

On s'est défiés du regard. J'ai pas lâché.

À l'arrêt suivant, il est descendu du bus.

Quand on est entrés en classe pour le cours de maths, EDK avait déjà préparé le tableau. Il avait écrit : « Les limites » en grand tout en haut, et dessiné la fonction $^{1}/x$ pour x et y supérieurs à zéro. Lola et Benji ont tour à tour essayé de s'asseoir à côté de moi, mais je les ai chassés. J'étais persuadée que Kouz avait simplement pris le bus suivant ; alors, quand il arriverait, il serait obligé de s'asseoir à côté de moi si c'était la seule place libre.

— Est-ce que tu vas nous faire l'honneur d'être présente en cours aujourd'hui, Hippolyte ? a claironné EDK.

J'ai sursauté, marmonné :

— Je suis là.

— Physiquement, bien sûr. Et mentalement ?

Il y a eu des rires, et je me suis renfrognée. Qu'est-ce qu'il avait à me surveiller comme ça ?

Il s'est retourné vers le tableau pour entamer le cours. J'ai fait de mon mieux pour suivre. C'était une de ces leçons où le prof explique un concept tout neuf de plein de manières différentes, en espérant que l'une d'entre elles nous fera comprendre. Si j'aimais bien les maths, avant cette année, c'est parce que parfois (même si ça arrive rarement), je sens que j'ai compris, vraiment vraiment compris, et mes neurones se réarrangent avec ce cliquetis minuscule qu'on entend des fois sortir d'un ordinateur.

— Les limites, a dit EDK, c'est ce vers quoi tend une fonction. C'est quand elle monte, monte, monte, n'arrête jamais de monter, mais n'atteindra jamais l'infini, parce que l'infini est l'infini, par définition.

J'ai regardé l'hyperbole, $^1/x$, la façon dont elle se courbait vers le haut quand x approchait de zéro. J'ai pensé : ce n'est pas tant l'infini qu'elle n'atteindra jamais, c'est l'axe Y. Elle aura beau faire de son mieux, se courber de manière absurde, jamais elle ne touchera l'axe Y qui reste droit, immuable, sans faire aucun effort.

Ça m'a rendue super triste.

Kouz a débarqué en classe vingt minutes après le début de la première période et EDK l'a remercié de nous « honorer de sa présence ». Kouz a forcé un rire qui ressemblait plus à un grognement avant de présenter son journal de classe dûment orné d'un nouveau retard. Il a cherché un siège libre, mais il n'y avait que la place à côté de moi. Il s'y est laissé tomber à contrecœur.

Mon plan avait fonctionné.

J'ai poussé mes notes de son côté du banc pour qu'il puisse se rattraper.

— T'es pas assise à côté de ta nouvelle meilleure amie ? il a chuchoté sans m'accorder un regard.

*C'est pas mon amie*, j'ai failli répondre, mais je me suis retenue.

— Lola est cool. Elle est… gentille.

Kouz a ricané.

— Gentille. Une gentille fille. C'est un putain de poison, oui.

EDK, qui dessinait la parabole $x^2$ au tableau pour nous montrer que les deux branches tendaient chacune vers l'infini, s'est retourné vers nous et nous a demandé d'au moins essayer de tendre vers l'idée du silence, s'il vous plaît. On a baissé la tête. Kouz a fait semblant de lire mes notes.

— Sans Lola, Aurélie ne m'aurait pas largué, il a grondé. T'es de mon côté ou pas ?

— Pas.

Ça l'a surpris. Quand il est en colère, c'est un peu comme quand il sourit. Il ressemble à une lame parcourue d'un rai de lumière.

— Aurélie t'a quitté parce que t'as été nul. C'est pas la faute de Lola.

Il a resserré ses griffes sur mes notes, froissant la feuille. J'ai continué, à mi-voix, avec un courage que je ne me connaissais pas – après tout, si ma mère était capable de me mordre, j'étais capable de dire ses quatre vérités à Kouz.

— Et c'était nul aussi, d'être assise à côté de toi alors que tu montrais ces foutues photos à Benji.

Il a montré les crocs en ricanant. Beaucoup trop fort.

— T'aurais voulu les voir ?

Une main s'est abattue sur notre table. On a levé les yeux. EDK se tenait devant nous, avec une expression polaire.

— Je vais vous demander de finir cette intéressante conversation dans le couloir.

Quand on était en primaire, Kouz restait de temps en temps dormir chez moi le vendredi, et on parlait des livres qu'on avait lus. Il était excité, passionné, toujours, mais il n'y avait que dans le noir complet, quand on avait éteint la lumière et que j'étais presque endormie, qu'il était capable d'avouer qu'il avait été ému par un bouquin. *J'ai pleuré*, il murmurait, et je savais que c'était un secret précieux.

Les couloirs de l'école sont pavés de carreaux de faïence blanc, les mêmes sur les murs et aux plafonds qu'au sol. Ça me fait toujours l'effet d'être coincée dans un magasin de porcelaine, entre des piles et des piles d'assiettes immaculées.

En le suivant dans le couloir, je me suis imaginé que c'était au Kouz d'autrefois que je parlais. Celui qui était capable d'avouer qu'il avait pleuré.

— Quand tu parles des filles comme ça, Aurélie ou Lola, ça me blesse.

C'est sorti d'un trait, pendant qu'on marchait. Il s'est arrêté devant l'escalier et m'a fait face en secouant la tête. J'avais de plus en plus l'impression que le Kouz qui venait dormir chez moi avait totalement disparu.

— Déjà, je ne parle pas d'Aurélie comme je parle de Lola. Ça n'a rien à voir.

À ce moment, et en repensant au Kouz de dix ans, je me suis dit que c'était très injuste qu'il ait grandi si vite, avec sa grosse tête, sa barbe de trois jours et ses grandes dents, alors que j'étais restée si petite. Face à son baryton raisonnable, ma voix sonnait criarde et râleuse.

Mais j'ai continué :

— Si. Tu te moques d'elles parce qu'elles ont trop de seins ou pas assez. Parce que ce sont des filles.

— Je ne me moque pas, j'apprécie.

Je l'aurais giflé. Je l'aurais giflé en plein sur ses joues râpeuses.

— Ne me parle pas comme ça ! j'ai crié. On est seuls, t'as pas besoin de me parler comme ça !

Ça l'a fait sursauter. J'ai vu dans ses yeux qu'il pensait à la même chose que moi. Nous deux, petits, seuls dans le noir avec nos secrets.

— Je fais des blagues sur les filles, pas sur toi. Je ne comprends pas pourquoi ça te dérange.

— Mais je suis une fille, Kouz.

— T'es pas une « fille », il a soufflé, en insistant sur les guillemets. T'es H. Mon amie H.

J'ai secoué la tête en retenant des larmes. Si j'étais son amie, pourquoi on ne s'était plus parlé pendant quatre ans ?

— Tu insultes les filles devant moi parce que tu penses que je n'en suis pas une.

Il a tapé du pied d'agacement, et le choc s'est répercuté dans la cage d'escalier. J'ai levé les yeux, inquiète : la salle des profs était juste au-dessus.

Quand j'ai baissé la tête, il s'est approché de moi, l'air décidé. Et il m'a embrassée.

C'était rien de spécial, honnêtement, juste sa gueule, son museau, contre la chair qui me servait de bouche.

J'ai posé mes deux paumes sur son torse et je l'ai repoussé, brutalement. Il a titubé. Du revers de la main, je me suis essuyé les lèvres.

— Qu'est-ce que tu fous ?

Il a baissé les yeux.

— Je pensais que c'était ce que tu voulais. Que je te traite comme une fille.

— Et donc tu m'embrasses ?

— C'est ce que je fais avec les filles, il a marmonné.

— Toutes les filles ?

Il a grimacé.

— Non, pas toutes... Juste... Merde, H ! C'était pas ce que tu voulais ?

La sonnerie a retenti depuis le boîtier fixé au mur juste au-dessus de nous. On a sursauté. De là où on était, le son était d'une intensité intolérable.

— Je ne sais pas, j'ai dit, et ma voix s'y est perdue.

# Poison

Ces jours-là, je ne savais jamais sur laquelle de mes deux mères j'allais tomber en rentrant chez moi. Celle à la peau pâle et aux paupières violettes qui semblait à la fois bouillir et mourir à l'intérieur, que j'avais l'impression de ne pas connaître, que je devais contourner prudemment parce que j'avais la conviction affreuse qu'elle me sauterait à la gorge si je m'approchais trop ? Ou l'autre, celle qui ressemblait à Maman mais n'était pas non plus vraiment Maman, qui me serrait dans ses bras un peu trop fort, un peu trop longtemps, et dont je devais éviter le regard pour ne pas voir à quel point elle était triste, à quel point elle avait peur ?

Je n'ai plus évoqué son boulot, ni Madame Muñoz. Elle non plus.

À la maison, des objets disparaissaient : les couteaux de cuisine, par exemple, n'étaient plus dans leurs tiroirs. Un soir où Maman était allée se coucher beaucoup trop tôt, je suis entrée dans le salon. J'ai appuyé sur l'interrupteur, grogné – j'oubliais tout le temps que l'ampoule avait grillé. Alors j'ai allumé la lampe à côté du canapé. L'effet était sinistre : des ombres très noires s'étiraient jusqu'au plafond, cernées d'une lumière jaunâtre. Le genre à vous rendre malheureux même si vous n'aviez aucune raison de l'être.

Dans la pénombre, j'ai remarqué que l'écran du téléphone fixe était éteint. J'ai suivi le câble électrique jusqu'à la prise : elle était débranchée. « 00:00 », a clignoté l'écran du combiné quand je l'ai rebranchée. J'ai ignoré le message qui m'invitait à le remettre à l'heure et j'ai appelé Papa.

Ça a sonné six fois avant que je tombe sur sa boîte vocale. J'ai raccroché sans laisser de message et je suis retournée à la cuisine. C'était pas juste les couteaux qui manquaient : la planche à découper en bois massif n'était pas à sa place habituelle, calée derrière le saladier à fruits, et la poêle en fonte – celle qui est si lourde qu'on ne peut pas la pendre à un crochet comme les autres casseroles – n'était pas dans le placard où on la range habituellement.

Le téléphone fixe a sonné. Je me suis précipitée dans le salon pour décrocher.

— Allô ?

— *Oh, c'est toi*, a dit mon père, d'un ton horriblement soulagé. *En voyant le numéro du fixe, j'ai cru...*

Je l'ai coupé. Je voulais pas savoir ce qu'il avait cru.

— Tu as pris des trucs dans la cuisine ? Les couteaux ?

— *Les couteaux ?*

— Il manque plein de choses à la cuisine. C'est toi qui les as emportés ?

— *Non.*

— Tu es sûr ?

— *Je n'ai rien pris, Hippo. Je n'ai rien pris qui n'était pas à moi.*

— Et les couteaux, la planche à découper, la poêle... Tout ça, c'était pas à toi ?

Il a eu un rire fatigué.

— *Non, c'est ta mère qui cuisine, tu sais bien. Elle ne m'a jamais laissé toucher à la nourriture. Je cuis trop la viande, il paraît.*

C'était à moitié vrai : dans mes souvenirs, Papa faisait tellement peu d'efforts quand c'était son tour de faire le repas que Maman en avait eu marre, et qu'elle avait préféré faire tout elle-même. (Je n'ai pas dit ça à mon père parce que ç'aurait été Choisir Mon Camp, et ça je savais que je ne pouvais pas.)

— *Tu as repensé à ce que je t'ai dit ? Sur la chambre ? Tu veux venir, cette semaine ?*

La réponse était non, je n'y avais pas pensé. Et la réponse était non, je ne voulais pas venir cette semaine. Rien que l'idée de réfléchir aux vêtements que je devrais transporter jusque-là m'épuisait.

— Peut-être la semaine prochaine ?

Il a happé l'air plusieurs fois, comme s'il était sur le point de dire quelque chose mais se retenait au dernier moment.

Je voulais qu'il me murmure que c'était OK. Qu'il comprenait. Qu'il m'aimerait tout pareil même si je restais chez Maman pour toujours.

Et je voulais qu'il hurle qu'il était mon père, qu'il restait mon père, séparation ou pas, et que je viendrais passer du temps chez lui que je le veuille ou non.

— *Très bien*, il a fini par lâcher. *Très bien, Hippo. C'est toi qui vois. Il y a autre chose que je peux faire pour toi ?*

J'ai levé les yeux vers le plafond.

— L'ampoule du salon a lâché.

— *Il y a des ampoules de rechange à la cave.*

J'ai serré le combiné un peu trop fort, et pressé une touche par erreur – un bip a retenti. Papa a fait semblant de ne pas l'entendre.

— Non, j'ai menti. Je suis allée vérifier, y en a plus.

— *Bon, alors tu peux en acheter à la supérette en bas de la rue. N'oublie pas de couper l'électricité avant de la changer.*

J'avais envie de pleurer. Je me suis dit que si je me concentrais suffisamment fort, ça ne s'entendrait pas au téléphone.

— D'accord. Merci.

C'est « Je ne sais pas » que j'aurais dû dire, pas « Merci ». Je ne sais pas comment couper l'électricité, ou choisir la bonne ampoule à la supérette, ou changer l'ampoule tout court. Il ne m'a jamais montré. J'ai failli lui demander de venir à la maison changer l'ampoule, mais il aurait dit non, et c'était méchant de le forcer à dire non.

— Papa ?

— *Oui ?*

— Je porte tous les jours le pull que tu m'as offert.

*

— C'est pas possible de ne pas savoir de quoi ta mère est morte, j'ai dit à Lola. Il faut que tu parles à ton père.

Le « f » de *faut* a craché un postillon sur le col de son imper. Il pleuvait si fort qu'on n'y voyait pas clair par la fenêtre du bus : je n'étais pas sûre qu'on ait déjà dépassé l'arrêt *Delleur*.

— Désolée, j'ai ajouté en essuyant le col de Lola du bout du pouce. Mais sérieusement, tu dois lui parler.

Lola se mordait les lèvres.

— C'est pas si simple.

C'était tous les jours pareil. Elle disait : « C'est pas si simple », puis elle levait les yeux au plafond du bus, comme si la réponse se trouvait quelque part dans les publicités collées au-dessus des vitres. Et elle inventait une métaphore pour me faire comprendre. Chaque jour une métaphore différente.

C'est comme grandir dans une maison sans eau chaude, elle disait. On prend des douches froides toute sa vie et on trouve ça parfaitement normal, parce qu'on n'a jamais rien connu d'autre. Et puis on commence à aller dormir chez des amies et là-bas, l'eau est chaude, et ça te surprend tellement, tu n'avais jamais pensé à ça, utiliser de l'eau chaude autrement que pour le thé. Mais comme personne dans les maisons de tes amies ne semble s'en étonner, tu ne dis rien. Puis tu invites une de ces amies chez toi, et elle pousse un cri strident en prenant sa douche, un cri que tu fais semblant de ne pas avoir entendu quand elle remonte jusqu'à ta chambre et se glisse en frissonnant dans le sac de couchage que Papa a préparé pour elle. Elle te demande si l'eau chaude est coupée. Tu réponds oui, que c'est temporaire. Et enfin tu comprends que c'est ta maison l'exception, que toutes les autres douches du monde ont de l'eau chaude, que personne d'autre ne grelotte en se lavant, personne d'autre que toi et ton père.

Mais tu ne lui poses pas la question à lui. D'abord parce que tu ne te rends même pas compte que c'est une question qui peut être posée, tout comme tu ne te rendais pas compte qu'il était possible que la douche soit chaude. Puis tu grandis encore et tu ne poses toujours pas la question à ton père, cette fois parce que tu as peur que la réponse le rende triste. Que la réponse soit : « On est pauvres ». Ou : « J'ai une maladie rare qui m'interdit tout contact avec l'eau chaude ».

On arrivait à la Gare d'Etterbeek. J'ai fait signe à Lola d'abréger.

— Au final, tu oublies. Tu oublies que tu avais une question. Tu vis avec les douches froides et la question. Tu comprends ?

Je comprenais très bien. Les métaphores n'étaient pas hyper utiles, parce que je savais parfaitement qu'il y a des questions qu'on ne peut pas poser à ses parents.

Mais j'insistais quand même.

Ensuite les garçons montaient, et Kouz ne me regardait pas dans les yeux, et Lola fixait Kouz comme si elle voulait le brûler, et Benji enchaînait les blagues avec un débit trop rapide pour convaincre qui que ce soit que tout était normal.

*

Quelques jours plus tard, Kouz et moi sommes allés chercher des dürüms ensemble. Au détour d'une rue, il m'a poussée sous le porche d'une maison.

— J'ai envie de…

— OK.

Et il m'a embrassée. C'était bien mieux cette fois-ci, parce que j'avais décidé que oui, je voulais l'embrasser.

J'avais le cœur au bord des lèvres. Pas dans le sens où je voulais vomir, mais dans le sens où je sentais mes joues et mes lèvres pulser, comme si je le tenais, mon cœur, dans ma bouche, tout fragile, et que je le transmettais à Kouz. Comme dans ce jeu idiot où on doit passer un chamallow de bouche en bouche sans le casser.

Après on est allés jusqu'au snack sans parler et on a commandé trois dürüms, Kouz a plaisanté en turc avec le gars à la caisse qui lui a fait signe de prendre un Coca dans le frigo (Kouz a toujours droit à un Coca gratuit – la puissance de la diaspora).

Quand on est arrivés au parc avec nos dürüms tout chauds dans un sac plastique, Lola et Benji étaient assis ensemble « à la Benji », c'est-à-dire le cul sur le dossier du banc et les pieds sur le siège. J'ai senti Kouz frémir de colère à côté de moi.

Lola racontait une histoire élaborée à Benji.

— EDK, avec sa mine sérieuse, parfois... Promets que tu ne te moqueras pas de moi !

— Promis !

— Bon, tu vois les petits pots dans lesquels ils nous font pisser à la visite médicale ?

— Je vois parfaitement.

— J'ai envie de lui en verser un sur la tête.

— Quoi ?

— C'est pas que je veux *vraiment* le faire, a précisé Lola, juste que j'arrive pas à arrêter d'y penser. La manière dont ça coulerait, tu vois.

Benji rigolait tellement fort que j'ai eu peur qu'il tombe à la renverse. Lola a dû penser la même chose que moi, parce qu'elle l'a retenu par les épaules, en ajoutant :

— Il a les cheveux tellement gras que je me demande si ça les mouillerait, en fait, ou si ça glisserait juste dessus comme sur les plumes d'un canard.

— C'est mon histoire préférée de toutes les histoires qu'on m'a jamais racontées, est parvenu à souffler Benji.

— Et aussi, il y a la manière dont ça suivrait ses rides. Tu sais comme il a la peau qui pend ? Ça dégoulinerait le long de ses bajoues.

Benji hoquetait, les mains serrées sur le banc. Il peinait à reprendre sa respiration entre deux éclats de rire. J'ai eu une nouvelle crainte : que ça se finisse en crise d'asthme.

Il a fini par remarquer notre présence.

— Vous m'avez bien pris samouraï comme sauce ?

— T'inquiète, j'ai fait.

Kouz allait dire quelque chose de méchant, je le sentais. J'ai discrètement tiré sur sa manche ; il m'a posé une question avec les yeux et j'ai secoué la tête.

— On n'a que trois dürüms, il a lancé à Lola.

Elle a fouillé dans le cartable posé à ses pieds pour en sortir un tupperware.

— J'ai mes tartines, elle a fait en l'ouvrant.

On s'est assis à quatre, Kouz à côté des jambes de Benji, moi entre celles de Benji et Lola.

Kouz parlait normalement, même s'il faisait des efforts pour ne regarder ni dans la direction d'Aurélie, assise un peu plus loin avec ses potes, ni dans celle de Lola, ni dans la mienne. C'était pas parfait, mais ça irait. Je sentais encore ses lèvres sur les miennes, les battements de mon cœur. Ça irait.

Au début, le dürüm était parfait : gras et salé et succulent. Et puis un souvenir s'y est infiltré. Ces dernières nuits, j'entendais Maman quitter sa chambre et je comptais jusqu'à mille avant de descendre à mon tour. Là, je me couchais sur le sol devant la porte de la cave pour humer les odeurs qui s'échappaient par la fente en dessous ; le froid du lino traversait mon pyjama et me faisait frissonner. Parfois ça sentait le barbecue, parfois la friture, parfois la pâtée pour chat. Toujours la viande.

Prise de nausée, j'ai calé à la moitié de mon dürüm. Lola m'a échangé la fin contre ses tartines. Pain blanc imbibé de gelée de framboises : merveilleux. Elle a toqué sur le bois du banc. J'ai toqué en retour, deux fois.

*

Plus que nous deux dans le bus, le 95 qui dévale la rue de la Cerisaie. J'insiste. Je la rends misérable, Lola, mais j'insiste.

— Il faut que tu saches.

— Je sais ce qu'il y a à savoir. Elle m'a mordue et elle est morte.

— Ça ne suffit pas.

— Elle m'a mordue et elle est morte, elle répète, plus fort, comme si le sens des mots changeait.

— Mais de quoi elle est morte ?

— Elle m'a mordue, elle a arraché une partie de ma chair avec ses dents. Peut-être qu'elle l'a avalée. Il y a au moins un peu de sang qui a coulé au fond de sa gorge, c'est sûr. Puis elle est morte.

J'ai la tête dans les mains. J'y arriverai jamais. Je comprendrai jamais ce qui arrive à Maman.

Lola bégaie.

— Elle m'a mordue et elle est morte, Hippolyte.

Lola est la seule de mes amis à ne pas m'appeler « H ».

— Maintenant, de quoi est-ce qu'elle est morte…, elle murmure.

Le bus est vide. À part le chauffeur. On ne pense jamais au chauffeur. Il est trop loin pour nous entendre.

— C'est la question que je te pose. C'est la question que je voudrais que tu poses à ton père.

Lola me force à détacher les mains de mon visage, m'attrape les poignets. Je la sens appuyer sur mon bleu, à travers le bandage. Ça se voit qu'elle ne s'en rend pas compte. Elle me regarde d'un air suppliant, et je sais qu'elle essaie de me faire comprendre quelque chose sans avoir à le dire à voix haute, mais je ne saisis pas, désolée, je ne capte rien.

Le bus s'arrête au terminus, *Wiener*, près du parc. Sur l'écran, la destination change. *Wiener* devient *Grand Place/Grote Markt*. Départ dans 8 minutes. Le chauffeur descend fumer une clope.

On ne bouge pas de nos sièges. Lola serre toujours mes poignets. J'entends ma mère me dire : « *Je ne te ferais jamais de mal, Hippolyte* ».

Si Lola appuie sur un bleu que ma mère m'a fait, c'est laquelle des deux qui me blesse ?

— Elle a mangé un morceau de moi et elle est morte, repète Lola. Qu'est-ce qui l'a tuée ?

J'en peux plus.

Enfin Lola me lâche, se laisse aller contre le siège. Ferme les yeux. Prend une longue inspiration. Avale sa salive.

Et soudain, je comprends. Je ne sais pas pourquoi j'ai mis si longtemps.

Je comprends tout.

Après coup, je suis incapable de dire ce qui s'est passé en premier. Si Lola a fondu en larmes en réaction à ce que j'ai dit ou si c'est l'inverse, si c'est parce qu'elle s'est mise à sangloter que j'ai pu expliquer ce que j'avais compris.

— Tu penses que tu l'as empoisonnée. Ta mère. Tu penses qu'elle est morte parce qu'elle t'a mangée.

# Whisky

— On ne peut pas crier dans la rue en pleine journée, parce qu'on nous prendrait pour des fous, ni pendant la nuit, parce qu'on réveillerait les gens. On ne peut pas crier à l'école, parce qu'on se ferait engueuler. On ne peut pas crier chez nous, parce que les voisins appelleraient la police.

On était tous les quatre au parc, Benji mangeait un reste de riz cantonais que ses parents avaient commandé la veille, Lola regardait sa tartine en énumérant tous les endroits où on ne pouvait pas crier et moi j'enfournais à toute vitesse la tartine au Maredsous qu'elle m'avait donnée (elle s'était mise à rapporter des doubles portions). Kouz n'avait rien. Il avait dit qu'il n'avait pas faim, mais je le soupçonnais d'avoir juste eu la flemme de se préparer à bouffer et d'en souffrir maintenant les conséquences. J'avais pas d'argent à lui prêter pour un dürüm, et de toute façon, il aurait refusé.

— Mais pourquoi tu voudrais crier ? a demandé Benji en faisant cliqueter ses baguettes vers Lola.

Novembre était suffisamment froid pour qu'on ait tous l'air d'exhaler de la fumée de cigarette à chaque respiration. J'avais hâte de finir ma tartine pour pouvoir remettre mes mains au chaud dans mes poches.

— Je veux hurler, a répondu Lola.

— De rage ? De triomphe ?

— Sans raison.

*Menteuse*, j'ai pensé.

— C'est juste dingue qu'on ait une voix dont on ne peut pas tester les limites. On ne peut hurler à pleins poumons nulle part.

— C'est comme avoir une voiture qui monte à 200 mais être partout limité à 120, a renchéri Kouz d'une voix douce.

Lola s'est tournée vers lui, étonnée. C'était la première fois qu'il lui adressait la parole sans aucune trace de sarcasme ou d'amertume.

Elle a eu le bon sens de ne pas le faire remarquer. Elle a seulement marqué un temps d'arrêt un peu trop long, avant de répondre :

— Oui. Exactement.

Pour une fille persuadée d'avoir tué sa mère, Lola était de plutôt bonne humeur cet après-midi-là. Quand on est rentrés en classe, elle a doublé Kouz et s'est glissée à côté de moi.

En maths, on bossait toujours sur les limites, et je ne comprenais toujours pas comment deux courbes pouvaient se rapprocher infiniment sans jamais se toucher.

Lola a tiré mon classeur vers elle pour écrire sur l'intérieur de la couverture :

*J'ai trouvé quelque chose*

Face à mon absence de réaction, elle a ajouté une dizaine de points d'exclamation et souligné la phrase trois fois.

*T'as parlé à ton père ?*

J'ai griffonné ça en dessous. Elle a fait non de la tête, ses mèches rousses et bouclées ont oscillé dans le mouvement, les ressorts les plus délicats du monde. J'ai essayé de ne pas soupirer de frustration.

La veille au soir, je m'étais plainte que les côtelettes d'agneau que Maman m'avait préparées étaient trop peu cuites – le gras était caoutchouteux, la viande encore froide au milieu. J'aurais mieux fait de ne rien dire : Maman était dans une de ses périodes orageuses. Elle m'a arraché l'assiette des mains pour la repasser sur le gril. J'ai compris le sens de l'expression « batterie de cuisine » à ce moment-là, parce qu'on aurait dit des percussions, la manière dont elle raclait la spatule contre le Tefal.

Quand elle m'a resservi les côtelettes, elles étaient dures comme de la semelle. J'en ai coupé un bout, et l'ai mastiqué jusqu'à ce qu'il perde tout son goût. C'était un morceau tout petit. J'ai estimé qu'à ce rythme-là, il me faudrait trente bouchées avant de venir à bout de la viande. Ça me semblait aussi absurde de me forcer à la manger que de pousser des grains de raisin dans le gosier d'une poupée de plastique. C'était pas tant que j'avais plus faim, c'était que j'avais oublié ce que ça faisait d'avoir faim.

— Je crois que je voudrais devenir végétarienne, je lui ai dit dans un murmure.

Je regardais mes côtelettes. Je ne regardais pas ma mère.

— Je crois que tu devrais aller vivre chez ton père, elle m'a répondu sur le même ton.

On n'a plus parlé, après ça. Il m'a fallu trente-quatre bouchées pour terminer ma viande.

Je pense pas que Maman puisse vraiment me forcer à aller vivre chez mon père. Déjà, il faudrait que quelqu'un le prévienne que c'est ce qu'elle a décidé, or ils n'ont pas eu de contact depuis la séparation. J'en suis sûre et certaine : je vérifie l'historique du fixe une fois que Maman est allée se coucher.

(Je dois toujours le rebrancher pour le consulter, d'ailleurs. J'ai fini par comprendre qu'elle le débranche délibérément, pour que personne ne puisse la joindre. Ce qui explique que son boulot ait appelé Papa. Et son portable traîne éteint sur la table du salon depuis des semaines.)

De toute façon, je pense pas non plus qu'elle veuille réellement que je m'en aille. Tant que je mange ma viande et que je ne pose pas trop de questions.

À la fin de la dernière heure, Kouz et moi, on met systématiquement un temps infini à ranger nos sacs. Les couloirs se vident très vite, tous les élèves se précipitent vers la sortie, Benji et Lola compris, et ça nous laisse quelques précieuses minutes d'intimité. On s'embrasse cachés dans le creux sous l'escalier qui mène au premier, et personne ne nous voit. Je l'étreins, les poings serrés dans son dos. Il presse son nez dans mes cheveux, je l'entends inspirer fort.

On a cinq minutes, au plus, et c'est à la fois trop court et trop long. Trop court parce que ce n'est jamais assez, évidemment. Je voudrais le serrer tellement fort qu'on se fondrait en une seule personne. Trop long parce que c'est éprouvant ; si intense que ça en devient horrifiant. Je voudrais enfoncer mes mains dans sa chair, juste sous son plexus solaire, écarter ses côtes et me blottir à l'intérieur de sa cage thoracique.

On ne parle pas, jamais. Ni pendant ni après. Ni en vrai ni par messages.

Mais ce jour-là, Lola m'a attendue à la sortie de la classe – et bizarrement, j'étais soulagée de manquer mon rendez-vous implicite avec Kouz.

— Est-ce que tu peux me rejoindre à 17 heures à l'orée du bois ? elle m'a demandé. Pour que...

Sa voix a baissé de volume.

— Pour que je te montre ce que j'ai trouvé.

J'ai opiné. Kouz nous a dépassées sans un regard.

C'est pas une forêt, la forêt de Soignes. C'est un bois – planté par des humains, entretenu par des humains. Un bois de hêtres. Une hêtraie.

J'étais là trop tôt, et j'ai vu Lola arriver de loin sur le chemin. Plus elle s'approchait, plus je m'apercevais que la bonne humeur qui m'avait étonnée toute la journée avait complètement disparu, remplacée parce ce qui ressemblait à de la rage mal contenue. Je le voyais à ses mâchoires qui saillaient sous ses joues, à la hâte rigide de sa démarche, à mon regard qu'elle évitait.

— Hé. Tout va bien ?

Elle a sorti quelque chose du sac en toile qu'elle portait en bandoulière. C'était une vieille carte de la forêt de Soignes – *Itinéraires balisés pour promenades en famille*.

— C'est ça, ce que j'ai trouvé ce matin.

J'ai hoché la tête en essayant de ne pas laisser ma déception paraître. La même carte traînait chez moi, quelque part dans les papiers que mon père avait laissés en partant.

Lola l'a dépliée maladroitement. Ses doigts tremblaient. On voyait que la carte avait été utilisée souvent – le papier avait été tellement plié et replié qu'il était déchiré par endroits.

— Je suis montée au grenier ce matin, avant que mon père ne se lève. J'ai trouvé ça dans une boîte au nom de ma mère.

Elle a indiqué des annotations – des croix avaient été tracées à certains endroits, avec des lignes tremblantes.

— Tu vois ? m'a demandé Lola.

— C'est une carte.

— C'est pas juste une carte, elle a répondu sèchement. C'est l'écriture de ma mère. Je me suis dit qu'on pourrait aller voir les endroits indiqués. Je me suis dit qu'il y aurait peut-être des indices.

— Des indices sur quoi ?

— Mais sur ce qu'elle avait !

J'arrivais pas à déterminer si elle était en colère ou au bord des larmes.

— T'es sûre que ça va ?

— Je vais très bien, et si tu ne veux pas venir avec moi, j'irai seule.

Alors je me suis tue et je l'ai suivie. Marcher dans une hêtraie, en automne, parmi les troncs dénudés et parfaitement droits, c'est comme marcher dans un immense code-barres en 3-D. Le sol était tapissé de feuilles déjà trop décomposées pour être vraiment rousses.

Elle est pas belle, cette forêt, en automne, sous le ciel blanc. Elle paraît sale, mal tenue, d'un désordre plus triste que poétique. C'est quelque chose que je me disais, quand mes parents me forçaient à les suivre en balade : au printemps et en été, les hêtres sont bonhommes, mais à l'automne, et surtout en hiver, ils paraissent sournois, griffus. Difficiles à aimer.

On est sorties du sentier pour atteindre l'endroit indiqué par la première croix, ce qui normalement est interdit. Mais Lola n'avait pas l'air de s'en soucier, alors je n'ai pas protesté. J'avais beau scruter la parcelle de forêt dans laquelle on se trouvait, je ne voyais rien de notable.

Lola non plus, apparemment, vu la façon dont elle s'était affalée contre un tronc.

— Tu as une idée de ce qu'on cherche ? j'ai demandé timidement.

Elle a marmonné un truc qui s'est perdu dans les arbres.

— Pardon ?

— Non, je ne sais pas, elle a repris, plus fort, un peu trop fort. J'ai juste trouvé la carte.

— Peut-être qu'il faut creuser ? Comme pour un trésor ?

— On n'a pas de pelle.

— Zut, y en avait une chez moi. Dans le cabanon de jardin.

Lola n'a pas réagi.

J'ai tourné sur moi-même, levé les yeux. Les hêtres ont cette manière de vous déséquilibrer quand vous suivez du regard leur silhouette rectiligne jusqu'au ciel. Un des troncs était difforme : il avait des nœuds à intervalles irréguliers dans son écorce par ailleurs lisse. On aurait dit des genoux. C'était un tronc plein de genoux.

— T'as rien vu d'autre d'intéressant dans la boîte ?

Elle a soupiré.

— Pendant que je fouillais, j'ai entendu le réveil de mon père et j'ai eu peur qu'il me trouve. Alors j'ai tout rangé le plus vite possible, et je suis retournée dans mon lit pour faire semblant de dormir.

— C'est ton père qui te réveille le matin ?

— J'ai pu prendre que la carte.

Lola était triste, c'est ce que j'ai décidé en lui prenant doucement la carte des mains ; elle était triste et je ne savais pas pourquoi, et je ne savais pas quoi faire en réponse, sinon l'entraîner de croix en croix et faire semblant de trouver ça utile.

À la deuxième croix, il n'y avait rien, juste les troncs habituels, qui nous narguaient de toute leur hauteur. L'un d'entre eux avait poussé de travers, façon tour de Pise. Je l'ai trouvé comique. Je me suis demandé s'il s'effondrerait un jour.

La troisième croix n'était pas loin de l'endroit où se croisaient deux sentiers, près d'une table à pique-nique en bois humide. Lola s'y est assise.

— On ne trouvera rien, Hippolyte, elle m'a lancé, alors que je regardais partout autour de moi. Cette carte ne veut rien dire. Laisse tomber.

Il y avait un hêtre tellement enserré de lierre qu'on ne voyait plus un seul centimètre de son écorce. Je me suis demandé s'il était déjà mort et si c'était juste le lierre qui le maintenait droit.

— Regarde, j'ai dit en le pointant du doigt.

Lola s'est tournée dans la direction que j'indiquais sans se lever du banc, les coudes appuyés sur la table.

— Oui ?

— Il est complètement envahi par le lierre.

— Et ?

— À la croix précédente, il y avait un hêtre qui poussait de travers. Et à celle d'avant, un tout biscornu.

Elle s'est redressée.

— Donc... Tu crois... Tu crois que c'est ça que la carte indique ? Les arbres pas droits ?

— Ouais. Je sais pas. Ceux qui sont différents.

— Ceux qui sont différents, elle a répété pensivement.

Elle a frotté ses yeux de ses poings.

— Je ne comprends pas ce que ça peut vouloir dire.

— Moi non plus, j'ai avoué en allant m'asseoir près d'elle. Mais c'est un début.

Je croyais pas vraiment à ce que je disais ; elle a dû le sentir. Cette carte, c'était probablement rien d'autre qu'une carte de balade. Rien à voir avec les morsures, le poison, nos mamans.

Lola a penché la tête en arrière, et j'ai regardé avec elle, tout en haut où les troncs des hêtres se séparaient en courtes branches tendues vers le ciel.

— Cet après-midi, j'ai voulu remonter au grenier pour trouver d'autres trucs. Papa n'était pas encore rentré du boulot. Mais...

Sa voix sonnait creux.

— Mais quoi ?

— Il a dû deviner que je ne dormais pas vraiment ce matin, et il a compris que j'étais montée au grenier. Il a fermé la trappe avec un cadenas.

Le soir tombe toujours plus tôt en forêt qu'ailleurs. On ne voyait déjà plus grand-chose.

— Et tout à l'heure quand il est rentré, il n'a rien dit. Rien.

Elle avait beau être toute proche, je ne parvenais plus à discerner son expression.

— Il faut que tu lui parles.

Elle a fouillé dans son sac en toile, en a sorti une bouteille qu'elle m'a tendue. C'était du whisky. J'ai plissé les yeux pour lire l'étiquette malgré la pénombre. Quinze ans d'âge. Ça avait l'air cher.

Elle me l'a reprise des mains, l'a débouchonnée et en a bu une lampée. Elle a lâché ce soupir chaud que font les gens qui avaient vraiment très soif.

— Je ne peux pas. Je ne peux pas, tu vois bien. Si je lui disais : « Je veux savoir comment Maman est morte », il serait capable de faire semblant de ne pas m'avoir entendue.

J'ai bu à mon tour, une petite gorgée. Le whisky avait le goût du roux, un roux bien plus intense que les feuilles à nos pieds.

— Et même si j'insistais, même si je ne lui disais plus que « Dis-moi comment Maman est morte », je crois qu'il ferait semblant de devenir fou ou sourd, juste pour échapper à la question.

— Il faut que tu essaies.

Elle a bu à nouveau, longuement, la tête rejetée en arrière. Elle devait avoir l'habitude. Si j'avais bu autant d'un coup, ça m'aurait brûlé tout l'œsophage.

— Je le déteste, elle a soufflé en reposant la bouteille. Sérieusement, je le hais.

— C'est son whisky ?

Elle a eu un rire sans joie.

— S'il ne me parle pas quand je vais au grenier, il ne dira rien non plus quand je vole.

Elle me l'a proposé à nouveau, mais j'ai fait non d'un geste de la main.

— Tu ne peux pas vivre comme ça, Lola.

Elle a bu encore. Je pense pas que ça se boive comme ça, le whisky 15 ans d'âge.

— Tu as raison. Je ne peux pas.

Elle n'a rien ajouté. Et il n'y avait rien à répondre.

La forêt autour de nous était complètement noire. Au fur et à mesure que mes yeux s'habituaient à l'obscurité, je me suis rendu compte qu'aucun des hêtres n'était en réalité parfaitement droit. Même les plus droits d'entre eux avaient un défaut, un nœud, une branche cassée, une partie du tronc très légèrement courbe.

Lola a continué à siroter son whisky. À un moment, elle s'est tournée vers moi et m'a dit :

— Toi non plus, tu ne peux pas vivre comme ça. Toi aussi, tu devrais parler à ta mère. Tu le sais, hein ?

Je me suis levée. Le sol a essayé de me renverser, mais j'ai tendu les bras jusqu'à ce qu'il se calme.

— Ici, j'ai soufflé, on peut crier.

— Quoi ?

Au lieu de répondre, j'ai crié. Un peu timidement au début. Mais plus je criais, plus ça venait. Au bout d'un moment, j'ai cessé de reconnaître ma voix.

Lola a posé la bouteille et s'est dirigée vers moi, la démarche incertaine. Elle s'est accrochée à mes épaules pour se stabiliser. On a crié ensemble, suffisamment proches pour sentir la respiration l'une de l'autre. Hurlé comme on avait jamais hurlé. 250 sur la route à 120.

On a hurlé jusqu'à ce que Lola vomisse à traits brûlants sur le côté du sentier. J'ai tenu ses cheveux en arrière.

Moi, ça allait. Je l'ai ramenée jusque chez elle.

J'espère que des gens nous ont entendues.

J'espère qu'ils se sont demandé ce que ça pouvait bien être, ces cris venant du cœur de la forêt.

J'espère qu'ils ont eu peur.

# Constanza

Tu peux essayer de nourrir une marionnette, tu peux enfoncer la nourriture dans sa bouche et l'écrabouiller entre les parois de plastique, elle peut même mastiquer si tu lui fais ouvrir et fermer les mâchoires, mais tu ne peux pas la faire avaler, tu ne peux pas la faire digérer, excréter. La nourriture ne lui sert à rien.

J'ai mâchonné longtemps les spaghettis que je m'étais préparés sans pouvoir me résoudre à déglutir, puis j'ai abandonné, recraché dans mon assiette, jeté le tout à la poubelle. Maman était probablement dans sa chambre. Elle dormait jusqu'au soir, ces derniers temps, se réveillait bien après que j'étais allée me coucher.

Une fois au lit, j'ai compris que les marionnettes ne dormaient pas non plus. Elles savent se coucher, leurs membres désarticulés faisant des angles improbables, mais elles ne ferment pas les yeux, elles ne se reposent pas. J'ai compris que je ne dormirais pas cette nuit-là. Que je ne dormirais peut-être plus jamais. Mon corps avait oublié comment faire.

La maison m'appelait en chuchotant : *Hache, haaache, haaache*. Elle disait d'autres choses, mais je ne comprenais rien au reste, elle n'articulait pas assez.

J'ai entendu le plancher à côté de son lit grincer, la porte un peu grippée s'ouvrir brusquement, et chacune des marches de l'escalier soupirer sous ses pas.

Je me suis mise à compter. À 300, j'ai perdu patience et je suis descendue à mon tour.

*Hache, hache, hache,* disait l'escalier sous mes pas. *N'y-va-pas*, ont martelé les trois dernières marches.

La porte de la cave était ouverte. Ça faisait des mois que je ne l'avais plus vue ouverte. Un gémissement aigu s'en échappait.

Ma mère gardait un animal à la cave, je l'ai soudain compris, et cet animal souffrait horriblement. Il geignait sans pouvoir s'arrêter. Et ça se rapprochait. La créature, quelle qu'elle soit, remontait les escaliers.

J'ai battu en retraite. J'ai essayé de me fondre dans l'ombre.

La chose a atteint le palier, sa silhouette s'est découpée dans la lumière jaune de l'ampoule qui éclairait la cage d'escalier. C'était Maman. Elle pleurait si fort qu'elle ne tenait plus droit. Elle pleurait si fort que son squelette avait comme disparu : elle n'avait plus rien de rigide en elle. Un souffle de vent aurait suffi à la faire tomber.

*C'est ta mère,* j'ai pensé. *Ta propre mère. Comment tu peux la laisser se mettre dans cet état-là ?*

Je suis sortie de l'ombre. Quand elle m'a vue, elle a cessé de pleurer, brutalement, et lâché ce qu'elle tenait – un sac-poubelle qui sentait la viande en décomposition.

— Non, Hippolyte. Retourne dormir.

Je n'ai pas bougé.

— Va-t'en !

On aurait dit qu'elle ne me parlait pas à moi, mais à une image. La peau de son visage semblait avoir coulé sur son crâne comme de la cire fondue.

— Remonte dans ta chambre ! Tout de suite !

Mes parents ne croient pas aux punitions. Personne ne m'a jamais renvoyée dans ma chambre. Les mots étaient ridicules, mais je n'ai pas ri. Pas bougé non plus.

— HIPPOLYTE !

Elle avait voulu rugir, mais n'était parvenue qu'à émettre une sorte de sanglot rauque. Et rien que ça, c'était déjà trop pour elle : elle a titubé sous l'effort, s'est rattrapée au chambranle de la porte.

Ses yeux se sont voilés de rage. Même plus capable de crier. Même plus capable de me faire peur.

La distance qui nous séparait : trois ou quatre pas, et l'infini. J'ai repensé aux hyperboles et à leurs asymptotes. J'étais $^{1}/x$ et Maman l'axe Y. Je pouvais m'approcher d'elle autant que je voulais, tendre vers elle de toute ma volonté, je ne la toucherais jamais, jamais, jamais.

Elle s'est remise à pleurer, et moi j'essayais d'imaginer l'infini.

— Recule… Va-t'en. Dégage !

— D'accord, j'ai dit – et j'ai fait un pas en avant.

— Je n'en peux plus que tu me regardes. Je ne veux pas de toi ici.

Ça ne me faisait pas mal. Ça ne pouvait pas me blesser si je n'y croyais pas.

— Je m'en vais, j'ai répondu - en faisant encore un pas en avant, puis un autre.

Elle a tendu une main pour me repousser mais, quand elle m'a touché l'épaule, j'ai senti comme elle tremblait. J'étais stable ; pas elle. J'ai passé un bras dans son dos pour la soutenir.

— Je ne veux pas que tu voies, a-t-elle soufflé en se laissant aller contre moi.

— Je ne vois rien, Maman. Rien de rien.

De l'autre main, j'ai ramassé le sac-poubelle. Il était plus léger que je ne pensais.

— Je retourne dormir, j'ai dit alors qu'on se mettait à avancer. Je remonte dans ma chambre.

Mais ce n'était pas vers ma chambre qu'on allait. On est sorties de la maison par la porte du jardin. En passant devant la remise, elle s'est séparée de moi pour y entrer et elle en est ressortie avec une pelle. On s'est dirigées vers la forêt, moi qui portais le sac, elle qui se servait de la pelle comme d'une canne.

C'était pas grave si j'avais froid, si l'air glacé s'engouffrait dans mes pantoufles et par les jambes de mon pyjama. C'était pas grave si le sac dans ma main puait la mort. Ma mère avait cessé de me repousser. J'étais capable de la soutenir.

La forêt est apparue devant nous. Elle était différente de celle dans laquelle j'étais allée avec Lola tout à l'heure, je l'ai tout de suite compris. Lorsque nous sommes passées sous les arbres, j'ai su que nous étions sauvées quoi qu'il puisse y avoir dans ce sac, parce que nous étions arrivées là où le monde finit, que nous allions franchir la frontière.

Derrière, c'était le monde du rêve, un endroit où ce qui se passait n'aurait pas d'influence sur l'autre monde, celui de Kouz et de mon père. Celui où Madame Muñoz avait disparu.

Ici, je n'entendais plus mon cœur. Ici ma poitrine était vide. Je pouvais avancer, j'étais parfaitement creuse, sans peur, sans cœur. Ici, Maman pourrait tout faire et tout dire. Elle s'est écartée du sentier, et je l'ai suivie. Les arbres autour de nous étaient des créatures noires et longilignes, aux têtes emprisonnées dans le sol, aux jambes désespérément tendues vers le ciel.

Ma mère s'est arrêtée dans une clairière.

Elle a enfoncé le bout de la pelle dans la terre, et puis elle a voulu appuyer avec son pied, mais n'est parvenue qu'à se déséquilibrer. J'ai lâché le sac, foncé pour la rattraper.

— Je vais le faire, Maman.

Elle m'a tendu la pelle. C'était comme creuser dans de la chair : à chaque coup, je sentais des centaines de fines racines céder sous le métal – un réseau de veines calcifiées.

— Le sang a une odeur, tu sais ? a dit Maman. Ça me rendait folle au boulot, cette odeur. Je ne comprenais pas. J'ai fait ce boulot pendant vingt ans, et soudain le sang me donne des vertiges.

J'ai heurté une racine trop épaisse – une artère – pour être arrachée à coups de pelle, même en sautant de tout mon poids sur la hampe.

— Et un jour, je suis tombée, tu sais ? Je venais de clôturer un don, j'avais la poche de sang dans la main. Je sentais sa chaleur à travers le plastique, elle rayonnait de noir, puis le noir a tout envahi, et j'ai fait un malaise. Elle a éclaté sous moi quand je suis tombée. Il y avait du sang partout.

J'ai rebouché le trou pour aller essayer plus loin, au centre de la clairière, là où j'avais moins de risques de tomber sur des racines. Maman a recouvert la terre fraîchement retournée de feuilles mortes. Il ne fallait pas laisser de traces.

— Ma boss m'a dit de rentrer chez moi, qu'on me remplacerait. Je suis allée aux toilettes pour me nettoyer et me changer avant de rentrer. Et... Hippolyte ?

Je n'ai pas répondu. J'ai continué à creuser. Enfoncer la pelle sous mon talon, soulever la motte, la lancer sur le côté, recommencer.

— J'ai léché mes doigts, Hippolyte. J'avais du sang plein les mains, le sang d'un donneur, type A+, et j'ai léché mes doigts. Je n'arrrivais pas à m'arrêter.

Un gémissement m'a échappé ; j'aurais voulu qu'elle se taise.

— Je me suis enfuie. Je n'y suis jamais retournée. Tout ce sang chaud dans des poches en plastique... C'était insoutenable.

J'aurais voulu qu'elle se taise. J'aurais voulu que creuser soit une tâche si ardue qu'elle me laisse sans énergie pour tout le reste, incapable d'entendre la voix de ma mère. Mais non, le sol était meuble sous ma pelle. La voix de Maman était claire, même si elle sanglotait, même si les arbres autour de nous absorbaient tout.

— Et Constanza...

Non. Je n'avais pas le droit de pleurer.

— Elle disait que la Mort l'avait oubliée sur sa route. Qu'une vie passée assise n'en était pas une.

C'était vrai, je n'avais pas le moindre doute à ce sujet. Tout ce que ma mère disait était vrai.

— Mon seul regret, c'est de ne pas avoir pu lui demander son accord. Elle aurait dit oui, je le sais. Constanza aurait dit oui.

J'avais déjà deviné, c'est pour ça que je n'avais pas le droit de pleurer. Ça n'avait rien d'un choc – c'était l'inverse. C'était lâcher prise et me laisser enfin sombrer dans ce que je savais déjà.

— Elle voulait mourir et je voulais vivre.

Le trou était suffisamment profond. J'ai pris le sac et je me suis accroupie pour l'y déposer délicatement.

Ce que je savais : le sac était léger parce qu'il ne contenait pas un corps humain entier, juste les restes. Ma mère n'avait jamais cessé de se nourrir. Elle avait seulement arrêté de se nourrir devant moi.

— J'ai mis ce qu'il fallait dans son thé. Ça faisait longtemps que je n'étais pas venue et elle était tellement contente de me voir ! Elle s'est endormie en me souriant. Je te promets qu'elle n'a pas eu peur, pas eu mal, elle s'est simplement endormie.

Maman a rassemblé quelques feuilles mortes qu'elle a lancées par-dessus, en guise de fleurs, puis je me suis mise à reboucher.

— Constanza, a soufflé Maman. Constanza parmi les feuilles mortes. Tu te souviens comme elle aimait leurs couleurs ? Tu te souviens de cette balade qu'on avait faite à trois ? Tu étais toute petite, et elle en avait lancé une poignée en l'air, en te disant que c'était un feu d'artifice.

C'était injuste que Maman puisse jeter des feuilles qui flottaient jusqu'au fond, douces comme des plumes, tandis que moi je devais y balancer des pelletées de terre. Le bruit des mottes tombant sur le sac me paraissait brutal et – oui : *méchant*, comme si je lui jetais des poignées de boue au visage. J'avais honte que ce soit mon dernier geste envers elle.

Mais ça devait être fait. J'ai tassé la terre, Maman a poussé des feuilles et des brindilles avec le pied pour recouvrir le trou. On s'est éloignées de quelques pas pour juger de l'effet : en pleine nuit, l'illusion était parfaite, la tombe invisible. Et en plein jour ?

J'ai frotté mes mains pour les débarrasser de la terre, ramassé la pelle. On est reparties. Une fois qu'on est sorties de sous les arbres, mon cœur a refait surface. J'étais une outre pleine de sang, il clapotait contre mes tempes.

Constanza. Toutes ces années, je n'avais jamais su que Madame Muñoz s'appelait Constanza.

# Thé tiède

Le lendemain matin, Lola a raté le bus, à la grande joie de Kouz. Il a sauté sur la place du milieu de la banquette, la plus inconfortable, sans protester. Pressés l'un contre l'autre, sa main posée sur la mienne comme par hasard ; deux feuilles mortes qui virevoltent et atterrissent au même endroit.

Je me suis laissé faire. J'avais l'impression d'avoir passé ma nuit en apnée et de respirer enfin.

C'est les meilleures situations. Quand on se cache. Quand il y a quelqu'un de qui se cacher. Quand il m'effleure le genou sous le banc, vite vite, pour que les profs ne voient pas. Quand il fait semblant qu'un virage de bus le projette contre moi. Benji ne voit rien, mais on a besoin qu'il soit là.

Seuls, libres, sans rien à cacher, je ne sais pas ce qu'il resterait de tout ça.

Je me suis assoupie. Kouz m'a secouée gentiment, on était arrivés à *Place de Londres*. À ce moment, j'ai remarqué que Benji me dévisageait. Il avait l'air de voir quelque chose d'affreux sur mon visage.

— Quoi ? j'ai fait.

J'ai palpé mes joues, ma bouche, mon nez, mais je n'ai rien senti de particulier.

— Ça va ?

— Oui.

Il a dégluti, secoué la tête.

— T'es sûre ?

— Barnum, elle t'a dit oui, a grondé Kouz à ma place.

*

Lola était en retard en cours. C'était la première fois de l'année qu'elle était en retard.

En anglais, on a regardé une vidéo du journal télévisé de la BBC et j'en ai profité pour lui envoyer un message. Elle ne l'a pas reçu. Elle n'était pas en ligne.

Kouz, assis à côté de moi, m'a vue ranger mon téléphone dans mon sac.

— Qu'est-ce qu'il y a ?

— Rien.

Le sol sous mes semelles s'est alors mis à vibrer, un rythme presque imperceptible mais présent, horriblement présent et obstiné.

J'avais ramené Lola chez elle. Je l'avais regardée descendre les escaliers de son jardin en se tenant au mur, la bouteille de whisky à moitié vide dans sa main libre. Je l'avais vue passer la porte vitrée et la refermer à clef derrière elle. (Je m'en souvenais parce qu'il lui avait fallu trois essais avant de réussir à introduire la clef dans la serrure.) Ensuite, j'étais rentrée. Et Maman était restée avec moi toute la nuit.

Au début de la deuxième heure, Lola n'était toujours pas là, ce qui signifiait qu'elle n'était plus « en retard » mais officiellement absente.

J'ai agrippé le bord de mon bureau. Il s'était mis à vibrer lui aussi. Toujours le même rythme. J'ai regardé autour de moi pour voir si quelqu'un d'autre l'entendait. Tous les élèves étaient penchés sur le questionnaire de compréhension à l'audition. Je n'avais même pas commencé l'exercice.

Kouz a posé sa main sur la mienne, qui était crispée sur le bord du banc. J'ai tressailli et je me suis dérobée. Je n'avais pas du tout envie qu'on me touche.

— H, tu trembles, il a murmuré. Qu'est-ce que t'as ?

— Mais rien, je te dis !

J'avais parlé trop fort. Madame Renard, la prof d'anglais, nous a jeté un regard courroucé. J'ai fait mine de me concentrer sur mon questionnaire, mais les phrases se sont mis à gondoler. Je revoyais l'expression de Lola le soir où je m'étais introduite dans sa chambre, quand on avait entendu son père monter l'escalier. La panique. La terreur. Je n'avais pas compris, à l'époque. Je n'avais pas compris à quel point on pouvait avoir peur de ses propres parents. Mais maintenant je savais.

« *Je le déteste. Sérieusement, je le hais.* »

Où était-elle, si elle n'était pas à l'école ? Chez elle, avec le père qui lui avait menti toute sa vie ?

Les murs s'y sont mis et brusquement, c'était comme si la salle de classe entière pulsait.

Et personne ne voyait rien. Personne n'était inquiet pour Lola et personne ne remarquait que le bâtiment se comportait comme un cœur gigantesque.

Alors j'ai compris que ce n'était que moi, ce n'était que moi qui vibrais, et ça ne m'a pas rassurée du tout. Mon propre cœur voulait ma mort.

À la pause, je me suis précipitée aux toilettes. Il n'y a pas dans le monde entier de surface sur laquelle je m'agenouillerais moins volontiers que le carrelage des toilettes de l'école, mais je l'ai fait quand même. J'ai vomi mon petit déjeuner, les tartines à la confiture avalées trop vite dont on distinguait encore les croûtes, le thé toujours tiède.

À côté de moi, j'ai entendu la chasse, une porte se fermer, puis une fille a crié :

— Hé, c'est les toilettes des filles !

— Et alors ? Le genre est une construction sociale.

J'ai reconnu la voix de Kouz, son feulement plein d'air. Ça m'a tellement surprise que j'ai ri. Ma gorge était douloureuse ; j'avais quelque chose de gluant au fond que je ne parvenais ni à cracher ni à avaler.

La semaine précédente, Lola nous avait fait tout un exposé sur les différences entre sexes et genres. Benji avait trouvé ça passionnant, tandis que Kouz avait jonglé du pied avec des graviers pendant qu'elle parlait. Apparemment, il avait quand même écouté.

J'ai tiré la chasse, tamponné ma bouche avec du papier toilette, et je suis sortie. Kouz était appuyé contre un lavabo, les bras croisés, mains coincées sous ses aisselles.

— Ne m'embrasse pas, j'ai murmuré. Je viens de vomir.

— J'ai entendu.

Je l'ai contourné pour me laver les mains. Il n'y a jamais de savon liquide dans les sanitaires. C'est vraiment dégueu, quand on y pense : un bon millier d'élèves qui se baladent, et se frôlent, et se touchent, et mangent toute la journée avec des mains pleines de germes ! Mais on fait tous semblant de l'ignorer.

Je voyais Kouz dans le miroir craquelé de l'évier. Il était replié sur lui-même, les cheveux dans les yeux. Je ne sais pas pourquoi il me fait tant penser, lui tout entier, à du gris argenté. En réalité, ses couleurs sont chaudes : sa peau est mate, ses cheveux sont noirs, doux et épais. Mais quand je le vois, je pense au reflet du soleil sur une lame d'acier. Très bref, et très éblouissant.

— Je ne vais pas t'embrasser, il a murmuré.

Il respirait fort, comme malgré lui. Je voyais ses épaules se soulever au rythme de ses inspirations. Comme s'il avait couru. Qu'est-ce qui l'essoufflait comme ça ?

Je me suis penchée pour boire au robinet, les mains en coupe, en faisant gaffe à ce que mes lèvres n'effleurent pas le métal. Il y avait du calcaire sur le filtre, le jet partait dans tous les sens.

— Si ce qu'on fait, il a dit, le ton hésitant, si ce qu'on fait veut dire qu'on ne peut plus être amis, alors je veux qu'on arrête.

J'ai recraché dans le lavabo.

— On est amis.

Il a secoué la tête. Il ne me regardait toujours pas. Beau et glacé comme un grand verre d'eau.

— Lola est ton amie. Tu parles à Lola. Moi, tu m'as même pas dit que tes parents étaient séparés.

Ce que vous devez comprendre, c'est que même si je ne voulais pas l'embrasser tout de suite, avec le fond de ma gorge tout poisseux et piquant, je voulais encore pouvoir l'embrasser après m'être brossé les dents. J'étais prête à dire ce qu'il voulait, peu importait quoi, pour qu'il m'embrasse encore.

— On faisait pas encore ça à l'époque où mes parents se sont séparés.

Il a haussé les épaules.

— Juste... Je veux pas embrasser quelqu'un qui ne me parle pas.

— Avec Aurélie, tu parlais ?

C'était sorti tout seul, avant que je puisse le retenir. Il a grimacé :

— Je veux pas refaire ça. J'ai eu tort... Je –

Il a fait un geste un peu brusque dans le vide. Et, je ne sais pas, j'ai compris ce qu'il ressentait. Parfois les mots nous trahissent. Ils disparaissent quand on a besoin d'eux.

Alors je l'ai pris dans mes bras. Fort. Je l'ai senti se courber en arrière de surprise, puis il s'est laissé aller contre moi, avec un soupir de soulagement. C'était pas comme les fois où on s'embrassait après les cours, c'était plus doux et moins urgent. J'ai détourné ma tête pour ne pas lui faire subir mon haleine. Il m'a embrassé la joue.

— Je veux juste être là, H.

*

C'est vraiment facile de sécher quand on a des complices. Kouz a recruté Benji et ils ont fait semblant de se battre de l'autre côté du hall.

— T'es vraiment un putain d'immense connard de merde !!! a crié Benji.

Kouz l'a poussé, pas très fort, et Benji s'est précipité à terre en braillant qu'il s'était fait une fracture du genou, les pires fractures qui soient à rééduquer, qu'il ne savait pas s'il pourrait à nouveau marcher... Il avait l'air de s'amuser comme un petit fou.

Le surveillant qui gardait la sortie s'est précipité, et moi j'ai franchi le portail.

Juste comme ça. J'étais dehors. Libre.

Bien sûr, je serais grillée quand les profs noteraient les présences de l'après-midi, mais je ne pensais pas que ça poserait problème. Maman n'était plus vraiment en position de me faire valoir le respect des règles.

*

J'ai dû m'y reprendre à plusieurs fois pour convaincre mon doigt de presser le bouton de la sonnette.

Le père de Lola m'a ouvert. Roux, petit, visage rond, lunettes rondes, yeux ronds.

— Tu n'es pas à l'école ?

Moi-même, j'avais du mal à croire que j'avais peur de cet homme, mais c'était la vérité.

— La prof d'anglais est absente, on a été libérés plus tôt.

Je me suis dressée sur la pointe des pieds pour voir derrière lui.

— Lola est malade, il a dit avec nervosité.

— Oh bon Dieu, Papa ! a hurlé Lola en déboulant des escaliers. on avait dit : « Plus de mensonges » !!

# Aspirine

Apparemment Lola n'avait pas tout vomi en forêt. Elle a aussi vomi sur son père en arrivant chez elle, son père qui se rongeait les sangs que sa petite fille ne soit pas rentrée.

Il ne lui en a pas voulu pour le whisky. Ivre morte, elle a crié qu'elle n'en pouvait plus des secrets, des mensonges, des portes fermées à clef. Il lui a fait boire trois litres d'eau minérale, il lui a fait avaler deux cachets d'aspirine, il lui a fait prendre une douche et il l'a bordée.

Il s'est assis au bord de son lit. Il lui a dit la vérité.

C'est un matin comme les autres, un matin normal. Tout est normal jusqu'à ce que la mère de Lola fonde sur sa fille. La chaise haute d'enfant se renverse sous le choc, son crâne heurte le sol. Elle est sonnée, elle ne se souviendra pas de ce qui arrive ensuite.

Ce qui arrive : sa mère lui mord la joue comme on croque dans une pomme. Et elle mâche. C'est ce que le père voit quand il parvient enfin à les séparer. La mère mâche et avale. La fille saigne – il lui manque un morceau.

Le père s'enferme avec Lola hurlante dans le bureau. Appelle les secours. La mère est appréhendée, mise hors d'état de nuire, emmenée à l'hôpital. La fille est soignée dans l'aile pédiatrique du même établissement. Sa blessure est impressionnante mais superficielle. Elle gardera une cicatrice.

Le père va visiter sa femme plusieurs fois. Il essaie de lui parler, mais elle lui tourne le dos, refuse de reconnaître sa présence. Le père parle aux médecins. Tout le monde est certain de choses différentes – c'est une dépression nerveuse, non, une lésion du cerveau, non, la première manifestation d'une schizophrénie latente, non, il faut faire une IRM, une thérapie familiale, un changement radical de régime alimentaire.

Pendant que le père réalise peu à peu que personne n'y comprend rien, la mère refuse de s'alimenter. On la met sous perfusion, mais ça ne suffira pas. Elle ne mange pas, rien. Elle essaie de mordre le personnel soignant. On la place dans une cellule. Pour les visites ou les soins, on y entre harnaché des mêmes protections qu'on utilise pour le dressage des chiens de police.

La mère se flétrit. Ça dure un mois, deux mois, trois mois. La petite fille cicatrise. Elle ne se souvient de rien.

— Si elle ne s'alimente pas, elle ne tiendra plus très longtemps, dit un médecin.

Elle ne fait plus que dormir. Alors le père emmène sa fille la voir, et ils restent tous les deux derrière la vitre de sécurité à regarder la mère assoupie. Il serre très fort le petit poing de sa fille dans sa grande main à lui. Il lui explique doucement que Maman dort, qu'elle dormira bientôt pour très longtemps.

— Cent ans ? demande la petite fille.

Il secoue la tête. Plus que ça.

Le père de Lola nous avait laissées seules avec deux tasses de café. Je n'ai pas touché au mien. Pendant que Lola racontait, je pouvais pas m'empêcher d'admirer sa cicatrice. Le dernier baiser de sa mère, à jamais imprimé sur sa peau... Mon bleu au poignet, lui, avait presque disparu.

Il me restait une question :

— Mais, et la carte ? La carte des balades en forêt ?

Lola s'est frotté les yeux.

— C'est toi qui avais raison. Papa m'a dit qu'elle aimait se balader et trouver les arbres les plus biscornus possible. Ceux qui n'avaient pas l'air à leur place parmi les hêtres bien droits.

J'ai fixé le plancher de sa chambre. À quoi je m'attendais ? Une explication logique ? Un remède miracle ? Grandis, H. S'il était possible de guérir de ce truc, Lola ne serait pas orpheline.

— Et ta maman, Hippolyte ?

— Je crois qu'elle va mieux.

— Regarde-moi.

J'ai relevé la tête. Son regard était perçant malgré les larmes.

— Plus de mensonges, m'a-t-elle suppliée.

*

De retour chez moi, j'ai allumé mon ordi, fait des recherches sur Internet. Combien de protéines faut-il ingérer par jour, combien de calories, quelle est la masse de viande qu'on peut tirer d'un animal en fonction de son poids ? Constanza, de son vivant, pesait peut-être 60 kg. En étant généreuse.

Sur ces 60 kg, il doit y avoir un tiers de perte. Donc 40 kg de viande. Ça fait deux mois que je n'ai plus vu ma mère manger. 60 jours. Mettons que Maman consomme 1 000 calories par jour. C'est assez pour survivre, mais trop peu pour être en bonne santé.

Je fais des hypothèses, des calculs, mais il y a trop d'inconnues. Je n'arrive à rien.

Vers quinze heures, ma mère s'est levée. J'ai vite refermé mon ordinateur portable.

— Tu n'es pas à l'école ?

— Tu n'es pas au boulot ?

Elle a haussé les épaules, levé les bras pour s'étirer, puis elle s'est mise à ranger la cuisine. J'ai remarqué pour la première fois comme elle avait maigri : ses avant-bras étaient fins comme des os. *Assez pour survivre*, je me suis répété, *trop peu pour être en bonne santé.* Je ne sais pas pourquoi je ne l'ai pas remarqué avant. Il faut que je la surveille, et que je comprenne à quelle fréquence elle se nourrit. Il faut que je fasse attention à elle parce qu'il n'y a plus que moi pour le faire.

Puis j'ai pensé à autre chose. Ça faisait aussi deux mois que Maman ne travaillait plus.

— Et l'argent ? j'ai demandé.

Elle s'est retournée en bâillant.

— Quoi ?

— Tu ne bosses plus. Est-ce qu'on a assez d'argent ? Pour le loyer ? Les courses ?

Elle est venue vers moi, m'a entouré les épaules de ses bras.

— Ne t'en fais pas pour ça.

Mais bien sûr que je m'en faisais pour ça. Comment j'aurais pu ne pas m'en faire ?

— J'ai des économies, Hippie.

Elle a frotté sa joue creuse contre la mienne.

Combien d'argent est-ce qu'on avait ?

Combien de viande est-ce qu'il nous restait ?

*

Quand je passe devant le 53, je me répète que c'est *la maison de Constanza*. Constanza, c'est le prénom d'une grande femme très mince, aux cheveux parfaitement argentés, froide et hautaine. Elle ne penserait jamais à acheter des shortbreads au supermarché, elle n'a pas la tête à ça.

Je ne l'ai jamais connue, Constanza.

Par la fenêtre de la cuisine, on voit que ses plantes commencent à jaunir. Il n'y a plus personne pour les arroser. Jour après jour, les grandes feuilles deviennent de plus en plus sèches, de plus en plus cassantes.

Elles tombent. Elles laissent derrière elles des branches nues, pointues et anguleuses comme des doigts de marâtre. J'aimerais cesser de les voir en rentrant de l'école, passer du 51 au 55 en oubliant qu'il y a un nombre entre les deux, mais je n'y parviens pas. Pourtant, je n'y peux rien, moi, à ces plantes qui meurent. Elles n'ont plus d'eau, elles dépérissent… C'est comme ça.

Pour le reste, j'apprends vite. J'apprends à continuer à dormir quand ma mère descend à la cave. J'apprends à manger ma viande avec appétit sous son regard attentif. J'apprends à sourire en évitant les questions. J'apprends à changer de sujet. J'apprends à faire comme si je ne sentais pas les regards de Kouz et de Lola sur moi, pleins des mêmes doutes.

J'apprends à rester silencieuse jusqu'à ce qu'ils cessent de m'interroger.

Les bleus sur mon poignet se sont complètement résorbés. J'ai enlevé mon bandage.

*

Il y a eu ce jour fin novembre où je suis montée au CDI pour rendre un livre. Dans le couloir du deuxième, j'ai contemplé la cour par la vitre. En contrebas, dans un coin, j'ai repéré les garçons et Lola. Kouz n'était plus fâché contre elle, Benji avait des amis, Lola aussi.

Les deux garçons se penchaient vers Lola, l'écoutaient parler d'un air sérieux.

Je me sentais bien. Je n'avais pas besoin d'être avec eux pour me sentir bien, j'avais seulement besoin de savoir que j'aurais pu y être. Qu'ils ne me repousseraient pas. Que j'étais au centre d'eux trois.

# Une banane, un verre d'eau

Les parents de Benji étaient partis en amoureux à Knokke-le-Zoute ce week-end, et donc sa maison était vide.

Plusieurs choses me laissaient perplexe, dans cette histoire : que les parents de Benji veuillent passer du temps sur la côte belge en novembre, qu'ils le laissent seul pendant deux jours entiers, et qu'un couple de quinquagénaires s'offre encore des week-ends en amoureux.

Enfin, ce qui était important, c'est que la maison de Benji était à nous. Lola, Kouz et moi avions trimballé nos sacs de couchage toute la journée pour pouvoir aller directement chez lui après les cours. C'était bien, ces sacs de couchage à nos pieds sous nos bancs, même s'ils étaient chiants à transporter. C'était un signe externe de notre plan du week-end. Tous les autres savaient qu'on le passerait ensemble, qu'on avait un lien.

Le plan, c'était que Benji nous fasse découvrir ses talents de chef-coq, puis de regarder des films sur son écran plat jusqu'à épuisement et de s'endormir les uns sur les autres dans son canapé comme si on était les Enfants perdus de *Peter Pan*. C'était un bon plan.

— Et en plus, s'est écrié Benji alors que le 95 attendait au feu pour traverser le boulevard Général Jacques, le McDo de la porte de Namur s'est mis à servir des McMorning à toute heure, donc on n'aura même pas besoin de se lever tôt pour en profiter !

On était coincés dans la cohue du bus de 16 h 12, entre des employés pressés de commencer leur week-end et des petits de première année écrasés sous le poids d'un cartable plus large qu'eux. Toutes les barres étaient hors de ma portée, du coup je m'étais accrochée à Kouz qui, lui, se tenait à un dossier de siège. Benji était collé contre mon dos, je sentais sa voix vibrer à travers mon Eastpak.

Lola s'est dressée sur la pointe des pieds pour nous parler par-dessus l'épaule d'une troisième année qui écoutait sa musique en dodelinant la tête.

— C'est quoi, un McMorning ?

— Tu sais bien, a fait Kouz, les petits déjs du McDo. Les trucs à l'œuf, là.

J'ai ressenti, encore, un frisson de soulagement en entendant qu'il lui parlait normalement. C'était un tel bonheur de ne plus devoir choisir entre eux deux.

Lola a secoué la tête. Enfin, elle a essayé, car l'amplitude de ses mouvements était réduite : elle était vraiment coincée.

— Je suis jamais allée au McDo.

Benji s'est étouffé derrière moi.

— T'ES JAMAIS ALLÉE AU McDO ?

J'ai pouffé. Le bus a pilé à un arrêt, et je me suis serrée contre Kouz pour laisser une dame descendre.

— Nope, a fait Lola.

*

Le plan initial, donc, était que Benji cuisine, mais une fois qu'on s'est posés dans son salon, Kouz a sorti quelque chose de son sac qui a tout bouleversé.

Une grosse cigarette. Non : un joint. C'était un joint.

— Mon cousin me l'a passé le week-end dernier. Vous avez déjà fumé ?

Benji a secoué la tête et je l'ai imité, soulagée de ne pas être la seule novice.

— Moi, oui, a dit Lola.

— Ah ouais ?

Elle a haussé les épaules.

— Cet été. En stage d'équitation.

— Tu fais de l'équitation ?

Je n'arrivais pas du tout à imaginer Lola sur un cheval.

— J'ai juste fait un stage d'initiation cet été. C'était résidentiel et y avait des filles qui fumaient, alors moi aussi. J'aime bien, ça te donne l'impression que tous les muscles de ton corps fondent sous ta peau.

— Plus je te connais, a lancé Benji, plus tu me surprends.

Dans le silence qui a suivi, les commissures des lèvres de Lola ont hésité un instant, puis se sont relevées en un gigantesque sourire, qu'elle a tenté de masquer du dos de la main.

Benji a fouillé les placards de la cuisine à la recherche d'un cendrier, n'en a pas trouvé, a choisi un verre à moutarde en désespoir de cause, et on est sortis sur sa terrasse.

Kouz a sorti un briquet de sa poche et a allumé le bout du joint. La minuscule braise a remonté le papier tordu en spirale, avalant tout sur son passage. Ça me faisait penser au fil d'un bâton de dynamite. Un compte à rebours. Pac-Man.

Il a tiré dessus quatre fois en prenant son temps, comme s'il faisait ça depuis toujours, et en faisant mine de ne pas remarquer qu'on le dévorait des yeux, puis il me l'a passé. À moi, en premier. Nos doigts se sont frôlés.

— Vas-y doucement.

— T'inquiète.

— Crapote pas.

— Sérieusement, t'inquiète.

Théoriquement, je sais fumer ; je sais qu'il faut continuer à aspirer une fois que la cigarette quitte nos lèvres. Mais je n'avais jamais mis cette expertise en pratique. Je me suis concentrée.

La fumée m'a empli la gorge. J'ai dégluti pour ne pas tousser et senti les larmes me monter aux yeux.

— Ça va ? a fait Benji, goguenard.

— Fais pas trop le malin, j'ai répliqué en tirant une deuxième fois.

Cette bouffée est mieux passée. J'ai soufflé la fumée en me demandant comment on faisait pour faire des ronds, des étoiles, des dragons, puis j'ai passé le joint à Benji.

— Tu crapotes, Bartholomé !

— Trop pas !

— Si, si, tu crapotes, a renchéri Lola en riant.

— Faut que tu continues à aspirer après avoir retiré la cigarette, j'ai dit.

Il s'est exécuté. Pendant un instant, il a eu l'air en contrôle, puis une grosse quinte de toux l'a saisi, secouant tout sur son passage. Il s'est redressé au bout de quelques bruyantes secondes en s'essuyant les yeux.

— Dites-moi la vérité : est-ce que le sol s'est ouvert sous moi pendant que je toussais ?

Lola lui a tendu la main.

— Passe-moi le joint avant de finir dans les entrailles du monde.

— J'arrive pas à croire que des gens fassent ça pour le plaisir.

— Je te croyais pas si fragile, Bonobo.

— Va te faire.

Benji me faisait marrer, mais j'étais pas tellement mieux que lui. J'avais l'impression d'avoir basculé dans un tableau impressionniste, et de voir partout autour de moi les minuscules coups de pinceau mouvants qui constituaient la matière.

En fait, j'étais moi-même faite de coups de pinceau. L'artiste me peignait en ce moment même !!

— Qu'est-ce qui te fait marrer, Hippolyte ?

— Ça chatouille !

Je me suis assise sur une chaise de jardin pour reprendre mon souffle. Elle était mouillée, mais je m'en fichais.

Lola et Kouz ont fini le joint à deux, en jetant des coups d'œil effarés à Benji qui regardait le ciel en tournant sur lui-même, et à moi qui continuais à rire, affalée sur la chaise.

La lumière de novembre s'effilochait, ses lambeaux tournoyaient en spirale dans le jardin de Benji. Un chat errant a déclenché le détecteur de mouvement du lampadaire de la terrasse et son ombre a décampé en feulant. J'ai pensé à mon père, dont les mains se contorsionnaient chaque été pour faire des ombres chinoises sur la toile de ma tente. Chaque été depuis toujours, mais pas l'été dernier, et peut-être plus jamais.

— Hippolyte, tu m'écoutes ?

Lola se tenait devant moi, un verre d'eau dans une main, une banane dans l'autre.

— Bois. Mange.

*Buvez-moi,* réclame le verre d'eau. *Mangez-moi,* supplie la banane. J'ai pris une gorgée d'eau et je me suis remise à rire. Ça sortait de moi comme le tintement d'un grelot, je pouvais pas le retenir. Lola a essuyé une chaise avec un mouchoir et s'est assise dessus, en face de moi.

— Kouz a couché Benji sur le canapé du salon. Ça va, toi ?

Elle avait relevé ses cheveux en un chignon. Ses joues étaient bien visibles, et non plus mangées par des mèches folles. Sa cicatrice était terriblement belle. La peau tendue et fine reflétait la lumière du lampadaire. J'aurais voulu dire à Lola que cette cicatrice était un bijou, une parure, un baiser, qu'elle aurait dû toujours se relever les cheveux comme ça pour qu'on la voie. Mon cœur grossissait tellement, quand je la regardais, que ça me faisait mal aux côtes.

Au lieu de ça, j'ai fait un truc insensé : j'ai embrassé sa cicatrice. Mes lèvres en plein dessus, pour une fraction de seconde.

Lola a eu l'air surprise, mais pas fâchée. Elle a ri timidement, les yeux fixés sur la banane qu'elle tenait toujours.

— Oui, ça va, j'ai fini par répondre.

Elle a épluché la banane et me l'a tendue.

— Benji dit qu'il veut pas cuisiner dans cet état. Du coup, on pensait aller au McDo dès qu'il se sent un peu mieux.

J'ai mordu dans le fruit.

— Ton baptême de fast-food.

— Mon baptême de fast-food.

— On te plongera dans une bassine d'huile de friture, et on dessinera une croix de ketchup sur ton front.

— Ceci est ma chair, frite sous forme de chicken nuggets, et ce verre de Coca est mon sang, noir, sucré et pétillant.

Elle a fait mine de se signer. J'ai ri.

— Je suis tellement contente que tu sois là.

— Merci de m'avoir invitée.

Le monde autour de moi reprenait lentement sa forme solide.

— Non, c'était Benji.

— Merci quand même.

# McMorning Ultimate

— Franchement, a soupiré Benji en essayant – d'une main tremblante – de verrouiller la porte de sa maison, si j'étais pas aussi stone, je supporterais mal d'être aussi stone.

On s'est entre-regardés avec Lola et Kouz en s'efforçant de ne pas se marrer. Il avait fallu beaucoup de cajoleries et même quelques menaces pour convaincre Benji de se lever du canapé et de marcher avec nous jusqu'au McDo.

— Non, sérieusement, ce que je veux dire c'est que... les effets du cannabis me protègent des effets du cannabis.

Il galérait grave à trouver la serrure avec sa clef.

— Wow.

Il s'est arrêté, les yeux ronds, et a laissé tomber son porte-clef par terre.

— La drogue sert en fait à régler les problèmes qu'elle crée ! a-t-il déclaré sentencieusement à personne en particulier. Faut que j'écrive ça quelque part, c'est vraiment trop intelligent.

Kouz a ramassé le trousseau avant de verrouiller lui-même la porte. Puis il l'a empoché.

— Hé, rends-les-moi, a protesté Benji.

Kouz a tapoté la poche de son jean.

— T'es un génie, Bouboule, mais t'es pas en état d'être responsable des clefs.

On a traversé Matonge pour aller jusqu'à Porte de Namur. Le monde ne tournait plus tant que ça. Du joint, il ne me restait qu'une sorte d'émerveillement ébahi de tout ce que je voyais. Je me sentais remplie d'amour pour Ixelles, ses maisons de maître et les aulnes qui ponctuaient ses trottoirs. Puis on est entrés à Matonge, et je me suis dit que j'adorais Matonge, et ses restaus chic et trendy mélangés aux restaus pas chic du tout, et encore moins trendy.

Machinalement, Kouz nous a fait faire un petit détour pour éviter de passer devant l'athénée. À quelques rues de là, un gars encapuchonné lui a proposé de l'herbe dans un petit sac transparent. Kouz a levé une main.

— Merci, mec, on a ce qu'il nous faut.

Nos regards se sont accrochés un instant. Mon Kouz.

Benji s'est ranimé quand on est entrés dans le McDo.

— Je paie ! a-t-il déclaré en parlant un peu trop fort. Mes parents m'ont laissé beaucoup trop d'argent pour le week-end.

Il nous a pointés du doigt l'un après l'autre, sautillant sur la pointe de ses Converse :

— McMorning ? McMorning ? McMorning ? Avec des frites ? Quatre Coca ? Oui ? Asseyez-vous, je m'en occupe.

Avec soulagement, je me suis glissée dans l'une des alcôves. Le McDo était plein et j'avais l'impression que tout le monde nous regardait. Lola s'est assise à côté de moi, Kouz en face.

— Il est déchaîné, a dit Kouz.

J'ai cherché Benji des yeux. Il décrivait sa commande à la pauvre caissière avec de grands gestes des bras. Le client derrière lui a fait un pas en arrière pour éviter de se prendre sa main dans le visage.

— Mmh, chépas, a fait Lola. Peut-être que la caissière est sourde et qu'il commande en langage des signes ?

— Vous croyez que tout le monde sait qu'on a fumé ? j'ai demandé à voix basse. J'ai l'impression que tout le monde sait.

J'ai rabattu la capuche de mon hoodie et tiré les lacets pour la resserrer.

— Ne t'inquiète pas, a dit Lola, on fait rien de mal.

— Bien sûr que si, on vient de faire quelque chose de totalement illégal !

— Moins fort, m'a dit Kouz, ce qui m'a rendue encore plus nerveuse.

— C'est OK, Hippolyte, on est vendredi soir, il y a probablement au moins 50 % de la population de ce McDo qui n'est pas sobre.

J'étais pas rassurée. La dernière chose dont Maman avait besoin, c'était que je me fasse arrêter. Deux militaires post-13 novembre en uniforme complet, mitraillette en bandoulière, sont passés de l'autre côté de la vitre. J'ai sursauté.

— Tout va bien, m'a soufflé Kouz.

Sa jambe a cherché la mienne sous la table, et j'ai senti le bout de son pied se glisser entre mes deux mollets.

Mon cœur a rugi. Je ne pensais pas que le contact du bout de sa basket crade avec mon vieux jean pouvait être aussi puissamment érotique mais en fait, si, carrément. La vie est pleine de surprise.

Ça m'a calmée un peu, ou plutôt, ça m'a emplie d'un autre genre de stress : sérieusement, est-ce que tout ça est bien normal ? Est-ce que c'est normal, le trou noir dans mon ventre quand il me regarde ?

— Je suis un génie, a claironné Benji en déposant le plateau sur notre table.

Le plateau débordait de petits paquets blancs comme autant de coussins moelleux et gras. Il y avait aussi quatre grands Coca, quatre grandes frites dans leurs paquets couleur Gryffondor et un gros tas de chicken nuggets.

— Wow, tout ça ?

— J'ai pris deux McMornings par personne. Il vous faudra au moins ça pour savourer l'ampleur de mon inventivité.

Il s'est assis et a fait craquer ses doigts, façon joueur de poker professionnel. Moi j'avais faim, alors j'ai ouvert un sachet de sel, je l'ai renversé sur un des paquets et j'ai pris une frite. Puis deux. Puis trois. Il y avait quelque chose de magique dans la répétition du geste : chaque frite à l'unisson, exactement identique à la précédente. Le ratio parfait de gras et de sel, à l'infini.

Benji a déballé le premier McMorning, puis il a soulevé le bun du dessus, révélant l'œuf trop cuit barbouillé de fromage trop jaune et surmonté d'une tranche de bacon industriel. Avec un sourire béat, il a levé le sandwich sous la lumière pour l'admirer.

— Ceci est un McMorning.

De son autre main, il a pris un nugget et l'a tenu entre deux doigts, comme un bijoutier présentant une pierre précieuse.

— Et ceci est un chicken nugget. Ce sont mes deux items préférés du menu du McDo.

Kouz a pris une frite dans le paquet que j'avais salé.

— Abrège, Bébé, j'ai faim.

— Donc, ce que je fais, a continué Benji, imperturbable, c'est que je mets le nugget (il a secoué le nugget) *dans* le McMorning (il l'a placé délicatement sur le fromage) pour créer (il a déposé le muffin par-dessus et écrabouillé le tout à deux mains) un tout nouveau sandwich.

— Épatant.

— Une vraie révolution.

Benji a essuyé nos quolibets avec calme. Il a fouillé sur le plateau surchargé et en a sorti un paquet de sauce.

— Mais ce n'est pas tout... Le petit déjeuner à toute heure, ça veut aussi dire que ? Que ?

Il nous a fixés, attendant une réponse. Devant notre silence apathique, il a continué :

— Que le sirop d'érable synthétique est également disponible !

Et sur ce, il a rouvert son sandwich pour y verser l'entièreté du paquet de sirop. Le liquide a dégouliné lentement, gouttant sur le nugget écrasé, le fromage, l'œuf, avant d'imprégner le muffin spongieux.

Kouz était scandalisé :

— OK, non, ça c'est juste du gaspillage.

Mais Benji avait déjà mordu.

— Délichieux. J'appellerai ça « le McMorning Ultimate ».

— Je veux goûter, je veux goûter !! a crié Lola.

Il lui a tendu son muffin et elle a pris une bouchée prudente.

— Pas mal, y a de l'idée. Le contraste entre le bacon et le sirop fonctionne bien.

— Et le nugget ajoute à la fois du croustillant et du moelleux !

— Pff, Lola trouve ça bon uniquement parce qu'elle a pas de référence, a coupé Kouz – mais aucun des deux ne lui prêtait attention.

— C'est génial, la texture de ce nugget : si on mâche longtemps, on dirait que c'est de la colle.

— C'est un peu comme de la colle, en fait, a expliqué Benji d'un ton docte. Ils broient des masses d'os de poulet pour arriver à cette texture. C'est bourré de gélatine.

— Et moi, j'ai dit, je peux en avoir ?

En souriant crânement, Benji m'a filé le morceau de McMorning Ultimate qui restait. Je n'en ai fait qu'une bouchée, sous le regard dégoûté de Kouz.

Hé bien, c'était bon, finalement. Ça ressemblait à un dessin d'enfant qui vient de découvrir les couleurs vives et qui en met partout. C'était trop sucré, trop salé, trop gras. Mais surtout, c'était intense, simple et sans âme.

C'était exactement ce que j'avais besoin de manger à ce moment-là.

On est retournés dans la grande maison de maître de Benji, tous pleins de graisse et de sel et de sucre. Je sentais la masse de fast-food en moi, toujours chaude, comme un talisman brillant.

Benji divaguait à voix haute :

— Chaque fois que j'ai l'impression que l'effet du joint est passé, c'est juste que je suis entré dans une nouvelle phase. Ça n'en finit pas.

— Parle moins fort ! a soufflé Kouz en regardant nerveusement autour de lui.

Mais la rue de Benji était déserte. Les aulnes frémissaient dans la brise et les lueurs des fenêtres barbouillaient de couleurs leurs feuilles fanées.

Kouz a sorti la clef de sa poche pour nous ouvrir.

Ils voulaient regarder un film. Moi, j'étais juste contente de trouver une excuse pour me pelotonner dans le gigantesque canapé, entre Kouz et Lola. Benji a sorti un plaid d'un placard et l'a étendu sur nous avant de se glisser dessous à son tour, de l'autre côté de Lola. Kouz a pris ma main sous la couverture, ses doigts ont glissé entre les miens.

Ça me semblait miraculeux qu'il me touche comme ça, sans que je doive demander, ni même le regarder. Il savait tout. J'ai serré ses doigts entre les miens en rythme, deux fois. Il les a pressés plus longuement en réponse.

Je n'avais qu'à tourner la tête vers lui et…

— On vous dérange pas ?

Kouz a piqué un fard. Je me suis retournée, un peu groggy. Lola et Benji nous dévisageaient, sourcils levés, sourires entendus.

— Bref, qu'est-ce qu'on regarde ?

L'écran plat de Benji était relié à son smartphone, ce qui lui permettait de faire défiler sa bibliothèque de films sans se lever du canapé.

— Un truc bien gore, a dit Lola.

— Ouuuh ouais !! il a rugi en naviguant rapidement entre les films d'horreur. Vous avez déjà vu *Ça* ?

Kouz a lâché ma main pour se redresser sur le canapé.

— Ouais, y a pas longtemps.

D'autres affiches ont défilé sur le grand écran, plus morbides les unes que les autres. Sang, visages de femmes qui crient, du noir, du rouge, du noir. J'avais un peu chaud, soudain. Le McDo m'est tombé dans le ventre comme une pierre.

Les autres continuaient à débattre. *Saw* ? Déjà vu mille fois. *Get out* ? Bah, ça nous disait rien. *The Human Centipede* ? Les garçons étaient chauds, mais Lola a posé un veto.

J'ai essuyé mes mains moites en cachette sous le plaid.

— J'aime pas le sang dans les films, j'ai fini par dire d'une voix que j'aurais voulu plus assurée.

Il y a eu un moment de flottement. J'ai senti Kouz se raidir dans mon dos et Benji m'a fixée, bouche bée, jusqu'à ce que Lola lui donne un coup de coude et propose :

— Un dessin animé, alors ? Un studio Ghibli ?

— Un quoi ?

Elle nous a considérés d'un air surpris.

— Vous ne connaissez pas du tout ? Vous allez voir, ça va vous plaire.

Le film qu'elle voulait voir parlait d'un château dans le ciel. Benji était emballé, Kouz un peu réticent, mais il n'a même pas dit que c'était un truc de gonzesse, ce qui relevait du miracle.

Moi je m'en fichais, tant qu'il n'y avait pas de morts, pas de chair, et surtout pas de sang.

J'ai pas vraiment suivi le film. J'étais trop occupée à essayer de tout sentir à la fois : le bras de Kouz contre le mien, ma cuisse contre celle de Lola, et l'affaissement discret de Benji qui s'est retrouvé assez vite avec la tête posée sur l'épaule de Lola. La manière dont nos respirations se sont doucement synchronisées.

C'était… C'était comme…

Un radeau sur la mer, où on était pelotonnés tous les quatre, et ça nous secouait un peu mais ça n'avait pas d'importance, parce qu'on était ensemble sur le radeau et qu'on resterait ensemble sur le radeau.

Je nous ai imaginés au bout d'un long voyage, d'île en île, partis depuis si longtemps qu'on ne se souvenait plus de chez nous, à la recherche d'un pays qui pourrait nous accueillir tous les quatre. Un pays qui nous ressemble. Et chaque île était une déception, de chaque île on finissait par repartir.

Et puis, un jour, bercés par le remous, on se rendait compte que ce pays était ici, sur ce radeau. C'était parce qu'on était tous ensemble qu'on était chez nous, toujours mobiles, toujours ensemble et partout chez nous.

# Kouz

Je me suis réveillée en entendant la voix de Kouz vibrer sous ma joue : dans mon sommeil, je m'étais affalée sur son torse.

Il disait :

— J'y crois qu'à moitié.

Ça m'a étonnée qu'il n'y « croie qu'à moitié ». C'était un château volant : on y croit pas du tout ou alors complètement.

Lola a soupiré :

— C'est pourtant vrai. J'ai ma cicatrice.

— Oui, d'accord... Toi, je te crois. Mais ton histoire ne prouve rien sur la mère de H.

Maman. J'ai ouvert les yeux.

— La vieille dame a disparu, a dit Lola.

— Ça n'a peut-être rien à voir.

Benji s'est interposé :

— Peu importe ce qui se passe exactement. Ce qui est sûr, c'est que H est perturbée, ces derniers temps.

Puis il a rougi en croisant mon regard.

— Oh ! Tu es réveillée.

Je me suis redressée, un doute se répandant dans ma poitrine, glacé et acide.

— Vous parlez de quoi ?

Ils me fixaient tous les trois ; puis, presque en même temps, ils ont détourné les yeux. Kouz a regardé le sol, Lola ses mains et Benji par la fenêtre. La panique qui assiégeait mon sommeil a lancé l'assaut avec hurlements et tambours de guerre.

Je me suis écartée de Kouz et j'ai cherché le regard de Lola, qui évitait obstinément le mien.

— Qu'est-ce que tu leur as dit ?

— Tout.

— Tout ?!

— J'ai raconté l'histoire de ma mère. Et j'ai dit que la tienne t'avait mordue.

J'ai regardé mon poignet. La peau était lisse, sans défauts. À peine quelques rougeurs. C'était comme s'il ne s'était jamais rien passé.

— Et la vieille dame… Madame Muñoz… Constanza.

— Hippolyte, j'ai peur que ta mère l'ait enlevée !

Constanza. Je sentais encore la terre sous mes ongles, les échardes du manche de la pelle dans la peau de mes paumes. Constanza parmi les feuilles, morte.

— Elle était d'accord, j'ai balbutié. Maman voulait rester vivante, et elle, elle voulait mourir.

Lola a happé l'air, façon poisson rouge. Elle avait pas prévu ça, c'était clair. Que Constanza soit morte, que je sois au courant, que je n'aie rien dit. Trois chocs.

Elle les a encaissés, un, deux, trois, avant de se reprendre :

— Elle lui a demandé ?

— C'était pas nécessaire.

— Attendez, attendez, a jeté Benji d'une voix haut perchée. Expliquez mieux que ça. Quelqu'un est mort ?

— Elle est morte, Hippolyte ? a répété Lola.

Mon cerveau avait ralenti, d'un coup. C'était peut-être encore les effets du joint, j'avais l'impression qu'il baignait dans du gaz paralysant.

— C'était la seule solution. Ma mère avait faim.

Et s'ils avaient pu la voir, ses joues creuses, ses poignets cassants, ils auraient sûrement compris. Benji triturait un des coussins du canapé. Il s'est mis à parler en torrent, ses mots éclaboussaient tout :

— De quoi est-ce qu'on parle, au juste ? D'euthanasie ? Je sais que c'est légal en Belgique, mais y a des règles, des étapes, une procédure, non ? Tu dis qu'elle était d'accord, mais est-ce qu'elle a signé quelque chose ? Et puis ta mère n'est même pas médecin, juste infirmière, et –

— Tais-toi, a dit sèchement Kouz. Laisse H parler.

Ça a tari le flot. Mais je ne voulais pas parler. Je voulais tout sauf parler. Le truc, c'est qu'à force, ils avaient fini par devenir résistants à mes silences. Ils allaient se taire et me regarder jusqu'à ce que j'explique.

Lola pleurait les yeux ouverts. J'ai vu une larme rouler sur sa cicatrice. Là où sa mère l'avait mordue pour de vrai. La mienne n'avait même pas percé la peau.

— Tu vis avec quelqu'un qui veut te manger, elle a dit.

J'ai secoué la tête.

— Elle ne me fera jamais de mal.

— Elle t'a mordue.

— C'était une erreur. Elle...

Je me suis arrêtée. C'était gênant à dire à voix haute devant mes amis, devant Kouz, dans ce salon silencieux, mais ça devait être dit :

— Elle m'aime, ma mère. Elle ne me fera rien.

— La mienne m'aimait aussi, a dit Lola.

Y avait rien à répondre à ça, à part : *pas autant*. Clairement, pas autant.

— Et puis ta mère, elle aimait la vieille dame, non ? Madame Muñoz.

*Constanza !*

— Si elle l'aimait et qu'elle l'a mangée, et si elle t'aime, toi... Tu ne vois pas ? Tu ne vois pas comme c'est lié ?

— C'était tuer ou mourir !

— Hippolyte, tu dois faire quelque chose !!

Elle avait crié. Mon cerveau s'est ébroué. Mon cœur : un gorille qui se frappe la poitrine.

— Tu n'aurais pas dû, j'ai soufflé. Moi, j'aurais très bien pu aller parler à ton père, lui poser les questions dont tu n'étais pas capable, et je l'ai pas fait. J'ai gardé ton secret.

J'ai dévisagé tour à tour Benji, qui avait l'air pas loin de vomir, et Kouz, qui arborait l'expression furieuse qu'il se compose quand il ne sait pas quoi faire d'autre. Je n'avais pas voulu qu'ils sachent ; maintenant, ils n'oublieraient jamais.

Je me suis à nouveau tournée vers Lola.

— Kouz avait raison. Tu penses que tu sais ce qui est mieux pour les autres, mais tu ne sais rien du tout. Tu mets tes sales pattes dans ce qui ne t'appartient pas.

Tout en parlant, j'ai vu Kouz esquisser un geste – en direction de Lola, peut-être –, mais il s'est ravisé. Tant mieux. Je lui aurais arraché le visage, à mon loup, s'il était intervenu.

Plus Lola pleurait, plus j'étais calme, plus je me sentais froide. Des larmes lui coulaient dans le cou comme la pluie sur la vitre de notre bus. Elles roulaient sur sa cicatrice, la grossissant au passage, des milliers de petites loupes. Je la haïssais, sa marque. Ma mère à moi ne m'avait même pas vraiment mordue.

J'ai compris que Lola était jalouse.

— J'y peux rien si tu as laissé ta mère crever derrière une vitre. La mienne est vivante. Je la garderai vivante.

Je suis partie. Il n'y avait rien d'autre à faire. Je suis sortie dans la rue déserte de Benji. Le froid m'a cueillie de tous les côtés à la fois. J'ai relevé le col de mon manteau, mon GSM indiquait que le Noctis passerait dans six minutes. Vite, vite, je me suis mise à courir le long de la rangée d'aulnes, vers l'arrêt. Il n'y avait que trois bus par heure la nuit, et je ne voulais pas risquer de manquer celui-là.

J'ai entendu des pas derrière moi, se répercutant entre les aulnes et les façades claires. D'abord lents, hésitants. Puis il s'est mis à courir. Dans ma direction.

— Hippolyte !

Kouz ne m'appelle jamais Hippolyte. Dans sa bouche, ça remue quelque chose en moi que je préférerais garder figé. Je me suis arrêtée le temps qu'il arrive à ma hauteur.

— H. Tu vas où ?

— Chez moi.

L'ombre des branches lui barrait le visage, la lumière du lampadaire faisait briller ses poils de barbe naissante.

— Lola est en pleurs...

— Et ? j'ai demandé, la voix étranglée.

Il a eu l'air de prendre une décision et s'est redressé, le dos bien droit, torse bombé.

— Tu ne peux pas rentrer seule, il a déclaré. Je viens avec toi.

— Pourquoi pas ?

Une expression gênée a flotté sur son visage, genre « tu sais bien », mais je voulais qu'il le dise à voix haute.

— Pourquoi pas ? j'ai martelé.

— C'est dangereux.

Ça m'a suffi. Je me suis détournée de lui et me suis remise à courir – mais plutôt que de me laisser partir, il m'a emboîté le pas. Il était plus rapide que moi, et il est resté à ma hauteur. Tout en avançant, j'ai jeté un œil à mon téléphone. Noctis dans trois minutes.

Le bus est arrivé, lumineux dans la nuit mouillée. On s'est assis à nos places habituelles, avec le luxe d'avoir un siège entier par personne.

Le silence nous a entourés, pesant. Je regrettais un peu qu'on ne soit pas tout serrés, comme d'habitude. Le contact nous aurait distraits, au moins. J'avais un peu mal à la tête à force de crisper les mâchoires.

Lorsqu'on a dépassé Rodin, Kouz m'a pris la main et a relevé ma manche pour examiner mon poignet. Il n'y avait plus rien, plus que quelques taches roses, à peine un souvenir.

— Tu vois ? je lui ai dit. Ce n'est pas grave.

Mais il a secoué la tête. Il était révulsé. J'ai répété, en prononçant chaque syllabe distinctement :

— Ce n'est pas grave.

— Elle t'a mordue.

Je comprenais pas pourquoi tout le monde s'arrêtait à ce détail. Elle avait fait une erreur, glissé une seule fois, une seule ! Personne ne semblait imaginer le contrôle immense dont elle faisait preuve tous les autres jours, pendant tous les autres moments qu'on passait ensemble.

— Je n'ai pas besoin de protection.

Il a grimacé.

— Rentre chez toi, j'ai ajouté amèrement. Descends au prochain arrêt.

— Je ne te laisserai pas seule.

Je me suis détournée vers la fenêtre. Je voulais pas me disputer avec lui, en plus de Lola.

— Bon, on va faire un marché, OK ? il a dit. On n'en parle plus, mais tu me laisses venir avec toi. *Deal* ?

Toujours dos à lui, j'ai hoché la tête, un peu raide. On est restés silencieux pendant le reste du trajet, alors que le bus valdinguait autour du rond-point de cimetière d'Ixelles, descendait en trombe jusqu'aux *Arcades*, dépassait *Les Trois Tilleuls*.

Dans le reflet de la vitre, j'ai vu le regard de Kouz qui vacillait. L'air autour de nous a changé de texture à mesure que le bus se vidait. Quand on est descendus au terminus, il m'a pris la main sans me regarder.

J'ai eu une intuition, d'un coup : il ne venait pas avec moi pour me protéger, ou du moins pas seulement. Il venait parce qu'il voulait passer la nuit avec moi.

La nuit avec moi.

*

Ce n'était pas la première fois que Kouz montait dans ma chambre. Loin de là. Mais c'était la première fois depuis qu'on avait commencé à faire... ce qu'on faisait. Je lui ai dit d'être silencieux, parce que ma mère était probablement là, en train de – de bosser à la cave. Il a hoché la tête. Il ne souriait pas. Depuis qu'on s'embrassait en secret, on se parlait beaucoup moins. Parfois, j'étais soulagée quand Benji ou Lola étaient avec nous, parce que ça nous libérait du silence.

Mais là, c'était juste lui et moi.

J'ai monté les escaliers, lui sur mes talons. J'étais toute raide et frissonnante, je me demandais s'il regardait mes fesses en montant, s'il trouvait que ma démarche était trop lourde, maladroite, pas assez féminine. Est-ce qu'il me considérait comme une fille maintenant, et pas juste H ? H, son amie H, en une seule lettre. Je ne savais plus trop qui je voulais être. Si je n'étais pas H, son amie H, si j'étais juste une fille, ce serait plus simple. Je voulais qu'il ait envie de moi.

Moi, j'avais envie de lui.

En poussant la porte de ma chambre, je tremblais un peu. C'était trop de sentir tout ça. J'avais honte. C'était beaucoup trop. J'avais honte de le vouloir autant, de lui imposer ça. De le salir avec l'énormité de mon désir.

On est restés à se regarder sans bouger sous l'éclairage trop brillant du luminaire de ma chambre. J'avais envie de pleurer, mais ç'aurait été la pire chose à faire. J'aurais pu l'embrasser, mais maintenant qu'on était seuls et qu'on ne risquait pas d'être surpris, j'avais peur de le faire. Je me suis assise sur le lit. Lui est resté debout, au centre de la pièce, comme un idiot. Je nous trouvais nuls. Ça aurait dû être plus simple.

— Elle est à la cave ? il m'a demandé à mi-voix.

— Je crois. Je suis pas sûre.

J'ai éteint le luminaire du plafond et allumé ma lampe de chevet.

— Pas de danger, j'ai ajouté.

Mais pour être honnête, je n'étais pas complètement certaine. Il a tiré la chaise de mon bureau, s'est assis à l'envers, a posé son menton sur le dossier.

— Elle sort, parfois ?

— Pour faire les courses. Se balader. Comme tout le monde.

— Tu sais ce que je veux dire. Est-ce qu'elle sort pour…

— Pour ?

Il m'a jeté un regard sévère.

— Je ne sais pas, j'ai marmonné. Je ne sais pas comment elle s'y prend. On n'en parle pas.

Je ne voulais pas discuter de ça. Je ne voulais surtout pas discuter de ça.

— Est-ce que je peux t'embrasser, Kouz ?

J'étais terrifiée qu'il réponde non.

— Oui, il a dit, les yeux rivés sur le sol. Tu peux.

— Viens.

Il est venu s'asseoir sur mon lit. C'était dingue : je demandais quelque chose, et lui il le faisait. Ses mains ont serré mon édredon nerveusement.

— Plus près.

Il s'est tourné vers moi.

— Encore plus près...

Il a ri, s'est penché.

— Encore ?

— Encore.

À s'embrasser seuls comme ça, sans limites, c'était forcé que ça arrive. C'est comme quand un barrage saute. Rien ne peut arrêter le flux.

Le sexe ? Ce n'est pas comme on se l'imagine. Ou en tout cas, ce n'est pas comme moi je l'imaginais.

Je pensais que ce serait plus facile, déjà, d'un point de vue technique. Après tout, on est faits pour ça, non ? Je croyais que son pénis glisserait dans mon vagin comme un piston dans une gaine bien huilée. Je n'aurais jamais imaginé que ce serait si compliqué de le faire rentrer.

Ça faisait mal et je me raidissais. Il s'arrêtait à chacun de mes tressaillements. Il bredouillait :

— Ça va ?

Et :

— Tu es sûre ?

Et :

— Ça fait mal ?

Et :

— On s'arrête quand tu veux.

Mais je voulais qu'il se taise et qu'il continue. Je voulais qu'il entre jusqu'au bout, afin d'être totalement sûre de ne vraiment plus être vierge. J'ai pris ses fesses dans mes mains et je l'ai attiré à moi. Il s'est enfoncé.

Avant de le faire, je pensais qu'on atteignait automatiquement un autre état de conscience, comme quand on dort ou qu'on s'évanouit. Mais non. Je restais parfaitement consciente de la respiration de Kouz, et du fait que les os de ses hanches cognaient les miens. Il est beaucoup plus grand que moi, alors je ne voyais pas son expression, juste son épaule. J'ai eu à nouveau ce sentiment de trop-plein en me concentrant sur sa peau, là où son épaule devenait son cou. J'avais envie de mordre, fort, jusqu'au sang.

J'ai embrassé sa clavicule, à la place.

Il a gémi un moment, et puis c'était fini.

J'ai préféré *Après* à *Pendant*. J'étais soulagée : c'était fait. Je n'étais plus vierge. Je ne serais plus jamais vierge. J'avais seize ans et je n'étais plus vierge – un âge acceptable pour perdre sa virginité, ni trop tôt ni trop tard. Évidemment je n'allais en parler à personne mais, au moins, je n'étais plus vierge. De toute façon, à l'école ils allaient forcément remarquer que je n'étais plus vierge.

Kouz s'est laissé tomber à côté de moi. J'ai posé ma tête sur son épaule, cette épaule que je n'avais pas mordue, et j'ai fermé les yeux. J'imaginais un monde où c'était facile de lui parler, un monde où ma mère allait bien et où mes parents n'étaient pas séparés.

Puis il m'a repoussée. *Non*, j'ai pensé. *Non, ce n'était pas assez. Il m'en faut plus. Non, par pitié, faites que ce ne soit pas déjà fini, déjà oublié.*

Il s'est redressé en retenant la capote à la base. Quelque chose n'allait pas.

— Kouz ?

Dans les séries, c'est le moment où la fille se rend compte qu'elle a été utilisée, que le gars ne l'aime pas, que c'était « juste pour le sexe ». Mais ce n'était pas de ça que j'avais peur. J'avais peur qu'il m'accuse de l'avoir utilisé, lui. De l'avoir trop voulu.

— Kouz ? j'ai répété.

— Je saigne, il a murmuré d'une voix cassée.

J'ai baissé les yeux sur son pénis. Son érection disparaissait vitesse grand V. Par transparence à travers le préservatif, on voyait le laiteux du sperme absorber le rouge du sang. Le rose qui en résultait était écœurant, type sauce cocktail.

Kouz paniquait total.

— Je saigne !

Un instant, j'ai cru qu'on se gourait, que c'était moi qui avait saigné, d'habitude ce sont les filles qui saignent, mais non, le sang était à l'intérieur du préservatif, et sous moi le drap était sec.

Il a pincé le bout de la capote pour la retirer, ce qui s'est très vite révélé une erreur : le latex avait agi comme garrot jusque-là. Le sang a jailli de son pénis comme d'une fontaine – j'ai roulé hors du lit pour ne pas me faire arroser.

Courbé en deux, Kouz soutenait son pénis comme on réchauffe un oisillon dans ses mains en coupe. Le volume de sang était invraisemblable : des litres et des litres.

J'ai fouillé le bordel sous mon lit pour y trouver un paquet de mouchoirs. J'en ai sorti un et je me suis approchée de Kouz avec l'intention de comprimer la plaie.

Il a tressailli.

— Ne la touche pas !

« La » ? Oh. Sa bite. Sa verge. Son érection ? Il y pensait au féminin.

Il m'a pris le mouchoir des mains et l'a pressé contre son gland. J'ai croisé son regard, et j'ai vu qu'il avait peur. De moi.

Il était très pâle. J'ai poussé la chaise de bureau vers lui pour qu'il s'asseye.

On est restés silencieux un moment, moi qui lui passais les mouchoirs et lui qui les jetait sur le sol quand ils devenaient trop imbibés.

— Je débande, il a fini par dire. Du coup ça se calme.

Après quelques minutes, le flot s'est complètement tari. Kouz a enfilé son boxer par-dessus un dernier mouchoir, puis s'est rhabillé. Je me suis rendu compte que j'étais toujours nue, alors j'ai fait pareil. Apparemment, la pudeur ne disparaissait pas magiquement quand on n'était plus vierge ; c'était une découverte.

Il s'est dirigé vers la porte en évitant mon regard. C'était clair qu'il voulait sortir très vite de là. D'ici. Ma chambre. Où on avait fait l'amour pour la première fois.

— Ce n'est pas moi, j'ai dit. Je ne voulais pas te faire ça.

Je l'ai dit mais je n'en étais pas sûre. J'ai repensé à ma mère, et à l'épaule de Kouz que j'avais voulu mordre jusqu'au sang, à ce sentiment que j'avais eu, le sentiment que rien de ce qu'on pourrait faire ensemble ne serait jamais suffisant.

La main serrée sur la poignée, il a baissé la tête jusqu'à poser son front contre la porte.

— Je sais bien, H. Je sais que tu n'as rien fait.

Mais il est sorti quand même. J'aurais pu le suivre pour lui demander pourquoi il s'en allait, dans ce cas, s'il savait que je n'avais rien fait.

Je me suis retenue. J'ai eu tort.

J'ai enroulé le préservatif dans l'un des mouchoirs que Kouz avait laissés, puis je l'ai fourré dans ma poche. Les draps étaient trempés et poisseux, je les ai retirés. Le protège-matelas en dessous ressemblait à une relique ; le Saint Suaire de Kouz. J'ai tout mis en boule avec le sang bien au centre pour ne pas en mettre partout, mais ça m'a quand même taché les mains.

Le sang de Kouz. Sur mes mains.

J'avais un peu le vertige et puis j'avais toujours mal, juste là. Ça piquait, frottait, grattait. Je suis descendue à la salle de bains pour mettre les draps à laver et prendre une douche.

*

Le truc, c'est que je n'ai jamais appris à faire la lessive. J'ai bourré les draps dans le tambour et trouvé le produit, mais je ne savais pas dans quel trou il fallait le verser, ni quelle quantité mettre, ni quel programme choisir. J'ai bidouillé un peu au hasard et refermé le couvercle, sauf que je ne comprenais pas sur quel bouton appuyer pour lancer la machine.

C'est à ce moment-là que Maman a débarqué dans la salle de bains, en pyjama, l'air de s'être réveillée en sursaut. Je me suis figée.

Ses yeux se sont ouverts en grand.

— Tu es blessée !

J'ai levé mes mains pleines de sang.

— Non, non. Tout va bien.

Elle est restée là où elle était. À l'autre bout de la salle de bains. En d'autres temps, elle se serait précipitée pour me palper et vérifier que je n'avais pas de plaie ouverte. Mais pas là. *Parce qu'elle a faim*, j'ai pensé. *Parce qu'elle a peur de trop s'approcher.*

— Tu as du sang partout.

Je me suis regardée dans le miroir. C'était vrai. J'avais beau avoir fait attention, mon tee-shirt était plein de traces couleur rouille et mon visage était tout barbouillé. Du sang de Kouz. Elle m'a pressée :

— Qu'est-ce qui s'est passé ? Est-ce que tu es…

— Non. Je ne suis pas descendue à la cave.

C'était évidemment ce qui l'inquiétait le plus. Sans cacher son soulagement, elle s'est redressée.

— Mais alors…

Elle n'a pas terminé sa phrase. J'ai lu dans ses yeux la même chose que ce que j'avais surpris dans ceux de Kouz. La peur. La peur de moi.

J'ai senti les larmes monter et je les ai essuyées du dos de la main, étalant un peu plus le sang de Kouz sur mes pommettes.

— J'étais avec Kouz et… il a saigné sur mes draps. Alors je suis descendue les laver, c'est tout.

Maman a ouvert la poubelle de la salle de bains – je l'avais secouée pour que le préservatif tombe au fond, mais elle l'a fouillée jusqu'à ce qu'elle le trouve.

— C'est bien que vous ayez utilisé une protection. Kouz est parti ?

Sa voix était douce et calme. La voix de Maman, avant. Quand je ne me posais pas de question. Quand je savais que même si elle avait tort, elle avait forcément raison. J'ai fait oui de la tête.

— La prochaine fois, tu lui diras qu'il faut faire un nœud au bout quand on le retire. Pour éviter que ça ne coule dans la poubelle. D'accord ?

D'accord ? Comment j'aurais pu être d'accord ? Y en aurait pas, déjà, de « prochaine fois ». Kouz avait peur de moi. Il ne me laisserait plus le toucher. Mais j'ai fait oui de la tête.

Elle s'est adossée au mur. Si fragile. Prête à disparaître.

— C'est bien, Hippolyte. Je suis contente que tu sois venue m'en parler.

Je n'étais pas venue lui en parler. Mais j'ai fait oui de la tête.

— C'était ta première fois ?

J'ai fait oui de la tête.

— Est-ce que tu as saigné ?

Ça, ça m'a perturbée. J'ai quand même répondu :

— Non. Mais ça arrive, il paraît.

— Oui, ça arrive.

Elle a traversé la salle de bains et m'a poussée (pas très fort, mais pas très doucement non plus) pour que je m'écarte du lave-linge. Elle a soulevé le couvercle et tiré sur un pan du drap. Le sang n'était pas encore sec.

— Je vais m'occuper de ça, Hippolyte. Monte dans ta chambre.

Elle ne me regardait pas. Elle était absorbée par la vision des draps souillés. *Absorbée*.

Je n'ai pas bougé. J'aurais dû dire quelque chose – impossible.

— Va-t'en, elle a répété.

Pas très fort. Pas méchamment. Mais je savais que je n'avais pas le choix.

*

J'ai pris des draps dans le placard du bureau et j'ai refait mon lit avant de m'y coucher. Il était glacé, mais il me semblait que c'était exactement ce que je méritais. Avec tout ça, je n'avais pas pu prendre de douche et j'étais toute poisseuse, ça me grattait horriblement.

J'ai essayé très fort d'ignorer la démangeaison, j'ai essayé très fort de dormir, j'ai essayé très fort de ne pas remarquer que le lave-linge dans la salle de bains restait obstinément silencieux.

Le regard apeuré de Kouz m'est revenu. *Monstre*, j'ai pensé. Ma mère avait eu la même idée ; seulement, ça l'avait effrayée pour des raisons différentes.

Ma mère devant le lave-linge et moi qui n'avais rien fait. Moi qui l'avais laissée.

Les larmes sur mon oreiller le refroidissaient encore plus. *Monstre*. Le sommeil ne venait pas. *Monstre*. J'avais l'impression qu'il ne viendrait plus jamais.

*Monstre*. *Monstre*. *Monstre*.

# Couques

Il ne pleut même pas. Ce serait pourtant logique qu'il pleuve. Tout est pourri. Tout est nul.

Quand Lola est entrée dans le bus après moi et s'est assise sur un siège à l'arrière, je ne me suis pas retournée. Je l'ai même pas regardée passer. Juste vue du coin de l'œil. Rien que ça, ça faisait déjà mal.

Vers *Arcades*, quelqu'un s'est assis à côté de moi. Je n'avais fait aucun effort pour défendre la place parce que, si elle avait été libre au moment où Kouz monterait, je courais le risque de le voir s'écarter, de le voir ne pas vouloir s'asseoir à côté de moi. Et je préférais qu'il pense que c'était moi qui le repoussais que l'inverse.

Du moins, c'est ce que je croyais. Parce que quand il est monté avec Benji et qu'il a vu que la place à côté de moi était occupée, il m'a lancé un regard trahi, et ç'a été pire que le reste. Je me suis souvenue que lui aussi, c'était sa première fois, que son week-end à lui aussi avait été pourri. Mon pauvre loup.

*

C'est pas comme si on pouvait simplement oublier qu'on a été amis avec quelqu'un. Je toque au mur de ma chambre tous les soirs, le silence pour seule réponse. Statistiquement, Lola a dû m'entendre au moins une fois. Mais elle ne *veut plus* m'entendre. C'est bien le problème.

Non, c'est pas comme si on pouvait oublier ; d'ailleurs, Benji n'oublie pas, et il nous quitte le midi pour aller s'asseoir avec Lola au moins trente minutes sur l'heure de pause, comme si c'était un divorce, une garde partagée. Ça nous laisse seuls, Kouz et moi, sur le banc du parc.

Depuis notre poste, on regarde les autres. On parle à peine. Je voudrais qu'il me laisse. Je pourrais me lever et partir, mais je ne le fais pas. C'est trop dur.

*

Les solutions de Benji passent toujours par la bouffe.

— Venez goûter chez moi, y a une boulangerie qui fait des pains au chocolat de ouf. J'ai déjà invité Lola.

— Des couques au chocolat, a grogné Kouz, pas des pains.

— Lola ? j'ai demandé.

Benji m'a répondu par ce plissement suppliant des yeux – *pleeease*.

— Et elle a dit qu'elle viendrait ?

— Oui !

— Et elle sait que je serai là aussi ?

Il s'est tortillé.

— Pas exactement. Mais je suis sûr que si vous vous parliez…

Que dalle. Benji a tenté de la convaincre jusqu'à la dernière seconde avant qu'on descende du bus, mais rien n'y a fait : Lola est restée bien assise et nous, on a longé les aulnes, trois petits canards, trois petits connards, jusqu'à la boulangerie préférée de Benji.

Moi, c'est les croissants aux amandes que j'aime. Une fois chez lui, on s'est installés à la table de la cuisine, devant la baie vitrée, pour avaler nos couques.

Benji parlait en postillonnant de la pâte feuilletée. Les examens de Noël le stressent vachement, ce qui n'a pas de sens vu qu'il est super fort. J'ai plus de raisons de m'inquiéter : en maths, on est passés aux dérivées, un concept qui ressemble aux limites mais en pire, enfin je crois. La vérité, c'est que je n'y comprends rien.

Bizarrement, ça ne me trouble plus. Je suis au-delà du trouble. Comme quand vous passez tellement de temps sans vous laver les cheveux qu'ils finissent par paraître à nouveau propres.

— En France, y a pas d'examens chaque semestre comme ça, on fait juste du contrôle continu. Et c'est plus juste, tu vois, parce que, imagine t'as la diarrhée pile le jour de l'épreuve, et t'es obligé de rendre ta feuille avant de finir ?!

— Dur, j'ai fait.

La crème d'amandes de mon croissant était divine, j'étais quasi sûre d'y détecter un soupçon de zeste d'orange. Benji a bon goût en boulangerie. Et puis, j'avais faim. Mon appétit me jouait des tours, ces derniers jours – il disparaissait quand j'avais besoin de lui, refaisait surface à des moments incongrus.

Kouz a levé les yeux au ciel.

— Biquet, tu peux aller aux toilettes pendant les examens, c'est pas le goulag.

— Vraiment ?

— Ouais. Juste on peut pas y aller à deux en même temps, histoire d'éviter qu'on échange des réponses dans le couloir.

— Je pense qu'on peut aller aux toilettes dans un goulag aussi, j'ai dit.

Kouz a croisé mon regard, sourcils levés. J'ai repris :

— Je veux dire, c'est pas pratique, un camp sans toilettes. Il devait y en avoir, ne serait-ce que pour faciliter le boulot de gardes.

Il s'est marré. Très bref, et très éblouissant. Mon cœur s'est mis debout pour applaudir. Tout n'était peut-être pas perdu.

— Au pire, je mettrai des langes, a conclu Benji.

Sa mère est entrée dans la cuisine.

— J'ai des échantillons gratuits de couches pour seniors à te prêter, si tu veux !

Elle l'a embrassé dans les cheveux et il a souri. Benji ne proteste jamais quand ses parents l'embrassent, même devant ses potes. Ce garçon est un extraterrestre. Elle m'a claqué une bise et a serré la main de Kouz, avant de s'asseoir sur la dernière chaise disponible. La conversation s'est éteinte, comme souvent quand un adulte entre dans une pièce pleine d'ados.

La mère de Benji nous regardait manger avec un sourire un peu flottant. Quand on a eu terminé nos couques, elle a lancé :

— Kouz, Hippolyte, vous pourriez venir dans mon cabinet un instant, s'il vous plaît ?

J'ai interrogé Kouz du regard. Il avait l'air aussi ébahi que moi.

— Ça prendra cinq minutes, pas plus.

Benji s'est levé pour prendre une éponge dans l'évier et nettoyer la table. En passant devant moi, il a grimacé.

— Sorry. C'était pour vous, juré.

*Qu'est-ce que tu lui as dit ?* j'ai voulu crier, mais je me suis mordu les lèvres. J'avais déjà fait trop d'erreurs.

Le couloir tanguait autour de moi ; c'est un miracle que je ne me sois cognée nulle part. La mère de Benji nous a fait franchir la porte qui séparait son cabinet du reste de la maison. Elle s'est assise à son bureau. Elle n'était plus la mère de Benji. Elle s'était transformée en Madame la Docteure. La mine sérieuse, elle a indiqué les deux fauteuils devant son bureau.

— Asseyez-vous.

J'avais l'impression de m'être fait convoquer par le proviseur. Kouz non plus n'en menait pas large.

On s'est assis et il a posé ses grandes mains à plat sur ses genoux.

Madame la Docteure a enlevé ses lunettes, les a repliées avant de les déposer sur son bureau.

— Benjamin m'a parlé de votre incident…

— Quel incident ? j'ai balbutié.

J'avais froid jusqu'au bout des doigts. Des visions m'ont assaillie : Maman menottée à l'arrière d'une bagnole de police, Maman dans une camisole de force, Maman privée de tout derrière une vitre en plexiglas incassable, et moi de l'autre côté, toute seule, privée de Maman.

— Je vais être plus précise, elle a repris. Ce qu'il m'a raconté, c'est que vous avez eu une relation sexuelle qui a déclenché des saignements très importants chez Kouz.

— Benji vous a raconté !? s'est écrié Kouz d'un ton outré.

Je lui aurais volontiers balancé ma chaise à la gueule.

— Tu l'as dit à Benji !? j'ai crié.

Il s'est tourné vers moi, surpris par l'intensité de ma voix, puis a très vite baissé les yeux. J'étais furieuse, de ce genre de colère qu'il n'aimait pas regarder en face.

— Tu n'as pas le droit, merde ! Tu n'as pas le droit de montrer les photos, de raconter...

Les paroles m'échappaient en sifflant, comme la vapeur d'une bouilloire.

— J'ai pas montré de photos, il a répliqué, le nez baissé sur le sol. On n'a même pas pris de photos.

— Heureusement !

— Je l'ai juste raconté à Benji.

— Tu ne respectes personne.

Brusquement, Kouz s'est redressé sur sa chaise.

— Et toi, tu ne fais confiance à personne ! Je suis pas comme toi, j'aime pas garder les secrets à l'intérieur jusqu'à ce qu'ils me bouffent !

J'ai vu dans l'esprit de la docteure une diode s'allumer avec marqué « secrets » et « Hippolyte » dessus. Kouz s'en est rendu compte, et s'est empourpré. Il s'est remis à parler précipitamment :

— C'est mon histoire aussi, j'ai le droit d'en parler.

On s'est tus, les bras croisés, maussades. La mère de Benji a soupiré :

— Bibou était inquiet pour vous deux. Il a cru bien faire.

Kouz a souri malgré lui.

— Bibou ?

— Benjamin, je veux dire.

Elle a fait semblant d'être gênée, mais je voyais bien qu'elle avait fait exprès de laisser échapper ce surnom ridicule pour détendre l'atmosphère.

— Écoutez, je suis médecin, et je sais que beaucoup de jeunes hésitent à aller chercher de l'assistance quand ils rencontrent des problèmes dans leur vie sexuelle. Moi, je pense que c'est important que vous ayez accès à l'information. Je vous demande deux minutes d'attention, et après je vous laisse partir. D'accord ?

Le silence s'est étiré jusqu'à ce que je réponde :

— OK.

— Et toi, Kouz ?

Il a hoché la tête.

— Bon. Il s'agit vraisemblablement d'une déchirure du frein, vous savez ce que c'est ?

On a opiné. Elle a tout de même continué ses explications :

— C'est une petite peau, une sorte de fil, qui relie le gland au prépuce et qui s'est rompue suite aux frottements dus à votre rapport. C'est impressionnant, mais ce n'est pas grave.

À côté de moi, Kouz s'est amolli de soulagement.

— Est-ce que tu as eu des saignements depuis, Kouz ?

— Une seule fois, il a répondu en prenant soin de ne regarder personne.

— Tu étais en érection ?

Il a fait signe que oui. J'avais très envie d'être ailleurs.

— Ça a cicatrisé, depuis ?

— Je crois.

— Bien. Il faudrait que tu ailles voir un médecin, juste pour être sûr. Certains cas nécessitent une petite intervention chirurgicale. Tu as un médecin traitant ?

En réponse, Kouz a marmonné quelque chose très bas.

— Pardon ?

— Je ne veux pas que ma mère soit au courant.

Madame la Docteure a acquiescé sans avoir l'air surprise, puis elle a sorti une feuille blanche de son imprimante à ordonnance et s'est mise à écrire dessus.

— Je vais te donner l'adresse d'un planning familial près de l'athénée. Tu pourras y aller en sortant des cours et ce sera gratuit.

Elle a tendu la feuille à Kouz qui l'a prise, les yeux toujours baissés.

— D'accord ?

— D'accord. Merci.

— OK. Maintenant, laisse-moi deux minutes avec Hippolyte, s'il te plaît.

Kouz a soigneusement fermé la porte derrière lui. Je me suis demandé ce qu'il allait dire à Benji, et s'ils s'engueuleraient.

Madame la Docteure me regardait avec attention.

— Est-ce qu'il y a quelque chose que je peux faire pour toi ?

Elle l'a dit sur le ton que les adultes prennent parfois pour vous faire comprendre que ce qu'ils proposent est évident, mais qu'ils ne le diront tout de même pas à voix haute.

J'ai secoué la tête. Si elle savait pour Maman, elle aurait été moins prudente que ça. Plus directe. Non ?

— Pour la contraception, Hippolyte.

Ahhh.

— On a mis une capote, j'ai marmonné.

— Très bien. Très bien. Est-ce que tu veux que je te prescrive une bonne pilule ?

Une bonne pilule ? Est-ce qu'il y a des mauvaises pilules ?

— Non, c'est gentil. Je verrai avec ma mère.

— Oh, vous en avez parlé ? D'après ce que Benji me racontait –

Je vais le tuer. Je vais tuer Benji.

— D'après ce que Benji me racontait, je croyais que c'était un peu difficile en ce moment, pour toi...

— On parle. Avec ma mère.

Elle a opiné.

— Très important, ça. Je suis rassurée, alors. Tu peux y aller. À moins...

Elle a rassemblé ses deux mains en épi sur le bureau.

— À moins que tu n'aies encore des questions ?

Je me suis pas levée. J'hésitais. (Et même maintenant, maintenant que je suis chez moi, dans ma chambre sous les toits, j'hésite encore. Je bande mon biceps pour faire bouger l'éclat bleu au creux de mon coude. Je pose mon doigt dessus. Ma veine est toute chaude. Mon cœur, un murmure. Et j'hésite encore.)

— Madame...

— Sylvie.

— Sylvie. Ça n'a rien à voir avec ce dont on vient de parler. Je suis juste curieuse. Mais...

Madame la Docteure s'est penchée vers moi. Je me suis forcée à rire pour donner le change.

— C'est un peu farfelu.

— Il n'y a pas de questions idiotes, Hippolyte.

— Bon. Je parle pas de moi, hein ? Mais disons, hypothétiquement... Si c'était une question de vie ou de mort, pour une accidentée de la route par exemple, et que je voulais aider... que je voulais l'aider, mais sans mourir moi-même.

Elle était attentive. *Tu es en sûreté avec moi, Hippolyte,* disait son corps.

— Si c'était une question de vie ou de mort... combien de sang est-ce que je pourrais donner ?

# Côte de porc

— Horrible, la sensation du gant en caoutchouc sur la peau de mon pé – mon pénis.

*Je ne suis pas un monstre.*

— Mais bon, c'est fait. Le médecin a dit : pas d'intervention nécessaire.

*Ce n'est pas moi qui l'ai fait saigner.*

— Le frein est rompu, il faut juste attendre que ça cicatrise.

— Combien de temps ?

Kouz m'a souri en se mordillant la lèvre inférieure.

— Une semaine. Pour être vraiment sûrs.

Il s'est penché vers moi, et j'ai ressenti à nouveau cette envie bizarre. Envie de me jeter sur lui. De mordre dans la peau de son cou comme dans une tomate crue, d'aspirer pour boire tout le jus. Dévorante, l'envie, mais pas monstrueuse. C'est ce qu'on appelle du désir, H. T'as pas l'habitude, c'est tout.

On s'était réfugiés dans le couloir des premières, tout en haut du bâtiment C. Si vous arrivez à échapper aux surveillants, c'est un bon endroit pour avoir une conversation privée.

Pendant ce temps, Benji était avec Lola.

Benji faisait profil bas, depuis le goûter chez lui. Y avait pas de quoi ; il nous avait rendu service malgré nous, et malgré sa peur de nous perdre. Plus je le connaissais, plus je me disais que je ne le méritais pas.

On était assis sous les patères que personne n'utilise jamais pour accrocher son manteau. J'ai embrassé Kouz. Il a tressailli et s'est écarté de moi en grimaçant.

— Ça te fait mal ?

— Ouais. Un peu. Quand je... (Il a baissé la voix, même si le couloir autour de nous était complètement désert.) Quand je bande. Il vaut mieux qu'on reste sages.

— Sages. D'accord.

— Pour une semaine.

J'ai levé les yeux vers les néons qui éclairaient le couloir. Lola et moi, on avait eu la même réaction : confrontées à la monstruosité, on s'était dit que le problème venait forcément de nous. Lola s'était crue poison, moi je pensais avoir blessé Kouz. Mais non, en fait. Parfois il vous arrive des trucs monstrueux, et c'est pas votre faute. Parfois c'est la faute de personne. J'aurais voulu lui dire ça, à Lola. Pas ma faute, pas celle de ma mère. C'est comme ça ; on n'a pas le choix, on assume.

Kouz a pris ma main dans les deux siennes, et s'est mis à masser ma paume.

— Sage, je lui ai rappelé.

— C'est juste ta main.

C'était beaucoup plus que juste ma main. C'était tout mon corps qui frémissait sous ses deux pouces.

Il a ri, à propos de rien.

— Y a des mots que j'ai du mal à prononcer devant toi.

— Lesquels ?

Il s'est tordu la bouche dans un sens puis dans l'autre.

— B-bander, par exemple.

— Et pénis ?

— Aussi.

— Mais tu te forces.

— Je veux qu'on puisse parler. Je fais des efforts.

J'ai refermé ma main sur ses pouces. Ses efforts, ça me touchait plus que je n'étais capable de le dire.

— Pénis, j'ai fait.

— Pénis, il a répété. Couilles ?

— Couilles, chatte.

— Chatte, désir.

*Désir* m'a fait ciller. Il avait raison. Il y avait des mots difficiles à dire à voix haute quand on était à deux.

— Désir, cul.

— Cul, tendresse.

— Tendresse, vagin.

— Vagin, baiser !

Sa voix ! Un aboiement joyeux.

— Amour, il a ajouté plus bas.

Ce mot-là... Impossible.

— Ouais. Ouais, j'ai dit, comme si je pensais que le jeu était fini.

Le jeu n'était pas fini – Kouz a retiré ses pouces de ma main et le silence a empli le couloir comme une brume. Je me suis concentrée sur les posters qu'on voyait à travers les fenêtres de la classe devant nous. Des dessins, des couvertures inventées pour les livres d'un prix littéraire d'écoliers.

— Pourquoi tu m'as rien dit, pour tes parents ?

La voix de Kouz fendait le brouillard. J'ai replié mes genoux contre mon torse, je les ai entourés de mes bras.

— On n'était plus amis.

— Je suis désolé, H. J'aurais dû être là.

— Tu voulais plus être mon ami. C'est OK, ça arrive.

— Non, non, c'était pas ça. J'ai toujours voulu qu'on soit amis. C'est juste...

Il a levé les yeux, cherché ses mots.

— T'es pas obligé de t'expliquer, j'ai dit.

— Si ! Si, je veux qu'on puisse parler. C'est juste que j'ai eu l'impression, avec les gars, que ça n'était plus permis. Que c'était un truc de gamin, d'être ami avec les filles. Je pensais que c'était pas normal que j'en aie envie. Tu vois ?

J'avais posé mon front sur le haut de mes genoux. Dans cette position, je ne voyais rien d'autre que mon jean.

— Et avec les gars ? T'es toujours ami ?

— Chépas. Plus trop. Je vous préfère vous, c'est sûr. Toi et Benji. Même Lola.

Je me suis crispée.

— Elle est lourde, parfois, il a repris, mais on peut parler.

— Elle parle trop, j'ai sifflé.

— Ouais. Trop. Mais elle parle.

J'ai levé la tête. Il m'a fait un sourire sans montrer ses crocs, un peu penaud. Et il s'est lancé :

— Ton père, il sait, pour... ta mère ?

— Non. Il est parti avant.

Il a hoché la tête, l'air pensif.

— Tu vas lui en parler ?

— Je vais pas dénoncer ma mère.

— Je pose juste la question.

— Je ne vais pas, j'ai répété, dénoncer ma mère. Si tu veux être mon ami, tu dois accepter ça.

Il a tiqué sur « ami », mais n'a pas relevé. Sa voix s'était faite très douce :

— Je t'ai déjà raconté la manière dont mes parents se sont séparés ?

C'était une question bizarre, parce que c'était évident que la réponse était non. On le savait tous les deux : Kouz ne raconte pas de ce genre de chose. Je me souvenais seulement que son père parlait trop fort en turc quand j'étais là, alors qu'Ayşe Gül faisait l'effort de passer au français, même avec un accent. Après son départ, ils avaient été obligés de déménager. Je ne savais même pas si Kouz le voyait encore.

— Quand j'avais huit ans, mon père s'est mis à crier. Pas juste à parler fort, comme quand t'étais là, mais à crier. Sur ma mère. Et le truc, c'est que je savais que c'était pas normal, parce que j'allais souvent chez toi, et chez toi, ton père, il criait pas. Je me disais, *S'il crie encore une fois, juste une fois, juste un peu plus fort, je lui dirai d'arrêter.* Puis le jour de mes neuf ans, tu te rappelles la fête ?

J'ai fait signe que oui.

— Tu te souviens de la guirlande de drapeaux turcs qu'il y avait dans le salon ? Ouais ? Ma mère voulait pas qu'on la mette. Elle voulait que les Belges se sentent chez eux aussi. Mais mon père a crié qu'on était chez nous, et il a lancé une assiette contre le mur. Maman a nettoyé les débris avant que les invités n'arrivent.

— Kouz…

— Attends, il a dit rapidement, laisse-moi raconter. Le truc, c'est qu'une fois que la première assiette est lancée, c'est plus facile de lancer les autres, enfin j'imagine, vu qu'il en a lancé plein. Et je me disais : *S'il en lance une de plus, une seule de plus, je lui dirai*. Je savais pas trop ce que je lui dirais, mais je me répétais ça : *Je lui dirai*. Je lui dirai, je lui dirai. Mais j'ai rien dit.

Il a fermé les yeux.

— Puis il s'est mis à frapper ma mère. Juste une fois, au début. Une seule gifle. Je me répétais que s'il recommençait, j'interviendrais. J'étais plus grand, j'avais onze ans.

— Onze ans, c'est pas si grand.

— Ça l'est assez. Mais j'ai rien fait. J'attendais que ce soit plus grave. Qu'il frappe plus fort. Que je ne doive même plus me poser de questions. Il l'a bousculée jusqu'à la faire tomber à genoux. Elle a eu des bleus pendant deux semaines. Et toujours j'attendais.

Il s'est tu, a laissé sa tête tomber en arrière, contre le mur. J'ai attendu la suite. Elle n'est pas venue.

— Qu'est-ce qui s'est passé à la fin ?

— En fait, ma mère a jamais eu vraiment besoin de moi.

Il a souri au plafond.

— Elle a appelé des amies, et elles l'ont chassé à plusieurs. Je me souviens qu'une des femmes avait une louche en main. Ma mère tenait un couteau de cuisine.

— Go, Ayşe Gül !

Il s'est marré.

— Ouais. Mon père est parti. La queue entre les jambes.

Le ton léger sur lequel il a dit ça m'a fait penser qu'il avait répété la formule dans sa tête jusqu'à ce que ça devienne vrai. « Mon père est parti, la queue entre les jambes. » On construit les histoires qu'on peut, et on s'arrange pour pouvoir les dire à voix haute. En vérité, il n'y a pas de quoi rire. Rien n'est aussi simple.

— T'avais quel âge ?

— Douze.

Douze ans. La rentrée en secondaire. Et le moment où Kouz avait érigé des murs entre nous. L'explication était à portée de main, je le savais, mais je ne refermais les doigts que sur du vide.

— Marc, il a dit. Ton père… il est cool. C'est un bon gars.

— Je ne vais pas dénoncer ma mère, Kouz.

Les syllabes de cette phrase commençaient à perdre leur sens. Je l'avais trop répétée. Kouz a fait claquer sa langue.

— C'est pas dénoncer que de te confier à ton père, si ?

*

Mon père m'envoie des messages même si je ne réponds pas.

Tous les jours.

*Coucou ma fille bonne journée je t'embrasse*

Ils ne signifient rien. C'est que des mots vides.

Il ne dit jamais : *Je viens te chercher ce soir que tu le veuilles ou non*. Il ne demande jamais : *Pourquoi tu ne veux pas me voir ?* Jamais : *Hippolyte, qu'est-ce qui se passe ?* Jamais : *Explique-moi, ne me laisse pas dans le noir*.

Il n'appelle pas.

Vos parents se séparent, votre père déménage, et soudain, pour le voir, il faut fixer une heure et un lieu. Fini les petits déjeuners, le ballet domestique, le visage qu'on aperçoit tous les jours, inévitablement. Soudain, c'est à vous d'entretenir la relation. À vous de demander.

*Hippo ma chérie belle journée je pense à toi*

Un message par jour, comme un voyant qui clignote. Pour me montrer que la machine est toujours branchée, pas vraiment éteinte. Juste en veille. Il suffirait d'effleurer le bouton.

Mais rien n'est aussi simple. Et de toute façon je n'ai besoin de personne, parce que j'ai trouvé une solution.

Elle est au creux de mon coude, à l'endroit le plus bleu, à l'endroit le plus chaud.

*

Kouz a fait exprès de rater son arrêt pour m'accompagner jusqu'à *Wiener*. Lola s'est assise le plus loin possible, genre elle nous voyait pas, même quand il n'est plus resté que nous trois dans le bus.

Quand on est descendus au terminus, Kouz ne m'a pas embrassée, puisqu'il fallait rester sages.

Mais il m'a serrée contre lui, fort, son museau dans mon cou, et je me suis dit que ça ne devait pas faire tant de différence que ça, rapport à son érection. Je la sentais.

— Ça vaut le coup, il a répondu quand je le lui ai fait remarquer. De toute façon, je n'ai presque plus mal.

J'ai bien vu qu'il mentait. Ça m'a fait rire.

— Sages.

Éclat de lumière sur métal – brûlant. Il s'est penché jusqu'à ce que le bout de son nez vienne toucher le bout du mien.

— Sages.

Le bus a fini son tour de rond-point, et Kouz est monté dedans pour repartir en sens inverse. J'ai levé une main tandis qu'il s'éloignait. J'arrivais pas à croire que je le reverrais demain. Que les choses puissent être si faciles.

*

Maman m'étouffe quand je rentre. Littéralement. Elle se jette sur moi dans un câlin qui ressemble à l'étreinte d'une plante carnivore. C'est gênant parce que Kouz est encore très proche – je sens toujours l'empreinte en creux de son érection sur ma cuisse. Maman ne devrait pas me tenir comme ça.

Je me suis laissé faire. Elle a pris mes joues dans ses mains et a posé son front contre le mien, le nez froncé, palpitant comme celui d'un lapin.

— Comment va Kouz ?

— Bien, j'ai balbutié, prise de court. Super.

Elle avait l'air joyeuse. Mieux que ça, conquérante. *Elle a mangé*, j'ai pensé. Elle est repue, elle vient de manger. L'idée aurait dû me couper l'appétit jusqu'à la fin des temps – ses dents dans de la chair, sa gorge déglutissant du sang – ; au lieu de ça, je me suis rappelé ma solution.

— J'ai réfléchi, a déclaré Maman avant que je puisse lui en parler. Vous devriez venir ici, avec Kouz. Dans ta chambre.

— Hein ?

— J'accepte. Tu as une vie sexuelle.

— Quoi ?

— Tu as une vie sexuelle. Je veux que tu la vives pleinement et en toute sécurité. Il peut venir dormir ici.

Je ne savais pas ce qui m'horrifiait le plus : l'idée de Kouz ici, dans cette maison à la cave verrouillée, ou le fait que Maman m'y encourage.

— Ferme la bouche, Hippie. Je veux juste que vous ayez un espace. Je me doute bien que c'est pas chez lui que vous le trouverez.

Elle n'avait pas tort : toute progressiste qu'elle soit, Ayşe Gül l'aurait tué. J'ai dégluti. Je paniquais pour rien. Ma mère était gênante, mais c'était juste Maman. Elle avait toujours été gênante. Et on avait effectivement besoin d'un endroit, Kouz et moi.

— J'ai mis des préservatifs sur ta table de nuit, elle a ajouté en retournant vers la cuisine.

— Stop ! j'ai dit en levant les mains. D'accord. D'accord, j'inviterai Kouz. Mais arrête d'en parler comme ça.

— Comme quoi ?

— Aussi... aussi facilement.

— Une côte de porc pour le repas, ça te va ?

Prise d'un doute horrible, j'ai fouillé la poubelle dans le dos de ma mère, pendant qu'elle préparait la viande. J'en ai sorti l'emballage de polystyrène pour déchiffrer l'étiquette. Origine : Belgique. C'était bien du porc, saisi à feu très vif, dont le gras grésillait encore dans l'assiette.

Elle s'est assise en face de moi pour me regarder manger. Tout sourires.

— Tu grandis si vite, elle a dit. Ma petite Hippie.

J'avais très envie qu'on cesse de parler de ma vie sexuelle. Mais elle était de bonne humeur, il fallait que j'en profite.

— Mange, Hippie, ça va refroidir.

Mon couteau pénètre dans la viande, et je me rends compte que ce n'est pas de la viande, c'est un muscle. La denture déchire la chair, et moi je ne peux pas m'empêcher de penser au cochon. Est-ce qu'il est toujours là ? Est-ce que cette viande, c'est toujours lui ? Est-ce que je pourrais le manger si je connaissais son nom ? Est-ce que je pourrais le manger s'il m'avait offert du thé ?

— Je veux te donner mon sang, je dis à ma mère.

Maman me fixe, sourire évaporé. J'aurais pu tout aussi bien lui balancer un seau d'eau glacé en pleine figure.

— Je veux te donner mon sang. Tu sais comment faire. Tu vas le prendre et tu vas le manger.

Elle cligne des paupières.

— Tu vas le prendre, parce que je ne sais pas combien de viande il te reste, mais je sais que les réserves ne sont pas infinies. Je sais que tu as faim. Tu vas le prendre parce que je veux que personne d'autre ne meure.

*Surtout pas toi*, c'est ce que je pourrais ajouter, mais il ne faut pas. Je coupe encore un morceau.

Mes doigts tremblent sur le couteau, la chair frémit au bout de ma fourchette. Mes lèvres se referment dessus. Je me force à mâcher.

J'avale.

Elle n'a toujours rien dit. Les yeux dans le vague. Comme si elle était seule dans cette pièce. Je voudrais agiter une main devant son visage, la faire sursauter, la forcer à reconnaître ma présence. Je voudrais la secouer, lui hurler dessus. Je voudrais me couper le bras avec mon couteau à steak, sentir chaque dent me mordre la peau, et laisser couler mon sang chaud sur la nappe à carreaux. Jusqu'à ce qu'elle ne puisse plus l'ignorer. Jusqu'à ce que l'odeur l'envahisse. Jusqu'à ce qu'elle me sente et qu'elle me voie. Jusqu'à ce qu'elle soit obligée de reconnaître qu'elle a besoin de moi.

# Du fer

Quand je suis descendue à la cuisine le lendemain matin, elle n'était pas là.

— Maman ? j'ai appelé.

Pas de réponse.

Je suis montée dans sa chambre, j'ai ouvert la porte sans frapper. Son lit était vide. Défait.

Je suis redescendue.

— Maman ?

J'ai tambouriné à la porte de la cave, secoué la poignée. Pas de réponse. La porte était toujours verrouillée.

J'ai enfilé un manteau par-dessus mon pyjama et je suis sortie dans la rue. C'était idiot : elle aurait pu être n'importe où. Mais justement… elle aurait pu être n'importe où. En train de faire n'importe quoi.

Elle pesait lourd, cette idée. J'avais du mal à marcher normalement.

On était samedi, une matinée de fin d'automne limpide et immobile. Vitrifiée. Je me suis assise sur le banc du sommet de la rue, à l'orée de la forêt. De là, on voit tout le quartier en contrebas et l'église qui domine la colline d'en face.

Maman pouvait être n'importe où.

Soudain, les graviers du sentier qui passe derrière nos jardinets ont fait ce bruit de biscotte qu'on écrase. Je me suis retournée ; Lola émergeait de derrière la haie.

Ça me coûte de le dire, mais j'étais contente de la voir. Elle me manquait, ces derniers temps. Je toquais toujours au mur de ma chambre, et elle ne répondait jamais. Parfois, j'ouvrais sa fenêtre sur Messenger et je faisais semblant d'y écrire quelque chose juste pour que les trois petits points s'agitent de son côté. Elle ne les verrait que si elle avait elle aussi cliqué sur mon nom, à cet exact moment-là... C'était peu probable.

Mais ce n'était pas impossible.

Elle s'est assise à côté de moi.

— Tu cherches ta mère ?

J'ai fait non de la tête, bâillonné de la main mon cœur paniqué.

— Je l'ai vue depuis ma fenêtre, a dit Lola. Elle a sonné au 94. La vieille qui habite là lui a ouvert, et elles sont parties ensemble. Faire les courses, j'imagine. Elles avaient des sacs.

Mon cœur a fondu de soulagement. Maman aime bien aider les vieilles dames de la rue. Madame Muñoz était sa préférée, mais c'était pas la seule.

C'était bien, sûrement, qu'elle sorte. Qu'elle reprenne ses anciennes habitudes, un semblant de vie normale. C'était...

— Ça ne te rappelle rien ? a dit Lola d'une voix sombre. Une dame âgée, sans défense ?

— Elle s'appelle Madame Mellaerts, j'ai répliqué. Et parle moins fort.

— Hippolyte, cette femme est en danger.

— Elles font les courses. Ma mère aide les vieilles. Elle a bon cœur, ça n'a rien de nouveau.

— Bon cœur ?

— Elle porte leurs sacs, elle leur rend visite, elle mange leurs biscuits périmés, elle les aide à traverser. Au moins, elle s'intéresse à ses voisines. Toi, tu ne connais même pas leurs noms.

Comme pour me donner raison, Maman et Madame Mellaerts sont apparues au bas de la rue. Maman tenait un sac dans chaque main. Elle n'a pas levé les yeux – elle ne nous avait pas vues. Les sacs avaient l'air lourds, mais elle les portait sans vaciller.

Pas de doute, le repas de la veille lui avait fait beaucoup de bien. Le plus terrible, c'est que j'en étais heureuse. Ma mère était en forme. Ma mère était forte.

Elles sont arrivées devant chez Madame Mellaerts, qui a ouvert la porte de sa maison et a laissé Maman passer avec son chargement. La porte a claqué derrière elles.

— Hippolyte, a chuchoté Lola, la voix sifflante comme une bouilloire, on ne peut pas les laisser seules.

— Elle va ressortir tout de suite. Elle va juste l'aider à ranger ses courses.

Sauf que l'angoisse de Lola était contagieuse. *Elle a mangé hier*, je me suis répété. *Maman a mangé hier*. J'en étais certaine. Ça se voyait dans sa démarche, dans la façon dont elle m'avait souri. *Si elle a mangé hier, elle n'aura pas faim aujourd'hui.*

Mais les minutes ont passé et Maman n'est pas ressortie de la maison. Mon cœur tanguait dans ma poitrine. Je lui avais offert une solution, hier, et elle avait fait semblant de ne pas entendre.

Lola s'est brusquement levée de notre banc et a couru vers la maison de Madame Mallaerts. Je me suis élancée derrière elle.

— Qu'est-ce que tu fous ?! j'ai crié-chuchoté. Reviens !

— Il faut qu'on intervienne !

Je l'ai attrapée par la manche pour la forcer à ralentir.

— Occupe-toi de ce qui te regarde, merde ! Madame Mellaerts a plus de rides que de chair. Y a rien à manger.

Lola m'a flanqué un coup sur l'épaule, vraiment fort.

— T'as pas le droit de prendre ça à la légère !

Je ne me suis pas défendue. Le coup, je l'avais bien mérité.

— Quelqu'un est mort ! elle s'est écriée.

— Moins fort !

On était au milieu de la rue. Lola m'a entraînée devant le garage du n° 96. On s'est accroupies derrière le muret qui séparait l'allée de la cour de Madame Mellaerts.

— Madame Muñoz est morte. Ta mère l'a assassinée. Tu réalises ?

J'ai serré les poings, enfoncé mes ongles dans mes paumes.

— Si t'avais pu sauver ta mère, tu l'aurais fait ?

— J'avais trois ans.

— Si t'avais eu le choix ?

Ça l'a fait taire. Mais ça changeait rien au fait que Maman n'était toujours pas sortie du n° 94. Ça ne changeait rien au fait qu'elle semblait forte ce jour-là, bien plus forte que Madame Mellaerts.

Ça ne changeait rien à ces images de cheveux blancs raides de sang qui m'assaillaient à chaque fois que je clignais des yeux.

Lola s'est redressée prudemment pour avoir un angle de vue à travers la fenêtre du salon de Madame Mellaerts.

— Tu vois quelque chose ? j'ai demandé.

Sans me répondre, elle s'est rebaissée.

— Tu te rends au moins compte que tu es en danger, toi aussi ?

— T'as vu quelque chose ou pas ?

— Tu te souviens qu'elle t'a mordue ?

Comment j'aurais pu l'oublier, avec sa cicatrice qui me narguait, perchée sur sa pommette ?

— Putain, Lola, c'est pas parce que ta mère est morte que tu dois te venger sur la mienne.

J'ai dit ça. J'ai vraiment dit ça. Lola a écarquillé les yeux. Elle ne s'est pas levée pour me balancer un autre coup. Elle aurait dû.

La porte du 94 s'est ouverte ; on s'est aplaties derrière le mur.

Madame Mellaerts a salué ma mère.

— Revenez vite me voir !

Bises qui claquent.

— Prenez soin de vous, Madame Mellaerts.

Ma mère s'est dirigée vers la maison sans nous remarquer, Lola et moi.

— Tu vois ? j'ai soufflé une fois que Madame Mellaerts a refermé la porte.

J'avais du mal à masquer mon soulagement. Lola m'a ignorée.

— Je gère, j'ai marmonné en me relevant. Sérieusement, Lola, arrête de t'inquiéter. Je gère.

— Attends, elle a appelé dans mon dos. Autre chose.

— Oui ?

— Je voudrais que t'arrêtes de toquer à mon mur.

— « Ton » mur ?

— Ça me dérange.

*Va te faire foutre. Je tambourinerai, si ça te dérange. Jusqu'à ce que mes poings saignent.*

— D'accord, j'ai murmuré. Je ne le ferai plus.

*

Madame Mellaerts pense que je m'appelle Pauline, pas Hippolyte. Ça fait tant d'années qu'elle le croit que ce serait impoli de ma part de la corriger. Madame Mellaerts est plus vieille que Madame Muñoz, et elle a beaucoup moins de prestance. Elle tremble en permanence, on dirait un chaton perdu. Ses cheveux blancs sont clairsemés et fins comme du duvet. Ils ont l'air super doux, mais j'ai jamais osé toucher pour vérifier. Elle met toujours trois plombes à trouver la monnaie exacte à la supérette, et elle parle aux caissières super longtemps. Personne dans la file n'ose rien dire, parce qu'on sait tous très bien que ses courses sont la seule vie sociale qui lui reste.

*

L'ombre des mains de ma mère tremblait sur la nappe de la table de la cuisine.

— Je t'ai vue avec Madame Mellaerts.

Elle n'a pas réagi. J'avais envie d'hurler, mais il ne fallait pas.

— Tu veux tout gérer toute seule, je lui ai dit. Tu ne me parles pas, tu ne me dis jamais rien.

Je trébuchais sur les « p » et les « t », comme un enfant qui se retient de pleurer.

— Tu préfères... Tu préfères mettre des vieilles dames en danger...

— Hippie, ce n'est pas...

— Tu préfères... faire... ça... que d'accepter mon aide !!

*Ça*, dans le thé de Constanza, dans le congélateur de la cave, *ça* dans la bise sur la joue de Madame Mellaerts.

Ça me fait tellement mal. Ma tête, le cœur, mes poumons, le cœur, mes muscles, mon ventre, ma peau, le cœur, le cœur, le cœur. Pourtant, personne ne m'a frappée nulle part, et je ne suis pas blessée, et je ne suis pas malade. Mais j'ai mal. Lola au moins est marquée. Et moi ? Je n'ai que la douleur. D'où est-ce qu'elle vient, cette douleur ?

— Je suis toxique, c'est ça ? je souffle. C'est pour ça que tu ne veux pas de moi ? C'est ça ?

Maman se lève et vient se placer derrière ma chaise. Elle passe ses mains autour de moi, se courbe comme un saule pleureur au bord d'un étang. Ses branches caressent mes épaules, mes cheveux, ma nuque. Je me blottis dans son ombre.

*

Le lendemain, au petit déjeuner, il y avait une pilule à côté de mon chocolat chaud trop sucré.

— C'est quoi ?

— Du fer, a dit ma mère. Il t'en faudra.

Je l'ai avalée avec une gorgée.

# Boudin noir

Le cœur est notre muscle le plus puissant, mais Kouz est plus fort que le mien : il sait le faire taire.

Il descend au terminus, avec moi, puis on monte la rue, derrière Lola qui se dépêche pour ne pas devoir nous parler. Et il me suit dans la maison.

Il a fallu un peu insister à ce sujet.

Au début, il ne voulait pas entrer, il protestait :

— C'est bizarre, c'est hyper bizarre que ta mère soit au courant et qu'elle soit d'accord.

Et je répondais :

— Il faut juste l'accepter. Moi aussi ça me fait bizarre, mais c'est comme ça si on veut être ensemble.

Et on veut être ensemble. Alors il entre. Ma mère n'est nulle part. Ma mère vit dans une maison parallèle, des passages secrets, la cave, et s'arrange pour ne jamais nous croiser.

On monte dans ma chambre, et je le sens déjà, ce qui va arriver. Je le sens même avant : je le sens dans le bus, mon genou contre celui de Kouz, je le sens en classe, même quand il est de l'autre côté de la salle, je le sens aussi la nuit – l'ombre de Kouz endormie contre moi.

Ces jours-là, on faisait souvent l'amour, mais dans ma tête c'était carrément comme s'il avait hacké mes neurones, qu'un processus tournait en fond en permanence ; dans ma tête, c'était comme si on faisait l'amour tout le temps.

Je peux pas décrire le reste. J'ai compris que le sexe, c'est comme jouer avec un gros chien : quand on le voit de l'extérieur, ça paraît un peu dégueu avec toute cette bave et l'odeur d'animal mouillé, mais quand c'est le nôtre, c'est le paradis et on s'en fiche que ça soit poisseux ou odorant.

Bref. Kouz et moi, on monte dans ma chambre, on se couche dans mon lit étroit, contre le mur froid, sous le toit en pente, et j'oublie : comme c'est étrange d'être nue avec lui ; j'oublie : Maman, tout au fond de la maison ; j'oublie : les examens de Noël qui approchent, les limites et les dérivées ; j'oublie : Lola, juste à côté ; j'oublie : Papa, que je n'ai pas vu depuis un mois ; j'oublie : que mon cœur bat, mon cœur bat, mon cœur bat.

*

Il y a le boudin noir bien sûr, au sang de porc – avec ses variations écossaises, allemandes, antillaises ou norvégiennes –, mais il y a plein d'autres manières de consommer du sang. En Suède, ils le font directement cuire dans des poêles, ça fait des crêpes. On peut aussi l'ajouter dans de la soupe pour la colorer ou l'épaissir. En ex-URSS, on confectionnait des barres nutritives avec du sang de bœuf pour traiter l'anémie. C'est *haram* dans la religion musulmane. Chez les Juifs aussi. Les Inuits consomment le sang de phoque cru, mais je pense que ma mère cuira le mien.

Évidemment, Maman a insisté pour me bander les yeux avant qu'on descende à la cave. C'est débile : je sais très bien ce qu'il y a, à la cave.

— Il y a une différence entre savoir et voir, a dit Maman en faisant un double nœud.

Le bandeau était bien serré, il ne laissait passer aucune lumière.

On est descendues en s'appuyant l'une sur l'autre. Elle était à nouveau très faible. Je sentais l'os de son bras sur mes épaules, ses côtes contre mon flanc.

À la cave, elle m'a fait asseoir sur ce que mes fesses ont reconnu comme un tabouret de camping, face à ce que mes coudes ont reconnu comme la table assortie. J'ai relevé la manche de mon bras gauche en l'écoutant s'affairer.

Ça m'arrivait de l'accompagner au boulot, quand j'étais gamine. Le coton plein d'alcool, le garrot, l'aiguille, le rouge carmin qui remonte en pointillés dans le tube transparent, le pansement… Je connaissais tout ça par cœur.

Elle m'a fait le garrot, juste au-dessus du coude.

— Dis-moi si c'est trop serré.

— C'est bon. Combien tu vas prendre ?

Elle s'est éloignée, probablement pour récupérer l'aiguille.

Non, d'abord quelque chose de froid dans le creux de mon coude. Une odeur d'alcool.

— Préviens-moi avant de piquer, d'accord ?

— Bien sûr.

Elle était penchée sur moi. Je sentais son souffle sur mon front.

— Je pique à cinq, elle m'a dit. Compte.

J'ai compté. Elle m'a piquée à trois, tenant mon bras fermement pour m'empêcher de sursauter. J'ai haleté de douleur, fermé les yeux sous mon bandeau.

— Tu as mal ?

— Non.

C'était pas entièrement un mensonge. J'avais mal, mais c'était une bonne douleur. Du genre qui guérit.

Maman m'a pris la main gauche dans les siennes. J'étais tout engourdie par le garrot, le bout des doigts gonflés à craquer.

— Serre mes doigts, Hippie. Serre et desserre.

J'ai serré, desserré. Je sentais le flot de sang chaud me quitter.

Elle allait le boire et elle irait mieux. Elle allait le manger et je serais en elle. Voilà comment je l'aimerais : mon sang dans son estomac. On serait liées comme le hêtre et le lierre. Elle ne me quitterait jamais.

Mon réseau sanguin pulsait en fluo sur mes paupières. Mon cœur me battait aux tempes, mais pour une fois j'étais heureuse de l'entendre. Mon muscle le plus puissant m'aidait à donner mon sang. Il m'aidait à aimer Maman. Il disait tout doucement : voilà, voilà, voilà...

J'ai voulu dire : *Je t'aime, Maman, je t'aime très fort,* mais j'étais incapable de prononcer ces mots-là à voix haute. Elle a dû les entendre quand même, parce qu'après avoir enlevé l'aiguille et posé une boule de coton à l'endroit où elle avait piqué, elle s'est penchée pour m'embrasser sur le front. Très vite. J'ai à peine eu le temps de comprendre que c'était sa bouche, la pression chaude et douce à la racine de mes cheveux, qu'elle était déjà repartie.

J'ai entendu le bruit de succion du frigo-coffre qu'on ouvre. Gifle de froid.

Puis elle a écarté mes doigts pressés sur le coton pour appliquer un adhésif dessus.

— Merci, elle a dit, très bas, en m'aidant à me relever. Merci, Hippie.

J'ai hoché la tête. J'avais les larmes aux yeux, mais le bandeau cachait tout.

*

Ça m'a laissé un bleu, l'aiguille. Je pouvais pas m'empêcher de le triturer, comme une gamine qui joue avec une dent de lait sur le point de tomber. Une de ces douleurs qu'on aime bien réveiller.

Le problème, c'est que Kouz a vu le bleu.

J'ai vite caché mon bras sous la couette mais il m'a attrapée par le poignet, m'a forcée à le montrer.

— Qu'est-ce que tu t'es fait ?

— Rien.

J'aurais dû inventer un mensonge… Rien ne me venait.

Kouz a voulu dire quelque chose.

— C'est à moi, j'ai lâché. Ça m'appartient.

Doucement, Kouz a porté mon bras à sa bouche et m'a embrassé le creux du coude. Puis il l'a tenu contre lui, mon bras, serré comme si c'était un bébé ou une peluche, comme s'il était à lui maintenant, ce bras, plus à moi.

On était nus, emmêlés des orteils aux cheveux, mais je me suis sentie très loin et très seule. Je pense que c'était pareil pour lui.

*

On met un réveil à 18 heures pour ne pas oublier qu'il doit rentrer, pour nous réveiller si jamais on s'assoupit. Ce jour-là, il avait dit à sa mère qu'il était chez Benji pour réviser les maths – c'était la troisième fois de la semaine. Je pense qu'Ayşe Gül n'était pas dupe.

Quand le réveil a sonné, on a traîné un peu, tentant de voler des minutes moites au temps, mais il a fallu finir par se lever, sortir de sous les couvertures et se rhabiller en vitesse, grelottant sur le plancher glacé qui nous gelait les pieds.

Maman, devant la porte d'entrée. C'est la première fois qu'on la croise depuis que Kouz rentre avec moi. J'ai mis la main sur mon bleu, au creux du coude. Est-ce qu'elle avait bu, déjà ? Est-ce qu'elle avait bu mon sang ?

Parce qu'il y avait quelque chose, c'était sûr, dans ses yeux. Dans la manière dont elle se tenait, droite et grande et forte. C'était comme si son corps entier crépitait. Et je me suis demandé : et si mon sang, ce n'était pas juste de la nourriture ? Et si mon sang lui permettait de prendre quelque chose qui m'appartenait ?

J'ai senti Kouz se tendre à côté de moi. Mais moi, j'étais rassurée. Tant mieux si mon sang la nourrissait si bien. C'était le but.

— Kouz, elle a dit. Ça fait tellement longtemps.

Elle a bien appuyé sur le « tellement », et je me suis rendu compte que ce mot ne voulait rien dire.

— Tu as tellement grandi.

Tellement : comme tel, autant que ça, si fort. J'ai *tellement* faim.

Elle s'est avancée vers lui. Je sentais toujours la sueur de Kouz sur ma peau, et dans l'air autour de nous, et ma mère a traversé tout ça pour le prendre dans ses bras. Elle devait le percevoir aussi, l'aura de lui sur moi et moi sur lui. C'était pas possible autrement.

Et puis... ils n'ont plus bougé. C'était bien trop long pour un câlin, Kouz raide comme une planche et Maman qui le tenait fermement pour l'empêcher de fuir. J'ai eu l'impression que si je ne réagissais pas, ça ne s'arrêterait jamais. Kouz serait en retard chez lui, on resterait là toute la nuit, figés, jusqu'à ce qu'il faille aller à l'école le lendemain matin.

— Maman, j'ai dit.

Elle n'a pas réagi, et ça n'allait pas. Elle pouvait prendre mon sang, tout mon sang, mais Kouz c'était pas pareil. Kouz, elle n'aurait pas dû le tenir comme ça.

— Maman !

Elle l'a lâché. Kouz a fait un pas en arrière, puis il s'est dirigé vers la porte en la contournant de très loin. Il ne m'a pas embrassée pour me dire au revoir.

— Reviens vite nous voir, d'accord ? elle a lancé alors qu'il ouvrait la porte.

*Nous*.

Il m'a fait un signe de la main en sortant.

Maman a refermé la porte, s'est tournée vers moi.

— Il est devenu tellement beau.

Tellement.

# De l'eau salée

La dernière semaine avant les examens, les profs ne font plus vraiment cours, ils nous donnent seulement des exercices de révision. Je n'arrivais pas trop à me concentrer : plancher sur les photocopies qu'ils nous passaient, c'était comme se pencher sur un précipice. La quantité de cours que je devais rattraper se transformait en un immense trou blanc, et j'avais beau m'accrocher à mon bureau, je dégringolais dedans. C'était plus facile de ne pas y penser.

Et puis, j'étais contente : Maman continuait à me prélever chaque dimanche après-midi. Elle ne résistait pas. Le sang de sa fille – ça l'aidait, j'en étais sûre désormais. Elle avait plus d'énergie : elle souriait, elle se levait en même temps que moi le matin pour me regarder petit-déjeuner. D'accord, elle se recouchait tout de suite après, mais elle faisait l'effort.

Le sang de sa fille, offert librement – peut-être même que ça la guérirait. Ça ressemblait si fort à la prophétie d'un roman de fantasy que ça devait marcher. Obligé.

Au dernier cours avant les exams, la prof d'anglais a dû me répéter trois fois « *Behave like a student, please, Hippolyte* » avant que je comprenne que c'était ma main posée sur la cuisse de Kouz qui la gênait. J'avais toujours cru que les profs ne voyaient pas ce qui se passait sous la table... Je l'ai retirée, Kouz a rougi. Autour de nous, personne ne bossait son anglais : les plus sérieux révisaient les maths ou la physique, et les autres discutaient ou consultaient leurs téléphones. Lola lisait un journal gratuit.

Benji, assis avec elle sur le banc juste devant, s'est retourné.

— Mes parents vont en Normandie voir des amis pour le Nouvel An.

J'ai abandonné avec bonheur ma liste de vocabulaire.

— *If you have to talk amongst yourselves*, a soupiré Madame Renard (on la surnomme « Foxy »), *at least do it in English*.

Benji s'est marré, mais d'une manière qui a fait rire la prof aussi, sans qu'elle le trouve insolent.

— *My parents... are going back to Normandy for New Year's Eve... ?*

— *Excellent!* a claironné Madame Renard en s'éloignant.

— *So what*, a soufflé Kouz.

Il a froncé les sourcils, à la recherche d'un mot anglais commençant par B, avant de s'écrier, triomphant :

— ... Baby!

J'ai souri, Lola a pouffé. J'ai cessé de sourire.

— *So*, a répondu Benji, vérifiant que Foxy était hors de portée d'oreille avant de continuer en français, on peut faire la fête chez moi. Vous viendrez ?

— Bien sûr, j'ai vite dit pour ne pas laisser Lola répondre en premier.

— Moi aussi, elle a tout de suite ajouté.

— *OK, then*, a fait Kouz, tout fier de son expression.

Notre première soirée à quatre depuis la catastrophe, donc. Benji exultait. Lola m'a jeté un regard hésitant. J'ai entrepris de lui sourire, mais les commissures de mes lèvres résistaient. Elle l'a fait à ma place. Elle est plus forte que moi.

*

Le courrier de Maman s'empile sur la table du salon.

Cet après-midi-là, Kouz n'était pas venu, je cherchais une excuse pour ne pas réviser les maths, alors je me suis mise à le dépouiller. Il y avait des factures, une carte postale de ma tante, et une lettre de son boulot. Elle était virée pour faute grave : absences répétées, injoignable, etc. Virée. J'y connaissais pas grand-chose, mais ça voulait dire qu'elle ne toucherait rien, non ? Pas de chômage, pas d'assurance maladie ?

Je suis montée jusqu'à sa chambre. Elle dormait. L'air dans la chambre était épais, l'odeur étouffante. J'ai ouvert le Velux et je me suis assise au pied du lit.

Elle s'est réveillée en sursaut, et son regard m'a attrapée. Il s'est passé quelque chose d'étrange : j'ai cru, un instant, qu'elle ne me reconnaissait pas. Qu'elle me prenait pour quelqu'un d'autre.

Puis elle a cligné des yeux, et son visage s'est radouci.

— Hippie.

Je lui ai tendu la lettre. Elle a pris ses lunettes sur la table de nuit, s'est redressée pour lire, dos calé contre son oreiller.

— On devrait en parler, j'ai dit.

— Je m'en occupe.

Mais c'était un mensonge. Ça faisait déjà trois semaines que la lettre attendait, enveloppe fermée. Ça faisait aussi plusieurs mois que Maman avait cessé de recharger son téléphone portable et que le fixe restait débranché.

— On devrait en parler, j'ai répété.

J'avais des centaines de questions, qui commençaient toutes par « Combien ». *Combien d'argent il nous reste ? Combien de viande ? Combien de temps ?*

Maman a déposé la lettre sur la table de nuit, enlevé ses lunettes de lecture. Elle a tendu les bras vers moi. Elle voulait que je me couche avec elle. Que je lui fasse un câlin.

J'ai froncé les sourcils. Mes vêtements étaient sales de mon trajet en bus. Et puis, j'ai seize ans ; les câlins au lit, c'est plus un truc qui se fait.

— Hippie... Ma chérie...

Elle m'a attirée contre elle. Ses draps avaient besoin d'être changés. Elle sentait le lait caillé – la même odeur que quand j'étais petite. À l'époque, je l'aimais, je me blottissais contre elle et j'inspirais fort. Maintenant, elle me dégoûtait. Qu'est-ce qui avait changé ?

*

On se bat, parfois, avec Kouz. Pour rire. C'est un genre de lutte gréco-romaine, mais à poil et avec accessoires autorisés – oreillers, édredon, emballages de capote. Son grand kif, c'est de me mordiller la peau des flancs. Il me bloque les deux bras d'une main, mes jambes sous ses genoux, et il attaque : pas très fort, juste assez pour me faire hurler de rire, crier grâce. Grâce ! Grâce !

C'est parce que ça me fait rire qu'il aime ça, je crois. Je me débats de toutes mes forces, mais je ne parviens jamais à me dégager.

Sauf cette fois-là. J'ai réussi à faire glisser mon bras gauche hors de sa prise. Je ne m'y attendais pas – mon coude a heurté quelque chose qui a craqué.

Quand je me suis retournée, il se tenait le nez d'une main, les yeux larmoyants.

— Oh non, j'ai soufflé, oh non, oh non…

Un filet de sang a suinté derrière sa main. Sa respiration gargouillait.

— T'en fais pas, il a dit, la voix déformée. On chahutait. Ça arrive.

Il a tâté son nez du bout des doigts. Le sang lui dégoulinait sur le menton.

— Je crois que c'est pas cassé.

Une première goutte de sang est tombée sur l'oreiller. La taie l'a absorbée.

— Non, H, pleure pas ! Pleure pas, c'est un accident !

*Pleure pas* ? J'ai constaté, horrifiée, que je sanglotais. Kouz saigne et je m'écroule ; je m'écroule parce qu'il saigne.

Je lui ai tendu un mouchoir, tremblante, misérable, avec des sanglots mousseux qui m'échappaient de partout. Je ne parvenais pas à m'arrêter et pourtant il fallait bien, parce que le plancher de ma chambre allait céder si je continuais ; inondation, dégâts des eaux, on dégringolerait au premier, pelotonnés dans mon lit comme des naufragés sur un radeau.

— C'est rien, je saigne du nez, c'est tout...

Il ne pouvait pas m'embrasser, trop de sang dans la bouche, mais il me serrait contre lui, il m'assurait que je ne devais pas pleurer, surtout pas, et le lit tanguait dans la tempête, et c'était moi qui lui avais fait mal mais lui qui me consolait, et j'étais tellement nulle que je ne parvenais pas à faire la seule chose qu'il me demandait.

Je répétais, à travers la morve :

— Je suis tellement, tellement désolée.

J'étais désolée comme j'aurais été affamée : avec tout mon corps, à en trembler, à n'en plus tenir debout. *Tellement.*

— Mais t'excuse pas ! C'est pas toi, H...

Le réveil a sonné à cet instant, il a éteint son téléphone. Il m'a bercée jusqu'à ce que les flots retombent, et tant pis si Ayşe Gül allait le tuer de rentrer tard la veille de notre premier examen.

Quand on s'est enfin relevés, il y avait du sang plein mon oreiller.

# Des pâtes sans rien

C'est l'un de ces moments où mon esprit se réveille avant mon corps. Je suis consciente, mais paralysée.

Mon édredon pèse trois tonnes. Quelqu'un – Maman, forcément Maman – est couché sur moi. La nuit est noire et liquide, elle me pique les yeux. Je ne vois rien. Je ne peux pas parler.

Elle se meut avec précaution, millimètre par millimètre, comme si elle essayait de ne pas me réveiller. Et je décide que c'est le plus simple : faire semblant de dormir. Attendre que ça passe. Supplier mon cœur qui bat bat, bat bat, de ne pas me trahir.

Je ne veux pas de ma mère dans mon lit. Je ne veux pas d'elle dans ce lit où j'ai fait l'amour avec Kouz. C'est à moi. Ça devrait être protégé, intouchable… sacré.

Mes membres se dégèlent. C'est douloureux, comme quand votre main se réchauffe après avoir tenu une boule de neige. Je peux fermer le poing sous la couette mais pas le serrer, ce n'est qu'une moitié de force, une fraction de puissance. Pas assez pour la repousser.

Je sens son haleine dans mon cou. Elle me renifle. Elle va me mordre. Suis-je capable de faire semblant de dormir à travers une morsure ? À qui est destinée l'illusion, si ni elle ni moi n'y croyons réellement ?

Elle va mordre. Elle va me mordre.

Elle ne mord pas. D'un coup sec, elle tire sur mon oreiller ; ma tête retombe sur le matelas. Je dors, Maman, tu vois ? Moi, je ne te vois pas.

Elle sort de ma chambre sur la pointe des pieds, l'oreiller sous le bras. Je l'avais retourné pour dormir sur le côté propre. Au verso, la taie est raide du sang de Kouz.

Elle referme la porte sans faire de bruit. Je ne bouge pas.

Je me suis réveillée la nuque douloureuse d'avoir dormi sans coussin. Premier examen, aujourd'hui : néerlandais. Je me suis habillée rapidement avant de descendre à la cuisine.

Dans l'escalier, je me suis figée. Le matin tombait gris à travers la verrière. Maman se tenait dans cette demi-lumière, un couteau dans sa main droite.

Interdite, j'ai descendu deux marches de plus. Le plan de travail est entré dans mon champ de vision. Il était couvert d'épluchures de banane et de kiwi, ainsi que des restes d'un pamplemousse.

— Je t'ai fait une salade de fruits, a dit Maman en posant le couteau sur sa planche à découper. Des vitamines. Pour la concentration.

Est-ce qu'on allait parler de cette nuit ? Est-ce que c'était nécessaire ? Je me suis assise à la table du petit déjeuner et j'ai relu ma liste de vocabulaire pendant qu'elle me servait un bol de fruits et mon chocolat chaud.

Elle m'a tartiné un toast de beurre et de confiture de framboises. *Rouge sang*, j'ai pensé. Comme mon oreiller. J'aurais dû lui donner la taie moi-même, tout de suite après le départ de Kouz. Ç'aurait été plus simple.

Oui, c'est ce que j'aurais dû faire. Le sang, c'est précieux. Ça ne se gaspille pas.

Elle m'a tendu ma tartine.

— Des sucres lents.

Je ne connaissais aucun des mots de la feuille sur laquelle mon regard glissait. J'ai pris une cuillerée de salade. Ma main tremblait, un quartier de pamplemousse est tombé sur le papier, l'a constellé de jus.

J'allais foirer cet examen.

— Ça va très bien se passer, m'a assurée Maman.

*

C'est fou, je ne savais pas que c'était si facile de renoncer. L'école, les notes, les profs, en fin de compte, ce sont des méchants de cauchemar : une fois qu'on décide de ne plus en avoir peur, ils s'effondrent. Il ne reste plus qu'un tas de vêtements vides là où le monstre se tenait.

Je rends ma copie dès que je peux, puis je sors et je rentre. J'attends pas les autres, parce que Benji a la sale habitude de vérifier toutes ses réponses à voix haute sur le chemin du retour. À la maison, j'essaie vaguement d'étudier mon examen du lendemain. Je fais surtout la sieste.

J'ai des vertiges, des fatigues, du mal à me concentrer.

C'est tout ce sang que j'offre.

Le plus embêtant, pour tout dire, c'est qu'Ayşe Gül a interdit à Kouz de sortir pour s'assurer qu'il étudie, donc il ne peut pas venir me voir. On s'embrasse vite fait en se retrouvant le matin dans le bus, mais il est méga stressé, et c'est moins bon que d'habitude.

« Tu me manques » est l'une de ces phrases qui refusent de passer mes lèvres. À la place, j'essaie de lui dire de ne pas être nerveux, que tout ça n'a pas plus d'importance que celle qu'on lui accorde, mais j'ai du mal à le convaincre. Il relit à toute vitesse les formules du mouvement rectiligne uniformément accéléré, ou les dates importantes de la création de la Belgique. Je ne crois pas qu'il m'écoute.

*

Papa continue à m'écrire.

Mardi, juste après bio, alors que je découvrais la définition du mot « eucaryote » un peu trop tard pour qu'elle me vaille quelques précieux points :

*Hippo je veux te voir pour noël quand est-ce que je peux passer ?*

Mercredi, l'appareil a vibré dans ma poche pendant mon oral d'anglais. J'ai fait semblant de rien.

*Le 24 ? On peut se faire un goûter de noël ? J'amènerai une tarte au riz*

Jeudi, histoire, redoutable QCM à points négatifs :

*Bonjour Hippo comment se passent tes examens, bien je parie,*

*pour le goûter tu préfères une tarte au sucre ? dis-moi*

Vendredi, le matin du dernier examen, maths :

*je t'embrasse ma puce n'oublie pas de me dire quoi pour noël*

Je suis allée voir mon père à son appartement, après les maths.

— *Bonjour*, a grésillé l'interphone.

— Papa, c'est moi.

Le sourire de mon père a rayonné sous la friture.

— *Hippo !*

Il est descendu en courant m'ouvrir au lieu d'utiliser l'interphone, m'a serrée dans ses bras.

— Oh. Tu as maigri. Enfin, minci ! Ça te va très bien !

Lui, il avait une barbe. J'ai passé ma main dedans.

— Nouveau style, il a soufflé. Ça te plaît ?

Le citron, le neuf. J'avais oublié son nouveau parfum. Il avait changé de parfum en même temps qu'il avait déménagé, et je ne le retrouvais plus. Papa.

— Tu réserves ton jugement, hmm ? J'allais me faire des pâtes, tu manges avec moi ?

*

La casserole était trop petite et les spaghettis dépassaient de moitié. Mon père a attendu qu'ils ramollissent pour les contraindre à se plier à l'aide du couvercle. J'ai ouvert le frigo, pour voir s'il y avait de la sauce ou du fromage à râper.

Rien : juste un pot de moutarde, et du gingembre vinaigré avec un mini-pot de sauce soja – restes d'une livraison de sushis.

— Désolé ma puce, je n'attendais pas de compagnie.

J'ai sorti le pot de sauce soja, je l'ai posé sur la table.

Depuis la cuisine américaine, j'avais vue sur le salon du studio : le cuir du canapé luisait, genre photo de magazine de déco. Je me suis demandé si quelqu'un s'était déjà assis dessus.

— Placard de gauche, m'a indiqué mon père alors que je cherchais des assiettes.

Mais le placard de gauche était vide. Il a froncé les sourcils.

— Celui du centre, alors ?

Bingo, les assiettes y étaient. J'en ai sorti deux. Elles avaient toujours des étiquettes IKEA au dos, que j'ai grattées, roulées en boule, jetées à la poubelle. Je me suis lavé les mains pour me débarrasser de la colle.

Alors quoi, c'était pour ça qu'il était parti ? Bouffer des pâtes sans rien dans un appart sans âme ?

*

Après les spaghettis, il a voulu me raccompagner à pied jusque chez nous, enfin, chez Maman et moi, et je n'ai pas trouvé de moyen de l'en dissuader. Maman était à la maison... mais dans quel état ?

Peut-être que s'il la voyait, il comprendrait tout, et ce serait la fin. Ou pire, peut-être que s'il la voyait, il ne comprendrait rien, et tout continuerait comme avant.

Il a grimpé les escaliers du porche d'un pas vif, mon sac à dos jeté sur son épaule. C'était la première fois depuis des mois qu'il montait ces escaliers. C'était la première fois depuis des mois qu'il se tenait sur ce porche.

Je suis restée au bas des marches, mon poing fermé sur le trousseau de clefs au fond de ma poche.

— Tu viens ? il m'a appelée. Je veux dire bonjour à Maman.

*Ne l'appelle pas « Maman ». Je préférais encore « ta mère » à « Maman »*. C'était gênant, ce mot dans sa bouche, comme si c'était sa mère à lui aussi.

— Hippo, tu m'ouvres ? il a répété, la voix moins sûre.

J'ai serré les doigts sur la clef de la porte jusqu'à ce que ça me blesse la chair. Maman était dans la maison. Mais quelle version de Maman ?

— Papa...

J'ai monté une marche vers lui, puis j'ai perdu mon courage et je me suis arrêtée à mi-chemin. Là-haut, il s'est affaissé. Il a posé mon sac sur le perron.

— C'est mieux que je n'entre pas, il a terminé à ma place.

— C'est ça.

— Pour toi ou pour Maman ?

— Pour nous deux.

— Le temps qu'on retrouve tous un équilibre.

Voici comment je sais que mon père m'aime : là, debout face à moi, il faisait tout son possible pour que je ne voie pas qu'il était triste. Et c'est paradoxal, parce que s'il y était arrivé *complètement*, alors je n'aurais pas su qu'il était triste, et je n'aurais pas su qu'il faisait simplement semblant de ne pas l'être, et je n'aurais pas su à quel point il m'aimait.

C'est comme ça que l'amour passe, dans ma famille : par erreur. Il passe là où on manque de contrôle. Là où on essaie qu'il ne se voie pas.

— C'est ça, j'ai répété.

*

Elle n'était même pas là. Je l'ai tout de suite su, en entrant. La maison était assoupie, parfaitement silencieuse. J'avais chassé Papa pour Maman qui n'était même pas là.

Je me suis recroquevillée sur le canapé du salon, recroquevillée autour de mon cœur comme on se jetterait sur une grenade pour sauver les innocents autour.

Elle est rentrée une demi-heure plus tard.

— Alors Hippie, tu es en vacances ?

— Tu étais où ?

Son sourire s'est élargi.

— Oh. J'aidais la voisine du 94. Tu sais, Madame Mellaerts ?

# Poulet en crapaudine

Le frigo était vide.

— Qu'est-ce que tu avais prévu pour ce soir ? j'ai fait à ma mère, l'air de ne pas y toucher.

— Mmmh.

Elle s'est à moitié redressée du canapé où elle s'était étendue. J'ai essayé de me souvenir de la dernière fois qu'elle était sortie de la maison. Ça devait faire au moins deux jours. Si elle ne sortait plus, elle ne faisait plus les courses. Si elle ne faisait plus les courses…

— Tu te souviens que c'est Noël ? j'ai demandé.

— Oh.

Je suis allée à la supérette du coin et j'ai acheté un poulet. C'était ce qu'on mangeait à Noël, d'habitude. Enfin, c'était de la volaille de qualité supérieure, genre un chapon commandé directement chez le producteur et retiré au marché le dimanche précédent. Là, on avait raté le coche, mais j'ai choisi le plus gros poulet bio que j'ai trouvé, plus de deux kilos, un vrai monstre. Il ferait l'affaire.

Quand je suis rentrée, Maman a fouillé le sac de courses. Elle a sorti le poulet sous cellophane et l'a soulevé pour l'examiner.

— Oui, elle a murmuré. C'est une bonne idée.

J'avais pris des légumes un peu au hasard : deux courgettes et un kilo de carottes, et puis des pommes parce qu'on n'en avait plus.

— Ça ira ?

Elle a posé le poulet pour me serrer contre elle.

— Bien sûr que ça ira. Le poulet rôti, c'est mon animal préféré.

Ça devenait gênant, les câlins, parce qu'elle ne prenait plus beaucoup de douches.

Ma mère prépare le poulet en crapaudine, c'est-à-dire aplati. Ça permet d'avoir une pièce de viande plate, qui cuit plus vite et de façon plus égale. Bonus : les cuisses protègent les blancs, ce qui les empêche de sécher. Double bonus : la colonne vertébrale sert à cuisiner, à part, un jus de viande. Triple bonus : ça prend moins de place dans le four et permet de rôtir des légumes en dessous.

Elle a remonté son couperet de la cave et l'a utilisé pour enlever la colonne vertébrale. (Deux coupes nettes, une de chaque côté.) Puis elle a posé le plat de la lame sur les blancs, et elle a appuyé dessus. Les côtes ont cédé brusquement, et la carcasse s'est affaissée.

Maman a dû préparer des centaines de poulets comme ça, mais c'était la première fois que ça me faisait autant d'effet. J'ai vu la poule, vivante, à qui on arrache le dos avant de l'écraser et de recouvrir sa peau à vif de poivre et de sel. D'un rose obscène, l'animal, les ailes cassées, les cuisses écartées, les genoux rentrés en dedans. On aurait dit une vieille dame toute gentille, et toute gênée qu'on l'ait surprise nue.

Soudain, j'ai remarqué que Maman avait cessé de bouger. Je me suis détournée de la poule pour lever la tête vers elle. Elle m'a regardée, puis elle a regardé le couteau, la lame maculée de sang de poulet. Elle l'a contemplée avec un genre de surprise fatiguée, comme si elle n'était pas tout à fait certaine de la façon dont il s'était retrouvé là, dans sa main, mais qu'elle était trop épuisée pour réellement s'en soucier.

J'ai fait un pas en arrière.

Maman a écarté les doigts et le couperet est tombé sur le lino. J'ai pensé que c'était sûrement pas bon, tous ces chocs, pour le fil de la lame.

Puis elle s'est jetée sur moi.

J'ai roulé sur le côté, je me suis cogné le coude contre la table. Des carottes me sont tombées dessus. Maman m'a rattrapée, a plaqué mes poignets au sol, bloqué mes jambes sous ses genoux. Et elle a approché son visage de mon cou.

Ça ressemblait à quelque chose que Kouz aurait pu me faire. Pour jouer.

Je voulais pas être dans cette position avec ma mère. C'est ça qui m'a donné l'énergie, je pense : le dégoût.

J'ai tordu mes bras et mes poignets pour me dégager. Et j'ai frappé des deux mains dans le ventre de ma mère. De toutes mes forces.

Ça lui a coupé le souffle, et j'ai réussi à m'asseoir sur son bassin et à immobiliser ses bras. Pour la première fois, j'ai remarqué des cheveux gris sur ses tempes.

On est restées immobiles, à reprendre notre respiration. Je sentais ses hanches sous moi – ça aussi c'était contre nature, d'être assise sur son bassin, mais je ne pouvais pas me relever, pas encore.

Je l'ai sentie se détendre, cesser de lutter.

— C'est passé ?

Elle a opiné, mais en vérité je n'avais pas besoin de confirmation. Je le voyais dans ses yeux, parce qu'on était tellement proches. On était trop proches.

— Pourquoi t'as lâché le couperet, Maman ?

— Je ne voulais pas te faire de mal.

Rien n'avait de sens.

— Dans ce cas, pourquoi tu m'as attaquée ?!

J'ai frappé le sol du poing en criant la question, juste à côté de sa tête. Ça l'a fait sursauter. J'ai frappé le sol, je ne l'ai pas frappée elle.

Elle a détourné la tête du côté opposé à mon poing, fermé les yeux.

C'était pas juste ses cheveux, en fait. Son visage aussi était plus vieux. C'est normal, ça, qu'elle vieillisse si vite ? Ou c'était juste la maladie ?

Je me suis relevée. Maman s'est assise dos au mur avec précaution, comme quelqu'un qui vient de faire un malaise. Elle pleurait.

— Tu as mangé, hier ? j'ai demandé.

— Pardon, elle a lâché.

Puis un sanglot. Elle pleurait comme on vomit, c'était brûlant, puant et contagieux.

— Tu avais dit que tu mangerais !

Voilà où j'en étais, à crier sur ma mère qui pleurait. On n'attaque pas une femme à terre, même quand on a les mains qui tremblent, même quand on a le cœur qui s'affole et rebondit entre les côtes.

— Je voulais rationner, elle a reniflé.

Rationner ? C'était fou. Malade. Pourquoi est-ce qu'elle ne me prenait pas plus de sang, plutôt ?

— Tu ne peux pas rationner ! Tu vois bien que tu ne peux pas !

Je me suis radoucie pour dire :

— Si tu n'as pas assez de sang, je t'en donnerai plus.

Elle a fermé les yeux.

— Ce n'est pas –

— Alors pourquoi tu rationnes ?

— C'était idiot. Pardon. Tu me donnes bien assez. Et il me reste beaucoup de viande.

— Il faut que tu manges.

— Aujourd'hui. Je mangerai aujourd'hui, promis.

*

Le poulet était parfaitement cuit : juteux et ferme. Le riz basmati était parfumé et collant comme j'aime. Les légumes dorés à souhait fleuraient bon la volaille rôtie. Le jus de viande était si fort qu'on aurait dit du caramel au beurre salé dans lequel on aurait remplacé tout le sucre par des sucs de poulet. La compote de pommes aurait pu être un peu moins sucrée, mais ça c'était ma faute, je m'étais trompée et j'avais pris des *pink lady* à la place des *cox orange*.

Maman s'est installée face à moi pour me regarder manger.

— Joyeux Noël, Hippie.

Elle s'est même servi une assiette, pour faire comme si.

*

J'en ai mangé une semaine, du poulet. Le premier soir j'ai mangé une cuisse et le croupion. Au fil des jours, je l'achevais morceau par morceau : la seconde cuisse, les ailes, le dos, les blancs – tout secs à force d'attendre dans le frigo, la partie que j'aime le moins.

Y avait pas grand-chose d'autre à faire que de dormir, regarder des séries et bouffer du poulet. Kouz était en Flandres chez des cousins, Benji au ski jusqu'au Nouvel An, Lola… Lola était juste à côté, mais j'avais cessé de toquer à son mur.

Mon téléphone a vibré sur la table alors que j'attaquais la carcasse à mains nues (c'était tout ce qui restait). Il était 15 heures, je m'étais réveillée à midi après une nuit à traîner sur Youtube, et j'étais restée au lit pendant trois heures avant de me décider enfin à me lever. J'ai essuyé mes mains grasses sur mon pantalon de pyjama avant de déverrouiller l'écran.

*Mauvaise nouvelle*

C'était Benji sur notre groupe WhatsApp.

*Mes parents seront à Bruxelles finalement*

*Pour le nouvel an*

*Du coup on peut pas squatter chez moi*

Lola a réagi avec un émoji en pleurs, Kouz avec un émoji fâché. Moi je suis allée me laver les mains et la bouche, mais j'avais l'impression que ça ne servait qu'à étaler encore plus le gras de poulet. Alors je suis montée prendre une douche.

J'ai détaillé mes bleus. Bleus, ils ne l'étaient pas. Ceux de mes poignets étaient presque noirs – bracelets offerts par Maman. J'en avais quelques-uns sur les bras et dans le dos, de quand elle m'avait fait tomber. Ils guérissaient à des vitesses différentes, en fonction de la puissance de l'impact. Ça me faisait penser à ces photos du cosmos, de nébuleuses. Femme-galaxie, j'étais. Et j'avais ce point rouge au creux du coude, qui ne cicatrisait jamais complètement vu que ma mère le rouvrait chaque dimanche. Mon étoile morte.

Pour la voiler aux yeux du monde, il suffirait que je porte des manches longues. Facile.

Maman faisait une sieste. J'ai gentiment secoué son épaule pour la réveiller. Elle a sursauté, a émis une sorte de gémissement aspiré et s'est éloignée de moi en hâte, comme si j'étais une menace.

— C'est moi, c'est moi.

Quelques instants d'absence, puis j'ai vu dans ses yeux qu'elle me reconnaissait. Ça lui prend de plus en plus de temps, de me reconnaître.

— Tu as mangé ? j'ai demandé.

Elle a hoché la tête.

— Tu promets ?

— Oui, je t'assure. Hier soir, et le soir d'avant, et celui d'avant. Je ne manque plus aucun jour.

— Tu peux toujours me prendre plus de sang, si…

— Ce n'est pas nécessaire.

J'ai pris une grande inspiration.

— D'accord. Maman, j'ai besoin de la maison. Pour le Nouvel An. Je veux faire une fête.

J'imagine que ce serait plus dur de demander si la situation était différente, plus normale. Elle dirait : *Pour quoi faire ? Qui sera là ? Il y aura de l'alcool ? Tu nettoieras après ? C'est ma maison aussi, tu sais ?*

Mais là elle a juste dit OK, avant d'ajouter qu'il faudrait surtout que j'arrête de débarquer dans sa chambre sans prévenir.

— Tu sortiras, alors ? j'ai insisté. Toute la nuit ?

— Oui, j'ai bien compris. J'irai ailleurs.

Elle a fait un pauvre sourire.

— Je ferai la fête avec Madame Mellaerts. Elle m'a dit qu'elle serait toute seule.

— Bonne idée, j'ai soufflé.

Elle n'avait rien dit non plus sur mon bulletin catastrophique.

Tout ça était devenu tellement facile.

*

De retour dans la salle de bains, j'ai sorti mon smartphone de sous mon pyjama crasseux roulé en boule.

*C'est bon. On peut le faire chez moi.*

Facile.

# Repas de fête

Benji est arrivé avec les courses, ainsi qu'une bouteille de vodka. Ses parents avaient insisté pour la rajouter dans le sac parce qu'ils préféraient savoir ce qu'il buvait plutôt que « Bibou » fasse ses expériences sans rien leur dire.

Kouz a examiné la bouteille, perplexe.

— T'as vraiment une éducation très différente de la mienne, Bubulle.

Benji a indiqué son corps d'un geste large de la main, comme un magicien.

— Et regarde comme ça me réussit bien !

Kouz était venu avec un gâteau au chocolat recouvert de boules de sucre argentées et de paillettes multicolores – Ayşe Gül avait menacé de l'interdire de sortie s'il ne la laissait pas le décorer comme elle l'entendait.

— On enlèvera le glaçage, je l'ai rassuré.

En vérité, j'étais plutôt contente : les gâteaux d'Ayşe Gül sont légendaires, et je ne l'avouerai jamais à personne, mais j'adore les paillettes multicolores.

Kouz m'a embrassée. Ça faisait plus d'une semaine qu'on ne s'était pas vus, pas touchés.

J'avais peur que ce ne soit plus pareil, après cette absence. Et effectivement, ça n'était plus pareil qu'avant ; c'était bien pire. On grésillait d'électricité.

— COUP de THÉÂTRE, s'est écrié Benji, Kouz et H sortent ensemble. Incroyable ! Époustouflant ! *Mindfuck* absolu !

Kouz s'est marré contre ma bouche.

Lola est venue sans rien, et c'était déjà pas mal. On s'est fait la bise.

J'imagine qu'il y avait des gens de notre classe à d'autres soirées, des vraies, avec des lumières laser, de la techno qui galope et de la sueur. J'en avais jamais fait, de soirées de ce genre. Ça me faisait un peu peur.

En fait, Lola avait tout de même apporté quelque chose : son enceinte. Elle a balancé de l'électro-swing. Benji se dandinait en nous donnant des instructions pour la préparation du repas. C'était le seul à savoir cuisiner, il avait donc un pouvoir de décision total sur le menu : il avait prévu des spaghettis *vegan*.

Il a inspecté le contenu de tous les tiroirs avant de crier :

— Mais vous n'avez pas un seul couteau de cuisine digne de ce nom !

— Ouais, j'ai fait. Déso.

Lola m'a lancé un regard. J'ai tiré sur ma manche pour couvrir les bleus qui me restaient au poignet.

J'ai fini par trouver des couteaux à steak au fond d'un tiroir. Benji a fait la moue.

— Je suppose que ça fera l'affaire.

J'ai haché le tofu fumé et Kouz et Lola ont épluché et coupé des légumes qu'ils ajoutaient au fur et à mesure dans la poêle où Benji faisait revenir de l'ail. Quand les légumes ont été suffisamment tendres, Benji a vidé une boîte de tomates pelées dans la poêle, et a jeté un paquet de spaghettis dans l'eau bouillante.

On aurait pu se raconter nos vacances, se plaindre des examens, se moquer de nos profs, Benji aurait pu nous mimer ses gamelles à la neige, mais non – l'ambiance était détendue mais pas frivole. Il y avait quelque chose d'à la fois très solennel et très familier à cuisiner à quatre en sirotant nos vodka-orange. Si c'est ça, être adulte, si c'est se construire une famille avec ses amis… eh bien, j'ai hâte.

— J'ai fait pas mal de cauchemars ces derniers temps, a dit Benji en réduisant le feu sous la casserole.

Kouz a levé le nez de la sauce dans laquelle il touillait.

— Ça m'arrive jamais d'habitude, a continué Benji, les sourcils froncés. Ou alors je ne m'en souviens pas.

— Quel genre de cauchemar ? a demandé Lola.

— Des gens qui me hurlent dessus. Et je dois faire semblant d'être mort, sinon ils feront pire. Le plus bizarre, c'est que je sais que c'est un cauchemar, mais j'ai peur quand même. Je me réveille terrifié.

Il a mélangé les spaghettis à la fourchette. Il parlait d'une voix légère, mais on voyait que ça le perturbait.

— C'est fou, non ? Que notre cerveau puisse avoir peur en dormant ? Alors même qu'on sait qu'il n'y a pas de menaces ?

Un silence. J'ai fini de hacher le tofu.

— Je faisais beaucoup de cauchemars quand j'étais plus petite, a fini par dire Lola en sortant des verres d'un placard. Toutes les nuits, presque. Après un temps, j'ai appris à me défendre.

Benji m'a pris des mains la planche sur laquelle j'avais coupé le tofu, pour l'ajouter à la sauce.

— Te défendre ? En rêve, tu veux dire ?

Lola a souri, s'est mordillé la lèvre inférieure.

— C'est un peu particulier...

— Raconte !

— Je peux en sortir, de mes cauchemars. Si je me concentre, j'arrive à me réveiller. Ou alors...

— Ou alors ?

— Je les transforme en rêve érotique.

— Quoi ?

Benji était ravi et incrédule, toute angoisse envolée. Il a répété, plus doucement :

— Quoi ?

Lola s'est passé une main dans les cheveux, les joues un peu roses.

— Je sais pas comment je le fais, mais ça marche vraiment bien. C'est genre : je me jette sur le méchant principal, les autres disparaissent, et tout le rêve change de texture. Et y a pas que la peur qu'on peut ressentir en dormant. Y a aussi...

Elle a inspiré.

— Y a aussi les orgasmes.

Benji s'est penché sur la casserole et a trempé un doigt pour la goûter

— C'est vrai, il a dit en suçotant le bout de son index. C'est magique, en fait. On le sent pour de vrai, alors que rien ne nous touche.

Kouz a croisé mon regard. J'avais pas besoin de lui poser la question pour savoir qu'il pensait la même chose que moi : *qui sont ces extraterrestres capables de parler d'orgasme en public ?*

Benji a salé et poivré la sauce. Il y avait quelque chose dans ses mains serrées sur le poivrier, la torsion, qui m'a paru presque obscène. Je me suis sentie de trop. Et puis, je me suis dit autre chose : peut-être que Benji et Lola avaient besoin de notre présence comme on avait eu besoin de la leur, Kouz et moi, pour se toucher en secret.

L'air puissamment mal à l'aise, Kouz a pris une longue gorgée de sa vodka.

— Faire l'amour à mon cauchemar, a dit Benji en souriant à Lola. J'essaierai. Merci.

Moi je ne peux pas. Je ne peux pas faire à l'amour à mon cauchemar. C'est impossible.

*

Quand les pâtes ont été cuites, Benji les a déversées dans l'égouttoir que je tenais. On en était à nos deuxièmes vodkas, ce qui explique peut-être ce qui suit : Benji a raté la cible. Une vague de spaghettis et d'eau bouillante s'est écrasée sur ma manche.

J'ai hurlé.

— Merde !! a fait Benji en chopant des poignées de spaghettis pour les décoller de mon bras. Pardon, pardon !

Lola s'est précipitée :

— Hippolyte, enlève ton pull !

— Quoi ?

Elle a tiré sur la manche pour écarter le tissu gorgé de liquide brûlant de ma peau. Et elle a vu un morceau de la nébuleuse qui s'étendait en dessous.

Son visage s'est crispé, mais elle n'a pas fait de commentaires. D'autorité, elle a placé mon poignet sous le robinet.

Mon cœur faisait pulser la brûlure, malgré l'eau froide. Lola a éteint la musique et s'est tournée vers les garçons.

— Hippolyte a des bleus partout sur le bras.

— Je suis tombée.

C'était vrai. J'étais tombée. Après que Maman s'était jetée sur moi.

Lola m'a ignorée. Elle était concentrée sur Kouz.

— Tu es au courant ?

L'eau froide remontait le long de ma manche. J'ai frissonné.

Kouz était accoudé à la table de la cuisine, parmi les pelures d'oignons et de carottes – l'air foudroyé. Oui, il était au courant. Il avait vu le bleu au creux de mon coude. Et il n'avait rien dit parce que c'était à moi. Il n'avait rien dit parce qu'il me respectait.

Lola a repris la parole, s'adressant uniquement aux garçons. Comme si je n'existais plus.

— On a une décision à prendre. Hippolyte est en danger.

— C'était juste une fois ! Et je vais très bien !

— Quelqu'un est mort, Hippolyte.

— Ma mère va guérir !

À ce moment-là, Lola aurait encore pu décider de se taire. On aurait encore pu décider de passer une bonne soirée ensemble. Mais non.

À nouveau, elle s'est détournée de moi. Sa voix, ses mots : si sérieux. En d'autres temps, on l'aurait appelée « Scarface ». On ne l'aurait pas écoutée. On se serait moqués d'elle.

— Hippolyte n'est pas capable de voir la situation objectivement. On doit agir à sa place.

— Je vois parfaitement ce qui se passe, c'est toi qui ne comprends pas, j'ai dit à Lola.

Mais elle ne m'écoutait même pas – c'est vers Kouz qu'elle s'est tournée pour lui crier :

— Et toi, tu la laisses faire !

*Elle gâche tout*, j'ai pensé, *elle met ses pattes partout, il faut toujours qu'elle gâche tout, tout, tout.* Kouz ne s'est pas défendu. Il a pris son visage dans ses mains.

Benji a éteint le feu sous la sauce.

— Ne crie pas, il a dit à Lola. Ça sert à rien.

— Il la laisse se faire du mal ! C'est son petit copain, et il la laisse !

Benji n'avait rien à répondre à ça. Un peu sonné, il a demandé :

— Qu'est-ce que tu penses qu'il faut faire ?

— On doit appeler la police.

— Ils ne vous croiront pas, j'ai crié. Vous n'avez aucune preuve !

J'ai fermé le robinet, rabattu ma manche trempée sur mon poignet. Je suis passée devant Benji, qui a évité mon regard, et devant Lola, qui me l'a renvoyé, brûlant.

Je me suis plantée face à Kouz qui a lentement ôté ses mains de son visage.

— Si tu les laisses dénoncer ma mère, je ne te pardonnerai jamais.

Quelque chose est passé dans le fond de ses yeux quand j'ai dit « jamais ». Il les a fermés un instant, et quand il les a rouverts, c'était comme s'il voyait à travers moi.

Il s'est levé et, soudain déterminé, a traversé le salon – en direction de la cave. J'ai couru pour me mettre en travers de son chemin.

— Arrête !

— Écarte-toi.

C'était comme s'il ne me voyait plus. J'ai pris ses poignets dans mes mains. Si je le forçais à me regarder...

— Non, Kouz...

Il a voulu se dégager, mais je le serrais trop fort.

— Lâche-moi !

— Calmez-vous, s'est écrié Benji.

— Tu me fais mal !

Je ne sais pas ce qui s'est passé exactement. Peut-être que je ne veux pas m'en souvenir. J'ai vu noir, et puis l'instant d'après Kouz a couiné et je ne tenais plus ses poignets. Il avait trois grosses éraflures sur le dos de la main droite. Moi, j'avais du sang sous les ongles.

— Pardon, j'ai balbutié. Pardon, pardon, je voulais pas.

— Putain, il a fait en examinant sa main. Qu'est-ce qui te prend, H ?

— Kouz, a soufflé Benji, viens passer ta main sous l'eau.

Je regardais mon loup.

— J'ai pas fait exprès, je suis vraiment désolée...

Parce que l'important c'était pas que ce soit vrai. L'important, c'était qu'il le croie.

Il a enfin croisé mon regard.

— Moi aussi, il a dit, je suis désolé.

Et il s'est jeté de tout son poids contre la porte.

Le verrou a tenu ; c'est le bois autour qui a craqué. La porte de la cave était ouverte.

# Glace à l'eau

Ça n'aurait pas dû arriver. Maman m'avait laissé la maison pour que je passe une bonne soirée entre amis. Ils auraient dû se comporter en amis. On aurait dû passer une bonne soirée.

Maman me faisait confiance et eux, ils avaient défoncé la seule porte qu'elle ne voulait pas que j'ouvre.

Lola est entrée en premier, Benji suivait et Kouz fermait la marche. Ils sont descendus sans hésiter. Ils s'en fichaient que ce soit interdit.

— Oh, merde, a fait Benji en découvrant les couteaux de cuisine et la planche à découper sur la table de camping.

Il a soulevé le vieux couperet de boucher d'une main tremblante.

— Merde, H... C'est là qu'ils étaient, les couteaux ?

Maman avait acheté ce couperet dans une brocante. Je m'en souvenais bien ; j'avais passé la matinée assise sur une nappe, à vendre mes jeux DS.

Benji l'a reposé sur la planche, à côté des autres lames. Elles étaient brillantes, parfaitement propres. Il n'y avait de sang nulle part.

Tout dans cette cave était nickel : Maman avait nettoyé la table, la vaisselle avait été faite dans l'évier à lessive et la plaque chauffante de chez Vandenborre était comme neuve.

Aucun des trois n'a remarqué la scie sauteuse bien rangée sur la table de découpe poussée dans un coin de la pièce. Mais moi, je l'ai vue.

Les autres étaient absorbés par la vision du congélateur-coffre qui brillait, sa blancheur presque phosphorescente dans l'obscurité.

Lola a touché le couvercle du bout des doigts.

— C'est là-dedans ? Les preuves ?

J'ai rien dit. Croisé les bras sur ma poitrine. Mon cœur essayait désespérément de s'évader de ma cage thoracique.

J'ai eu un flash à les voir autour du congélateur. Trois gamins au fond d'un temple millénaire, s'apprêtant à violer un sarcophage sacré, complètement inconscients de la malédiction contenue à l'intérieur. La cave s'est mise à tomber à pic, et nous avec. Je me suis raccrochée au mur derrière moi. Le congélateur a paru enfler, occuper tout l'espace. Du blanc partout.

Et j'ai pensé à la viande. La viande qui était de la chair qui était du muscle qui était le corps de Constanza. Madame Muñoz… J'ai entendu à nouveau les bruits de scie, et les coups de couperet de cet après-midi-là. Même sans comprendre, ils m'avaient effrayée. Et maintenant que j'avais compris… Je ne voulais pas, je ne voulais surtout pas savoir à quoi Madame Muñoz ressemblait maintenant qu'elle n'était que de la viande.

J'ai cessé d'être en colère d'un coup. J'ai seulement eu peur pour les trois enfants, mes trois amis, sur le point de se faire engloutir par le sarcophage.

— N'ouvrez pas, j'ai croassé. N'ouvrez pas. Il y a une différence entre savoir et voir.

Lola et Kouz ne se sont pas retournés. Je crois qu'ils n'en étaient plus capables. Mais Benji m'a parlé gentiment. Sa voix m'est parvenue de très loin.

— H... On n'a plus vraiment le choix.

Ils ont soulevé le couvercle du congélateur. Son ampoule les a auréolés de lumière crue.

De là où j'étais, je ne voyais pas l'intérieur. Je m'attendais à une exclamation, mais il n'y eu que du silence. Ils sont restés immobiles, à regarder... À regarder... Ils sont restés immobiles à voir ce qu'ils voyaient et ils n'ont rien dit.

Je me suis approchée. Kouz et Benji se sont écartés pour me laisser une place.

Le congélateur était totalement vide.

Non. Pas totalement. Dans l'un des plus petits compartiments, il y avait des poches de plastique transparent, pleines d'un liquide carmin congelé. On aurait dit des glaces à l'eau en sachet. J'en ai pris une. C'était si froid que mes doigts collaient dessus.

— Qu'est-ce que c'est, Hippolyte ?

— Du sang, a répondu Benji à ma place. C'est du sang.

Kouz m'a pris la poche des mains pour lire l'étiquette. « *Hippolyte : 23/11.* » En déchiffrant mon nom, il a tressailli et lâché la poche : elle est tombée dans le fond du congélo.

— Attention, j'ai soufflé. S'il te plaît.

Une goutte de sang a roulé de sa main éraflée et s'est écrasée sur le givre, juste à côté de la poche, gelant aussitôt. J'étais incapable de le regarder.

Je me suis penchée pour ramasser la poche et vérifier que la chute n'avait pas abîmé le plastique. Je l'ai replacée avec les autres, et je les ai comptées. Il y en avait quatre.

Quatre.

J'avais quatre fois donné mon sang à ma mère, et il restait quatre poches.

Lola a formulé à voix haute ce qu'ils avaient tous peur de comprendre :

— Tu donnes ton sang à ta mère. Pour qu'elle le boive.

J'ai hoché la tête, la gorge nouée.

— Tu m'avais dit : « Je gère ». C'est comme ça que tu gères : tu la nourris.

— Je pensais que ça la guérirait.

Dit à voix haute, ça semblait ridicule. Mais je n'avais eu que ça. Je n'avais pas eu d'autre choix que d'y croire.

— Est-ce que ça marche ? a demandé Benji, la voix très douce.

— Elle ne boit pas.

— Comment ça ?

— J'ai donné mon sang quatre fois. Et il y a quatre poches.

J'approchais dangereusement du moment où dire un seul mot de plus me ferait éclater en sanglots, alors je me suis tue. Ils avaient compris, de toute façon. Maman m'avait menti.

Puis Benji a juré, et brisé l'entrelacs de chuchotis respectueux dans lequel on s'exprimait depuis qu'on était dans la cave.

— Attendez, mais alors il n'y a plus de viande, c'est ça ? Parce qu'elle a tout mangé, donc il n'y en a plus ? Sauf s'il y a un autre endroit où elle pourrait la stocker ?

Je me suis frotté les yeux. Kouz m'a tendu un mouchoir de sa main valide.

— H ? a insisté Benji alors que je m'essuyais les yeux.

— Non, il n'y a pas d'autres endroits.

— Et tu dis qu'elle ne boit pas ton sang ?

Mal. Ça faisait mal d'entendre ça. Elle avait promis.

— D'accord, a continué Benji, elle ne boit pas ton sang. Et elle ne mange plus de viande. Donc... elle doit avoir faim ?

Non. Non.

— Vous croyez, il a bredouillé, qu'elle est en chasse ?

Lola a écarquillé les yeux.

— Hippolyte, tu sais où est ta mère ?

— Elle a dit...

Non !

— Elle a dit qu'elle irait chez Madame Mellaerts.

# Spéculoos

Secousses sismiques, mon cœur. Ce qui était étrange, c'est que les trois autres semblaient les subir aussi. Ils frissonnaient de concert. Même Kouz saignait en rythme sous le mouchoir taché qu'il pressait contre sa main. On a enfilé nos baskets en vitesse, j'ai passé une doudoune par-dessus mon tee-shirt mouillé et on a couru sur les vingt mètres qui séparaient ma porte d'entrée du 94.

On s'est arrêtés devant. Le sol tremblait sous nos pieds. On s'est accrochés les uns aux autres pour ne pas basculer.

Benji a sonné.

Des siècles ont filé sans que personne ne vienne ouvrir. La nuit était sèche et glacée et vide : tout le monde était parti faire la fête au centre-ville. *Si on appelle à l'aide,* j'ai pensé, comme dans un film d'horreur, *personne ne nous entendra.*

Benji a sonné à nouveau.

Idiot, c'était idiot. Si c'était ma mère à l'intérieur, si elle avait fait ce qu'on croyait qu'elle avait fait, elle n'ouvrirait pas. Si c'était ma mère à l'intérieur, si elle avait fait ce qu'on croyait qu'elle avait fait, je n'avais aucune envie qu'elle ouvre.

Benji a levé le poing pour frapper à la porte, hésité et laissé retomber sa main.

— J'ai jamais vu de cadavre, il a murmuré. Quand on a ouvert le frigo, j'ai cru qu'on allait voir un cadavre. Et là... à l'intérieur...

— Ta mère t'a vraiment dit qu'elle allait passer la soirée ici ? m'a demandé Lola.

J'ai essayé de me souvenir.

— Elle n'a rien dit avant de sortir ce soir... Elle m'a juste embrassée. Mais, hier... hier elle a dit que Madame Mellaerts serait seule. Qu'elle viendrait lui tenir compagnie.

Lola me dévisageait gravement. J'entendais ce qu'elle pensait sans qu'elle ait besoin d'ouvrir la bouche. *Comment t'as pu être aussi naïve, Hippolyte ? Comment t'as pu la laisser faire ?*

*Mais je la nourrissais*, j'ai gémi en retour. Je croyais que je la nourrissais.

— Vous pensez que voir un cadavre, c'est un de ces trucs qui vous changent à jamais ? a balbutié Benji. Comme... comme perdre sa virginité ?

Kouz a froncé les sourcils.

— Tu changes pas tant que ça quand tu –

*BAM BAM BAM.*

On a tous sursauté. C'était pas mon cœur. Juste Lola qui tambourinait à la porte.

— Putain, pas si fort, a sifflé Kouz. T'es folle !

— Elle est sourde, c'est peut-être pour ça qu'elle répond pas.

— Qu'est-ce qu'on va faire si la mère d'H est vraiment à l'intérieur ? a gémi Benji. Et qu'elle a vraiment...

— Kouz, a dit Lola, fais-moi la courte échelle. Je vais regarder à travers la fenêtre.

Lola a posé le pied dans les mains jointes de Kouz, qui a tressailli quand elle s'y est appuyée – sa main droite saignait toujours. Je me suis détournée. Mon cœur me brûlait à chaque fois que je voyais son sang.

— Mais sérieusement, a bredouillé Benji, on va faire quoi ? L'attaquer à mains nues ? La griffer avec nos ongles ?

Assise sur l'appui de fenêtre, Lola a collé son front contre la vitre, ses deux mains en œillères.

— Je vois rien qui bouge. Mais la cuisine est allumée. Et… OH !

Elle a fait un bond en arrière, failli tomber. Kouz l'a maintenue.

— Quoi ?

— Quelqu'un ! De l'autre côté de la maison ! Dans le jardin !

— Hé là, a tonné une voix grave. On peut savoir ce que vous faites ?

On s'est retournés. Lola a sauté au bas de son perchoir.

Madame Mellaerts et un homme plus jeune remontaient la rue vers nous. Les grands arbres derrière la rangée de maisons ont bruissé de soulagement.

Vivante. Madame Mellaerts était vivante.

L'homme nous a toisés avec méfiance :

— Alors ?

— Oh, s'est écriée Madame Mellaerts de sa voix chevrotante, c'est Pauline. Ne t'en fais pas, Henri, c'est la petite Pauline avec ses amis.

Henri n'avait pas l'air confiant pour autant. Son regard s'est attardé sur Kouz, détaillant sa veste en cuir, son air farouche, sa main qui saignait.

J'ai essuyé mes paumes sur mon jean, consciente d'avoir l'air très coupable.

— On voulait, j'ai balbutié, cherchant l'inspiration, on voulait...

— Vous souhaiter une bonne année ! a complété Lola.

Benji a sauté sur l'idée :

— Oui ! On était juste à côté et on s'est dit que vous seriez peut-être seule, alors...

Il a conclu par un sourire. Madame Mellaerts a fondu.

— Oh, ça c'est vraiment aimable. Je passe une très bonne soirée ! Mon fils m'a invitée au restaurant.

J'ai hoché la tête distraitement. Lola m'a flanqué un coup de coude.

— Demande pour ta mère, elle m'a murmuré à l'oreille.

— Madame Mellaerts, est-ce que ma mère vous a dit qu'elle viendrait vous voir ce soir ?

— Pardon ? Vous voulez quelque chose à boire ?

— Elle te demande, a crié Henri, si sa mère va venir te voir !

Madame Mellaerts a eu l'air interloquée.

— Non, ça fait une bonne semaine que je ne l'ai pas vue. Et la dernière fois... elle avait l'air un peu malade. Est-ce qu'elle est malade, Pauline ? J'espère que non, elle est tellement gentille...

— Elle va bien, j'ai soufflé, beaucoup trop bas pour qu'elle l'entende.

— Enfin, si vous voulez à boire, entrez, j'ai du jus de pommes.

— Il faut qu'on y aille, a coupé Kouz.

Henri l'a dévisagé à nouveau, les yeux étrécis.

— Laissez-moi au moins vous donner quelque chose, a dit Madame Mellaerts. J'ai de bons spéculoos.

— C'est très gentil, a dit Benji. Mais après, vraiment, il faudra qu'on vous laisse. Des amis nous attendent.

Madame Mellaerts et son fils sont entrés dans la maison pour chercher les biscuits. Lola a fait le tour du bâtiment et s'est mise sur la pointe des pieds pour voir le jardin par-dessus la haie.

— Je ne vois plus rien, elle a dit en revenant.

— Tu es sûre qu'il y avait quelqu'un ?

Elle a secoué la tête.

— Je crois. Je n'ai pas eu le temps de bien voir.

— Il faut qu'on la retrouve, a dit Kouz. Ta mère. Il faut qu'on l'arrête. Avant que...

*Avant que*. L'haleine glacée du congélateur vide nous a entourés. Le sol s'est mis à vibrer, rythmique, immuable – les bruits de pas d'un géant en approche.

# Plus jamais rien

Mes amis peuvent entendre mon cœur. Ils ne savent pas ce qu'ils entendent exactement, mais ils ressentent la pulsation. Elle les bouscule. Elle les déséquilibre. Ils sursautent et regardent derrière eux, comme si quelqu'un venait de leur taper dans le dos. Sauf qu'il n'y a personne. Il n'y a personne. Je vous assure : il n'y a personne.

Je les regarde tressaillir, déglutir, serrer et desserrer les poings. Ils ont l'air blafards, assaillis de nausées, de vertiges. *Bienvenue dans mon monde, les gars. C'est comme ça que je vis tout le temps.* Je pourrais le leur dire. Je ne le fais pas.

Ils n'ont pas encore compris que tout ça vient de moi.

Nos ombres frissonnaient sous l'unique lampadaire de la rue. Benji avait ouvert le paquet de spéculoos que Madame Mellaerts lui avait donné et nous refilait les biscuits. Kouz et Lola en mangeaient avec reconnaissance. Personne n'a évoqué le fait qu'on avait un repas prêt en train de refroidir dans la maison, à trois pas de là.

Moi, je n'ai rien pris. J'avais pas faim du tout. C'était fini, manger. Je ne mangerais plus jamais rien.

— On rentre, je leur ai dit.

Ils ont tous les trois secoué la tête. Ils se tenaient épaule contre épaule, blottis autour du paquet de biscuits. Eux trois, face à moi.

— Rien n'a vraiment changé, j'ai insisté. La situation est la même qu'avant qu'on ait ouvert le congélateur. On peut juste rentrer et... passer une bonne soirée.

J'ai fini dans un murmure étranglé. Ce que j'essayais de leur dire, c'était : on peut vivre. On peut vivre avec le cœur qui bat trop fort. J'y parviens bien, moi.

— J'ai vu quelqu'un, a protesté Lola.

— Tu dis que tu n'es pas sûre.

Benji m'a interrompue. Il était furieux. C'était la première fois que je le voyais furieux.

— Pourquoi est-ce que t'as couru, alors, H ?

Je l'ai fixé sans comprendre.

— Quand Lola a parlé de Madame Mellaerts, tu t'es précipitée hors de la cave. On t'a suivie, mais c'est toi qui allais le plus vite. Pourquoi tu as couru, si rien n'a changé ? Pourquoi tu as couru si tu n'avais pas peur ?

Oh, ça. C'est à cause de mon cœur. Mon cœur bat trop fort, mon cœur ne s'arrête jamais. Ça ne veut rien dire.

— Cette vieille dame, elle aurait pu... Elle aurait pu... Plus personne ne peut mourir !

Benji avait crié. C'était la première fois que je l'entendais crier comme ça.

J'ai regardé Lola. Sa mère à elle était morte. On l'avait attrapée, privée de tout, et elle en était morte. Est-ce qu'elle allait le lui dire ? Est-ce qu'elle allait faire remarquer à Benji que quand il disait « Plus personne ne doit mourir », il excluait forcément Maman ?

Non, Lola a détourné les yeux. C'est Kouz qui a parlé :

— Laisse-nous aider, H, s'il te plaît. Dis-nous comment faire.

Puis il a sursauté, et regardé derrière lui. La lueur du lampadaire au-dessus de nous rendait le reste de la nuit impénétrable.

— Tu as vu quelque chose ? a soufflé Benji.

Kouz a plissé les yeux, détaillé la rue sombre.

— Non, rien. Une bourrasque. Ou un chat.

Ce n'était rien de tout ça. Non, ce qu'il avait entendu, c'était mon cœur qui faisait trembler les briques des maisons.

*

Je leur dis : *Alors allons déterrer Constanza*. Je leur dis : *Comme ça on aura des preuves*. Je leur dis : *Sans ça, c'est même pas la peine d'essayer la police*.

Mais ce que je veux vraiment, c'est les emmener en forêt. C'est que mon cœur se calme. Si mon cœur se calme, alors mes amis aussi, et je gagnerai du temps. Ce que je veux vraiment, c'est retrouver Maman, seule, et la forcer à boire mon sang. Ça peut la soigner, je le sais.

Je leur dis que je ne me souviens plus exactement dans quelle clairière on l'a enterrée, ce qui est vrai. Je leur dis que je devrais pouvoir m'y retrouver une fois sur place, ce qui ne l'est pas. On ira en forêt, et les arbres étoufferont tout. On ne trouvera rien, mais ils se calmeront et ça ira.

Lola a pris la pelle dans notre cabanon de jardin. Benji a farfouillé à la recherche d'une arme sans rien trouver, ni cisailles ni sécateur — Maman avait déjà tout pris.

On est partis en forêt.

*

Il y a ce cauchemar que j'ai fait, petite.

J'étais la seule enfant parmi les grandes personnes. On avait des fourches et des torches. Il y avait un monstre, mais je n'avais pas peur parce que Maman était là.

J'avais ma main dans la main de Maman.

Il y avait un monstre, mais on ne savait pas où. On le cherchait. Il fallait le trouver, le punir, le chasser. Le monstre, il fallait le détruire.

Quel genre de monstre ? je demande.

*L'Ogresse*.

Et je sais, je comprends que ce n'est pas « Ogresse », le vrai nom du monstre. On me dit « Ogresse » parce que c'est un mot d'enfant. On me dit « Ogresse » pour que je comprenne, moi qui suis toute petite.

Ma main dans la main de Maman.

On montait des collines aux courbes douces, on descendait dans des vallées matelassées de gazon. La forêt était tout autour de nous à l'horizon, mais on avait beau marcher, on ne l'atteignait jamais. Les grandes personnes parlaient par-dessus ma tête avec leurs grosses voix. L'Ogresse était quelque part par là, et on ne la trouvait pas.

J'étais fatiguée.

— On s'arrête, j'ai crié. Ça ne sert à rien. On ne sait pas qui est l'Ogresse !

J'avais ma main dans la main de Maman. J'ai levé la tête vers elle.

— Ça pourrait être n'importe qui, j'ai dit. Ça pourrait même être toi.

Les grandes personnes se sont tues. Elles n'existaient plus, déjà. Le ciel a clignoté, puis s'est éteint.

Maman pleurait et souriait en même temps. Son visage se transformait en un masque affreux. Des crocs ont éclos de son sourire ; ses canines poussaient, et elles étaient tellement pointues, tellement acérées que sur leur passage elles lui déchiraient la peau du menton.

J'ai eu peur d'elle. Je n'arrivais pas à ne pas avoir peur d'elle.

— Non, non, non !

J'ai refermé mes petites mains autour de ses grandes dents, pour ne plus les voir. Mais elles poussaient encore, elles dépassaient de mes poings.

C'était trop tard. Et c'était ma faute. Le monde fondait autour de nous, et je ne voyais qu'elle ; Maman que j'avais trahie, l'Ogresse qui m'avait déjà pardonnée.

*

En forêt, mon cœur a disparu. J'étais à nouveau parfaitement creuse, et lisse à l'intérieur. Dans les cauchemars, c'est simple de vaincre les monstres : il suffit de ne pas croire en eux. C'était comme ça que je protégerais mes amis.

Mais eux, ils avaient toujours peur. On s'éclairait à la lueur de nos portables, quand soudain Kouz a lâché le sien en poussant un petit cri.

— Quoi ?

— Un bruit, il a dit, en tournant sur lui-même pour identifier la direction. Vous avez pas entendu ?

— Non, a fait Benji. Rien.

Sa voix tremblait, et je n'arrivais pas à déterminer si c'était de froid ou de peur.

Lola lui a fait signe de se taire. Elle s'est rapprochée de Kouz et a regardé dans la même direction que lui.

— Par là, c'est ça ? elle a murmuré.

— Oui.

— Ça doit être un animal, j'ai dit, un peu trop fort.

— Un animal ?

— Y a plein de renards, dans le coin. J'en vois parfois la nuit, ils viennent fouiller les poubelles.

On est restés silencieux encore quelques instants, mais on n'a plus rien entendu.

La lueur de l'orée derrière nous s'est estompée jusqu'à disparaître complètement. Lola m'a dit :

— Tu ne vas jamais la retrouver avec si peu de lumière.

— Si, j'ai répondu. Si, ça ira. Par là.

Kouz a pris ma main. J'ai frissonné de culpabilité quand j'ai senti qu'elle saignait encore. Sa peau était poisseuse de sang. Benji s'est accroché au bras de Lola. Et ils me suivaient, tous.

Il paraît que les parois internes du gros intestin ressemblent à de la moquette, ou à de la fourrure.

C'était comme marcher là-dedans, ce noir absolu, plein à craquer. La forêt nous digérait.

— Par là, j'ai répété en bifurquant à nouveau.

Comme si j'étais sûre de moi.

— Je me souviens qu'il y avait un hêtre particulièrement tordu. Juste en bordure de la clairière où on l'a enterrée.

— Tordu comment ? a demandé Benji.

Parce qu'il me croyait. C'était ça le pire, dans cette forêt : mes amis me croyaient. Ils ne savaient pas que mon cœur avait disparu.

*

En décembre, les feuilles ont fini de pourrir. Elles ne craquent plus sous les semelles. Vous vous y enfoncez comme dans un marécage. Donc, si vous marchez en groupe de quatre, vous n'entendrez pas forcément la cinquième personne qui suit derrière. Surtout si elle est légère. Et qu'elle fait attention.

Du bois mort qui se brise – *clac !* On l'a tous entendu, cette fois. Benji a lâché le bras de Lola.

— Les renards, ça hiberne, non ?

Le vibrato de sa voix suppliait qu'on le rassure.

— Essayons par là, j'ai dit, et j'ai marché plus vite.

En espérant qu'ils accéléreraient, eux aussi.

En priant pour qu'ils ne remarquent pas que je leur faisais faire demi-tour. Il fallait qu'on s'échappe.

Encore un pas derrière nous. Le bruit de succion d'une semelle qui s'extirpe de la boue. Si je sursautais, elle s'approcherait encore plus. C'est en ayant peur qu'on crée les monstres ; on les fait disparaître en fermant les yeux.

— Là-bas ! s'est écrié Benji. Là-bas, un hêtre tordu !

— Oui ! a crié Lola.

Elle s'est mise à rire. Le rire était sacrilège, dans cette forêt, mais Benji a ri aussi et s'est mis à courir vers le hêtre tordu. Lola s'est élancée après lui. Ils hurlaient pour emplir la nuit, pour avoir moins peur. J'ai voulu les suivre, mais Kouz m'a retenue par la main.

— H.

Derrière lui. Encore un pas.

— H, c'est vrai ce que tu as dit ?

Bien sûr. Bien sûr qu'il avait compris que je mentais, que je ne retrouverais jamais Constanza en pleine nuit, et que je ne voulais surtout pas qu'on la retrouve. D'une certaine manière, ça m'a soulagée. Enfin quelqu'un qui me perçait à jour.

Il a repris :

— Je veux dire tout à l'heure, quand tu as dit que tu ne me pardonnerais jamais… c'était vrai ?

Non. Il n'avait rien compris. J'ai fait mine de rejoindre les deux autres mais il m'a retenue.

— Attends ! Parce que cette situation est impossible, tu comprends ? Je veux respecter ce que tu me demandes, et tu m'as demandé de ne rien dire.

Il a levé les yeux vers le ciel vert fluo – les lumières de la ville l'empêchaient d'être noir.

Des branches basses ont fait un bruit de papier froissé derrière nous. Ça aurait pu être le vent. Kouz ne faisait plus attention. S'il avait fait attention, il se serait enfui.

— Mais je ne veux pas, il a soufflé, je ne veux pas qu'elle te fasse de mal !

Kouz saignait toujours. Son sang gouttait de sa main, s'écrasait sur l'humus. C'était ma faute. C'était moi qui lui avait fait ça. Il fallait qu'on bouge de là. J'ai voulu le lui dire, et puis il m'a regardée à nouveau et la lumière de mon GSM a fait briller ses yeux.

— Et si tu me demandes de choisir entre être avec toi ou te savoir en sécurité, alors...

Elle était si proche. Kouz ne parvenait pas à terminer sa phrase. Il pleurait.

— Pardon, j'ai dit.

Et Maman l'a attaqué.

# Hippolyte, Hippolyte, Hippolyte

Kouz n'a pas crié. Il est tombé en silence, les bras levés pour protéger son visage.

Erreur : ça rendait sa main blessée plus accessible. Maman l'a mordu, puis l'a mordu encore, et toujours il ne criait pas.

Alors j'ai hurlé à sa place. Hurlé comme jamais je n'avais hurlé quand c'était moi qu'elle attaquait.

— Ne le touche pas !

Ça n'a pas suffi. Kouz ne se défendait pas. J'ai compris qu'il était inconscient, que sa tête avait heurté quelque chose dans la chute.

Je me suis jetée sur eux.

— C'est moi que tu veux ! MOI MOI MOI !

J'ai tapé, griffé, tiré, même mordu, jusqu'à ce qu'elle le lâche. Elle n'avait pas le droit.

— C'EST MOI ! MORDS-MOI !

Nos regards se croisent tandis qu'on se relève. Maman ? Je ne retrouve rien d'elle à l'intérieur. Elle a disparu, presque. Impossible à aimer.

Elle va bondir. Ce n'est plus moi qu'elle voit. Et je me dis : *Bien sûr.* Et je me dis : *Enfin.*

C'est comme ça que l'histoire se finit, Maman, tu te jettes sur moi et je lève les mains et le temps se suspend. Dans l'infini qui se creuse, entre l'instant où tu sautes et celui où je tombe, je pense très fort, et tu m'entends.

Je pense : *Je suis ta fille, ton seul enfant, je m'appelle Hippolyte, Hippolyte Hippolyte Hippolyte ! C'est toi qui as choisi le prénom, parce que tu me voulais amazone, forte, la fille du Dieu de la Guerre, je m'appelle Hippolyte et tu ne me feras jamais de mal*.

C'est comme ça que l'histoire finit : tu me vois sans défense, et tu comprends pourquoi tu n'as pas bu mon sang, pourquoi tes dents n'ont jamais percé ma peau, juste mordu, mordillé, comme un chaton qui joue. Tu comprends que tu m'aimes, Maman, que l'amour est sans fin, tu comprends que tu ferais n'importe quoi au nom de cet amour. Même guérir.

Et tu guéris. C'est comme ça qu'on finit.

J'ai reçu ma mère comme un bus sur ma poitrine – des tonnes d'acier.

On est tombées en arrière. Mon dos a heurté le nœud d'une racine. Je sentais son poids sur moi et cette fois, c'était différent des autres fois : parce qu'elle était enragée, surpuissante, parce que je savais que c'était la dernière fois. Elle allait guérir, ou elle allait me mordre.

Dans les deux cas, il n'y avait plus rien à faire.

Vas-y, Maman. Je t'attends.

Un son métallique. Trop fort. Beaucoup trop fort. Mes oreilles vrillent.

Ma mère… Ma mère est dans mes bras. Maman est dans mes bras, et elle ne bouge plus. Des cris. Des mains desserrent les miennes qui sont crispées sur elle. Je me débats, je ne veux pas la lâcher, mais je suis si faible…

Je sens qu'on la fait rouler sur le sol, je sens qu'on me dégage. On me fait asseoir. Le son métallique résonne encore, comme celui d'un gong, puis la pelle tombe à terre et le tintement cesse.

Quelqu'un allume l'écran d'un smartphone. Je lève mes mains dans la lumière trop blanche.

Elles sont couvertes de sang. Ce n'est pas mon sang.

Ce n'est pas mon sang. Maman ne m'a pas mordue.

Je n'ai jamais rien fait d'aussi difficile que d'aller à cet enterrement. Papa me dépose au bas de la rue.

— Tu es sûre que tu ne veux pas que je t'accompagne ?

Il me l'a déjà demandé au moins cent fois depuis le petit déjeuner. Je hoche la tête. Je claque la portière.

Ils sont là tous les trois, devant l'entrée du bâtiment où se tiendra la cérémonie. Je leur ai donné la date de la crémation, mais pas l'heure exacte ni l'endroit. Je ne sais pas comment ils m'ont trouvée.

— En fait, c'est le seul crématorium de Bruxelles, m'explique Benji. Ils ont un site Internet avec un planning bien à jour.

Je ne sais pas quoi répondre. Ils se tiennent à trois, et moi je baisse les yeux.

Les mains de Kouz sont encore bandées. Je ne m'y habitue pas. Il vient souvent me voir en ce moment, et c'est dur parce que si je les regarde trop longtemps, ça me fait pleurer. C'est physiologique : je les regarde et même si je m'empêche de penser à quoi que ce soit, mes yeux larmoient.

Alors je regarde les mains de Lola. Rougies par le froid, aux doigts un peu potelées, des mains de bébé.

Elle a frappé ma mère avec le tranchant de la pelle. Elle a eu une fraction de seconde pour décider, elle a choisi le tranchant plutôt que le plat. Pour la frapper. De toutes ses forces. Je ne peux pas oublier.

*Je ne peux pas,* qui signifie : je n'en suis pas capable. *Je ne peux pas*, qui signifie : je ne dois pas.

Maman inerte, cernes noirs, teint verdâtre, lèvres bleues, et du sang, et du sang, et du sang. Les mèches de cheveux poisseuses puis raides, au fur et à mesure que le sang sèche. Je ne peux pas.

On pourrait se noyer dans ce silence. Mais Benji nous sauve : il sort une boîte en fer-blanc de son sac de cours.

— J'ai fait des shortbreads.

Il l'ouvre. On dirait des vrais, bonne taille, bonne forme, jusqu'aux petits trous qui leur donnent des airs de pièces de dominos. On en prend chacun un.

C'est le goût et la texture exacts de mon souvenir. Je pourrais pleurer, mais il y a beaucoup trop de beurre dans ce biscuit pour qu'il soit à 100 % triste.

Benji grimace :

— J'aurais pu les cuire un peu plus.

— Sois pas ridicule, Bernard.

— Ils sont très réussis, ajoute Lola.

Mais c'est ma réaction qu'il attend.

— Ils sont parfaits, je dis. Parfaits.

— Pour Constanza Muñoz ? annonce un mec à l'air officiel. La cérémonie va commencer. Si vous voulez bien me suivre.

J'ai dû pâlir, parce que Benji sourit et me tapote l'épaule.

— Ça va aller, il fait. Ça va aller. On est là. Et toi... t'es comme un culbuto, tu sais ?

C'est tellement inattendu que je me marre.

— J'ai qu'une seule fesse ?

— Non. Tu te relèves toujours.

*

J'avais peur des gens. J'avais peur de ce qu'ils diraient en me voyant à l'enterrement de Constanza. Qu'ils devinent que je suis la fille de ma mère. Qu'ils se mettent en colère. Il y aurait de quoi : les journaux ont beaucoup parlé de Maman. Ils ont donné tous les détails.

Pourtant à la cérémonie, il n'y a pas grand monde. Je ne repère aucun journaliste. Les gens se saluent à mi-voix en espagnol. Je ne reconnais personne. Je me demande quand et comment Madame Muñoz les a connus, tous ces gens. Pourquoi ils ne sont pas venus lui rendre visite après son accident ? Pourquoi ils n'ont pas enquêté à sa disparition ? Je me demande pourquoi elle est venue du Chili pour s'installer ici, et depuis combien de temps, et si elle a eu un mari ou des enfants.

Constanza. J'ai encore dans les yeux les larmes que je n'ai pas versées, dans la gorge toutes les questions que je ne lui ai pas posées.

On s'assied tout au fond. Les autres me jettent des regards à la dérobée. Inquiets. Comme si je risquais d'exploser. Mais ça va. Même mon cœur chuchote.

Les discours sont en espagnol. Même si on ne comprend rien, on écoute. J'ai les poings serrés. C'est pas de la colère, c'est seulement que j'ai souvent les poings serrés ces derniers temps. Un genre de tic. Kouz entoure mon poing de sa main. Son bandage frotte contre ma peau.

Il était sonné, mais il m'a prise dans ses bras, d'abord pour m'empêcher de me débattre, puis pour me réchauffer. Ses blessures saignaient sur ma veste.

— Je ne les sens pas, il disait. Je suis engourdi. Ne t'en fais pas.

Benji et Lola étaient partis en courant pour trouver du réseau et appeler à l'aide.

Dans mon souvenir, je nous observe de l'extérieur, moi qui regarde ma maman saigner, mon corps qui se tord comme malmené par une main invisible, les sanglots qui démolissent tout sur leur passage, et Kouz qui me serre contre lui.

Je me suis calmée quand Maman a repris conscience. Elle a ouvert les yeux, tenté de se redresser, et est immédiatement retombée en arrière.

— Ne bougez pas, lui a dit Kouz. Vous avez eu un gros choc. Restez couchée.

Et il ne l'a pas dit pas méchamment. C'était ce qu'il fallait faire, alors il l'a fait.

Le pire, c'était la manière dont le froid remontait de la terre pour nous imprégner. On aurait dû se lever, attendre debout, en faisant les cent pas, mais aucun d'entre nous n'en avait la force. On s'est serrés, Maman, Kouz et moi pour se tenir chaud jusqu'à ce que les secours arrivent.

J'étais la seule de nous trois à ne pas saigner.

Après tout ça, j'ai essayé d'éloigner Kouz. Un jour où il était venu me rendre visite chez mon père, je lui ai raconté les draps pleins de son sang et la nuit de la taie d'oreiller. C'était pour lui expliquer pourquoi il fallait qu'on arrête de se voir. Ce n'était plus possible.

Il a tordu la bouche. A passé une main bandée sur son cuir chevelu rasé à nu, touché les points de suture sur le sommet de son crâne.

— Ouais. Je m'en doutais un peu.

C'est dingue : je n'ai jamais aucune idée de la manière dont son esprit fonctionne.

— C'était une mauvaise situation, H. Ça ne veut pas dire que tu es une mauvaise personne.

Il a dégluti.

— Je veux pas rompre. Je trouve pas que ce soit une bonne raison pour se quitter. Et je veux pas te quitter parce que…

Nos visages étaient tout proches. Le métal de ses yeux – fondu. Et j'ai su.

— Parce que…

J'ai su qu'il allait dire quelque chose d'impossible.

— Parce que je t'aime.

On n'a pas rompu. Comment voulez-vous que je le quitte ? Il sait dire l'impossible.

*

À la sortie de la cérémonie, il y a un bref conciliabule dans mon dos, puis Kouz m'embrasse et Benji me tape sur l'épaule en chuchotant : « Culbuto ». Les garçons repartent ensemble vers l'athénée et c'est Lola, plutôt que Kouz, qui reste avec moi devant le crematorium en attendant que Papa vienne me chercher.

— Quand est-ce que tu vas revenir en cours ?

— La semaine prochaine.

Elle acquiesce.

— Enfin, j'ajoute, peut-être.

— Papa dit qu'il veut bien t'aider en maths et en sciences. Pour rattraper le premier semestre. Tu pourrais remonter ta moyenne, il y a suffisamment de temps.

— Ouais.

Il se met à pleuvoir, le genre de pluie fine qui paraît sortir d'un brumisateur. Lola ouvre un parapluie et s'approche de moi pour me couvrir aussi. Je ne lui ai rien demandé. Mais je ne m'écarte pas.

— Tu m'en veux, elle dit.

Ce n'est pas une question. Je réponds quand même :

— Oui. Je t'en veux.

À chaque voiture qui passe, phares allumés dans la grisaille, j'espère que c'est Papa.

— Pourquoi ? demande Lola.

Je me tourne vers elle. *Pourquoi ?*

On est trop proches, sous ce parapluie. Je peux tout voir : la tristesse dans la courbure de ses sourcils, le désarroi dans sa bouche entrouverte. Je peux même voir qu'elle aussi, elle veut toquer au mur entre nos chambres – mais j'ai déménagé chez Papa alors elle ne peut plus.

— Pourquoi ? elle répète plus doucement. Je voulais simplement... t'aider. Te protéger.

— Je ne voulais pas que tu me protèges.

— Pourquoi ?

Pourquoi pourquoi pourquoi. Comme une gosse. Elle me force à expliquer l'évidence.

— Elle allait s'arrêter. Je le sais. Elle allait réaliser, et guérir. Et puis...

Et puis le choc. Le bruit de gong. Maman n'a pas eu le temps. Je ne saurai jamais.

— Tu le crois réellement, souffle Lola.

À nouveau, ce n'est pas une question. À nouveau, je réponds quand même :

— Elle m'a jamais vraiment mordue...

— Elle t'a mordue plusieurs fois.

— Oui, mais jamais *vraiment*. Jamais jusqu'au sang. Elle s'est toujours arrêtée à temps. Alors j'y crois.

*Le cœur est notre muscle le plus puissant*, j'ai envie d'ajouter.

Mais ce n'est plus tout à fait vrai : je me réveille tous les jours dans l'appartement de Papa, et mon cœur bat moins vite, moins fort qu'avant. C'est plus facile de l'oublier. Je dors mieux la nuit, maintenant que j'habite dans un endroit où aucune pièce n'est interdite. C'est peut-être pour ça que je parviens à demander à Lola :

— Qu'est-ce que tu crois, toi ?

Elle soupire. Cherche ses mots. Ouvre la bouche, se ravise. Puis finalement :

— Je pense que si elle t'avait fait saigner, tu aurais trouvé autre chose. Tu aurais dit : « OK, mais elle m'a jamais pris de chair ». Et si elle t'avait arraché de la chair, un doigt par exemple, ton petit doigt, t'aurais dit : « De toute façon, j'ai pas besoin de ce doigt-là, personne n'utilise vraiment son auriculaire gauche ».

Je rigole doucement. À côté de moi, je la sens qui se détend. Elle sourit, continue.

— Et ainsi de suite, mains, bras, jarrets, cuissots, jusqu'à ce qu'il ne reste plus qu'un tronc d'Hippolyte. Puis seulement une tête. Une tête qui répète : « Oui mais ma mère m'aime. Ma mère m'aime. Elle ne mangera jamais mes oreilles ». Et puis –

— J'ai compris.

Elle me dévisage, sourcils levés.

— Vraiment ?

Je hausse les épaules. Il me reste une seule chose à dire :

— Pour ta maman, Lola, je...

Son visage se durcit.

— Je suis désolée. Qu'elle soit morte. Et d'avoir réagi comme j'ai réagi quand tu me l'as confié. Et je suis désolée d'avoir dit que tu aurais pu la sauver. T'avais trois ans, t'as raison, c'est stupide. J'ai juste...

Je m'enfonce.

— Juste...

L'air autour de nous est presque entièrement composé d'eau. Je finis par lâcher, piteuse :

— Je crains, comme amie, hein ?

Lola regarde les voitures qui crèvent le rideau de pluie.

— Amie, elle répète.

Lola doit retourner à l'athénée mais moi, je suis en absence à durée indéterminée, alors Papa m'emmène manger une pizza. C'est un restau bondé aux tables étroites, sur la pente de la colline au sommet de laquelle se trouve le crématorium.

Papa commande deux margheritas.

— Tu verras, elles sont excellentes. C'est la qualité des ingrédients qui fait ça. Pas la peine de faire compliqué, de rajouter du jambon ou des anchois ou des cœurs d'artichaut ou trois fromages différents en plus. Juste la mozzarella fraîche et la sauce tomate qu'ils mettent en boîte eux-mêmes. Et la pâte ! Oh, la pâte ! Ils font venir la farine directement d'Italie, parce qu'une bonne pizza, c'est à la base du bon pain, la farine est primordiale, il ne faut surtout pas l'oublier…

Le temps qu'il finisse son laïus, le serveur arrive avec nos pizzas. Je crois que si Papa parle autant, ces derniers temps, c'est parce qu'il a peur de ce que je pourrais dire s'il se taisait.

Il ne devrait pas s'inquiéter. Je n'ai pas du tout envie de parler.

— Comment était la cérémonie ? il demande entre sa troisième et sa quatrième part.

Il se force à continuer à manger avec un appétit jovial, mais je vois bien qu'il se raidit. Il a peur de ce que je vais répondre. Il a peur que je pleure. Papa a tout le temps peur, ces derniers temps, et je ne démêle pas bien s'il a peur de moi ou pour moi. Les deux, probablement.

— C'était en espagnol, je réponds d'un ton léger. J'ai rien compris. Mais la musique était sympa.

La pizza est bonne, c'est vrai. Je mange même les croûtes, moi qui les laisse d'habitude.

Je viens de finir quand il demande :

— Tu veux un dessert ?

Je secoue la tête.

— Tu devrais. Leur tiramisu est à tomber, ils font leur propre mascarpone.

— J'ai plus faim, Papa.

— Ou on partage un sabayon ? Ils mettent une boule de glace vanille au fond de la coupe. Maison aussi.

— Vraiment, j'ai eu assez.

— Classique alors ? Moelleux au chocolat cœur coulant et chantilly à la vanille ?

— Papa…

Il se tait. S'il n'y avait pas le brouhaha ambiant du restau, le silence entre nous serait mortel. Je serre les poings sous la table, les desserre, les resserre…

— Prends un dessert, Hippo, je t'en prie…

Il emploie « Je t'en prie » dans le sens premier. Je t'en supplie, Hippo, laisse-moi dépenser mon argent pour te regarder manger quelque chose de sucré. Je t'en supplie, Hippo, c'est le seul moyen que j'aie pour oublier.

Mais je n'ai vraiment, vraiment plus faim.

Il a les larmes aux yeux. La possibilité du dessert faisait barrage, et maintenant il pleure.

— Je t'ai laissée avec elle.

Mais je n'ai plus faim, c'est tout. C'est normal. Tous ces sentiments ne devraient pas reposer sur un foutu dessert.

— Je t'ai laissée… J'ai laissé ma propre fille.

Et je n'ai rien à répondre. Parce qu'il ne savait pas, c'est vrai, mais c'est vrai aussi qu'il m'a laissée. Parce que s'il ne m'avait pas laissée, il aurait su.

Je desserre les poings pour prendre sa main. Il s'essuie les yeux avec une serviette.

— Papa ?

Il renifle.
— Oui ?
— La pizza était délicieuse.

*

Ils gardent Maman dans un hôpital spécial. Papa me dépose devant l'entrée.

— Rendez-vous ici dans une heure, il dit en m'embrassant.

Cette fois, il ne propose pas de m'accompagner. Je ne demande pas non plus.

Ils la gardent dans un hôpital spécial parce qu'elle ne peut pas encore aller en prison, c'est trop risqué pour les autres détenus, mais qu'elle ne peut pas non plus être à l'hôpital ordinaire, avec les patients normaux. Elle est dans un couloir sécurisé, au sous-sol.

Je prends l'ascenseur jusqu'au -1, marche jusqu'aux portes blindées et présente ma carte d'identité à la gardienne en service.

Elle sourit, me fait signe d'un geste de la ranger.

— Salut, Hippolyte !

Tous les gardes connaissent mon nom, alors que moi je ne connais pas les leurs. Je ne sais pas pourquoi ils sont aussi gentils. Peut-être parce que le cas de Maman est si rare, si nouveau. Peut-être que c'est plus excitant de monter la garde là qu'ailleurs.

— Elle a mangé de la soupe ce midi, m'annonce la garde. Je n'étais pas encore là, mais le gars de la matinée me l'a dit en partant.

— De la soupe, je dis, un peu méfiante. De la soupe à quoi ?

Elle se marre.

— Courgettes et crème.

— Courgettes ?

— Courgettes. Y a du progrès, hein ? On m'a dit que les médecins étaient vraiment enthousiastes.

Puis elle appuie sur le bouton qui actionne les portes. Elles coulissent lourdement. Je me glisse dans l'ouverture dès qu'elle atteint la largeur de mon profil. Je fais toujours ça — les portes sont tellement lentes que le temps qu'elle finissent de s'ouvrir complètement, j'ai déjà traversé la moitié du couloir.

Il faut que je parle aux médecins de cette soupe. Ou plutôt, il faut que je laisse les médecins m'en parler. On fait ça toutes les semaines, une réunion pour discuter des progrès de Maman et de l'avancée de l'enquête.

Souvent, la mère de Benji, Sylvie, vient avec moi pour me traduire ce que les médecins racontent. Ils ont réouvert le dossier de la mère de Lola, pour comprendre. C'est vraiment comme une enquête policière, avec des pistes à suivre et tout.

La dernière hypothèse en date, c'est qu'elles aient attrapé des bactéries en se baladant en forêt. Il y a déjà eu un cas similaire au Brésil, il paraît.

— On a des neurones dans le ventre, m'a expliqué Sylvie, et si des bactéries les colonisent, elles peuvent influencer notre comportement.

C'est gentil de me raconter tout ça, mais honnêtement, je n'y comprends rien. Et puis, je m'en fiche.

Tout ce qui m'intéresse, c'est qu'ils la soignent. Ils essaient de la faire revenir progressivement à un régime alimentaire normal. Jusque-là, ça n'avançait pas, on était obligés de lui préparer de la chair humaine tous les jours, prélevée directement sur un corps légué à la science.

Mais aujourd'hui, elle a mangé de la soupe. De la soupe aux courgettes.

Elle va guérir.

Quand elle sera guérie, il y aura un procès. On a une avocate aussi, et elle m'a dit que l'enjeu serait de décider si, oui ou non, Maman était responsable de ses actes. Il y aura des experts, ses médecins, qui viendront témoigner pour sa défense. C'est pour ça qu'il faut élucider son cas avant le procès. « Tout reposera là-dessus », dit toujours l'avocate.

C'est une bonne question, de savoir si Maman était responsable d'elle-même. Ça a l'air de passionner l'avocate. Ce que j'en pense, moi ?

J'y pense pas, justement.

Je n'ai pas d'opinion.

*

La cellule de Maman est tout au bout du couloir. Il y a une vitre, et une chaise devant. Je m'assieds. Maman m'aperçoit et se lève de son lit, où elle lisait un magazine. Elle me sourit. Elle a toujours le crâne entièrement bandé, mais c'est vrai qu'elle a l'air en meilleure forme.

Des courgettes. Elle a mangé des courgettes.

Elle s'installe de l'autre côté de la vitre. On pourrait parler, il y a un système de retransmission audio, mais on ne dit rien. Elle pose la main contre le verre. Je pose la mienne dessus. On a les mêmes mains.

Je pensais que ce serait pire que ça, d'être séparée d'elle. Je pensais que ça me rendrait fragile, pleine de fissures. Que ça me briserait. Mais non. Le verre entre nos deux paumes est si épais que je ne sens pas sa chaleur rayonner à travers, et je me dis : tant mieux.

C'est tellement plus facile de l'aimer de l'autre côté d'une vitre blindée. C'est tellement plus facile de l'aimer à distance.

Ma mère sourit toujours. Elle pose son front contre le verre, en plus de sa main. Je baisse la tête à mon tour, mon front atterrit doucement sur la paroi froide.

Je chuchote :

— Bonjour, Maman.

# Remerciements

J'ai écrit ce roman sous la direction de Clémentine Beauvais pendant ma deuxième année au master de Création Littéraire du Havre. C'était une chance incroyable de travailler avec une autrice que j'admire autant et d'avoir une première lectrice à la fois aussi exigeante et aussi bon public. Merci, Clémentine Hoca !

Merci à ma mère d'être si bonne joueuse. Merci à mon père de m'avoir appris le turc. Merci à eux deux de me soutenir dans toutes mes frasques.

Merci à l'équipe de Sarbacane : Julia, mon adorable rabatteuse ; Claudine pour cette incroyable couverture ; Tibo à la lecture si fine ; et toutes celles et ceux qui travaillent en coulisse pour que ce livre trouve son public.

Merci à Altay et Ural Manço d'avoir partagé avec moi leurs connaissances sur la communauté turque de Belgique. Merci à Walther, fringant urologue, pour ses précisions concernant les ruptures de freins, les circoncisions et les prises de sang. Merci aux amis qui ont lu ce roman quand il ne tenait pas encore très bien debout : Léonore, Hind (meilleures cartes postales ever !) et Simon. Merci à Claire Cornillon qui en a lu la toute première esquisse et m'a encouragée.

Merci à mes copains d'écriture : Killian, Anne-Fleur, Reutty, Julia (elle est partout !), la bande du PJE et tous ceux que j'oublie. C'est un grand bonheur de faire partie de votre communauté.

Enfin, merci à Simon : pour les trois ans en Normandie, le langage secret et bien plus encore…

13604

*Composition*
FACOMPO

*Achevé d'imprimer à Barcelone*
*par* CPI Black Print
*le 5 septembre 2022*

Dépôt légal : septembre 2022
EAN 9782290360958
OTP L21EPLN003135-396783

ÉDITIONS J'AI LU
82, rue Saint-Lazare, 75009 Paris

Diffusion France et étranger : Flammarion